血の記憶

麻野　涼

ASANO Ryo

文芸社文庫

目次

プロローグ　セミヌード

老人は自宅からバスで三十分ほどのところにある浜松総合医療センターを訪れた。一、二ヶ月前から重い胃もたれを感じるようになった。以前にも同じようなことが何度もあった。放置したままでも、いつの間にか気がつかないうちに自然に治っていた。

しかし、今回は様子が違う。食欲もなく、体重が落ちてきた。それで一度大きな病院で診察を受けてみようと思ったのだ。一週間ほど前に検査を受け、その結果を聞きにきた。

もう一時間近く待たされている。待合室にあるマガジンラックから週刊誌を引き抜いた。どの週刊誌も終活に関する記事を特集していた。遺言の書き方から財産分与についてまで細々と書かれている。老人は浜松市内に２ＬＤＫのマンションを購入し、すでにローンの支払いも終えていた。いくばくかの蓄えもある。

しかし、老人には子供がいない。妻も四年前に乳がんで亡くなっていた。自分が死んだ後、財産がどのように処理されるのかわからないが、死後は全財産を社会福祉施設にでも寄付すればいいと考えている。適当な使い道があれば、それに注ぎ込んでもかまわない。

特集記事を読みとばし巻末のグラビア記事を開いてみた。

ＳＵＭＩＲＥというモデル出身の若い女性タレントのセミヌードが掲載されていた。最近テレビでよく見かける。歌手デビューも果たし、リリースする曲すべてがヒットしているらしい。

ＳＵＭＩＲＥのグラビアは三ページにわたり、最初のページは二つのバストを手でおおい、微笑みかけているＳＵＭＩＲＥが掲載されていた。豊かなバストを押し上げるように手で隠しているが、乳房を隠す程度でしかない。

「すべてのファンに私のすべてを知ってほしい」

とタイトルが記されている。

ＳＵＭＩＲＥの親はどちらかが日本人なのだろうが、南アジア系の容貌を強く引き継いでいる。

右のバストは乳房すれすれのところまで指が下げられていて、そこにはホクロが二つ横に並んでいた。他の二ページもキャミソール姿のＳＵＭＩＲＥで、ベッドに横たわる写真と高層ホテルの窓から外を眺める姿だった。

老人はその週刊誌を閉じてマガジンラックに戻した。もう一冊の週刊誌に手をかけようとした時、自分の名前を呼ばれた。

診察室に入った。医師の前に置かれた椅子に座るように看護師に言われた。四十代前半と思われる医師が苦りきった顔をしている。検査結果が良くないのは一目瞭然だ。素直でウソがつけない性格のようだ。豊かな家庭ですべてに満たされ、育ってきたのだろう。

「お一人でこられたのでしょうか」

「はい、家族はおりません」

老人が答えた。

医師の表情がさらに曇る。老人と医師とでは親子くらいの年齢差がある。

「検査結果が思わしくないのでしょうか」

老人が誘い水を向けた。

「ご家族の方は本当に誰もいないのでしょうか」

医師が確認を求めてきた。

「妻がおりましたが、四年前に他界しています」

家族と呼べるものは誰もいないことが医師に伝わったのだろう。

「わかりました」

医師は机に置かれたキーボードを叩いた。パソコンのモニター画面に検査結果が映し出された。モニター画面を少しずらして老人に見えやすいように位置を直した。

「胃のCT映像です」

そう説明されても老人には理解できない。怪訝な表情を浮かべていると、医師が詳しく解説してくれた。

「胃を輪切りにした写真だと思って下さい」

医師がマウスを操作すると、モニター画面の映像が少しずつ変化した。

「この部分です」

医師はマウスを手放してボールペンを握った。そのボールペンでモニター画面の一部を指した。

「正確にはこの部分の細胞を取って検査してみるまではわかりませんが、これまでの経験から悪性腫瘍、つまりがんだと思われます」

老人はボールペンで指し示された部分をじっと見つめてみたが、どこにがんがあるのかよくわからなかった。医師はそれを察したのだろう。看護師に本も持ってくるように指示した。

看護師が分厚い医学書を持ってきた。ページを開き、老人に見せた。

「胃がんのイラストです」

医学書には胃がんの末期症状の図がカラーで詳細に描かれていた。医師は再びボールペンを手に取って、モニター画面を指した。

「このあたりの部分がイラストに描かれている状態だと思います」

がんが胃の三分の一から半分を侵食しているような状態だ。

「どうしてここまで放置していたんですか」

医師の言葉には非難する意思が込められている。実感を持ってがんの宣告を受け止めることは老人にはできない。

「消化器系のがんは、早期発見すれば今はほぼ治癒できるのに……」

それでもまるで会社の同僚ががん宣告を受けているような気分で、自分のことのようには思えない。

「会社員をしていた頃は健康診断を定期的に受けていたんですが……」

六十歳で定年退職した後は、同じ会社で嘱託社員として四年ほど働いたが、定年退職後は一度も健康診断を受けていなかった。

医師は末期がんか、あるいはその一歩手前という診断を下した。末期と断定し、一人暮らしの老人に万が一のことがあってはまずいと判断したのだろう。

「胃の一部を残すか、あるいは全摘にする必要があるかもしれません」

医師は手術した場合の予後について説明を始めた。全摘したとしても、すでに転移している可能性もあることを医師は告げた。

老人にまだ十分な体力が残され、衰弱もしていない。手術が可能で、楽観的な状況ではないが希望は残されているとわかりやすく説明してくれた。

――患者の病気を治し、命を救うことに医師は全力を傾ける。

そうあるべきものだと医師は考えているのだろう。きっと多くの患者の命を救い、病を癒して患者から尊敬されている医師に違いない。

どんな重症患者にでも寄り添い、頼りになる医師だというのが老人にも伝わってきた。しかし、老人はこれ以上生きたいとも思っていなかった。生に執着する気持ちもそれほどない。

そう考えるのは、妻に先立たれ、子供もいないことが影響しているのかもしれない。介護付きの老人ホームに入所し、そこで余生を送るという選択肢もないわけではない。それをするだけの経済的余裕もある。老人がそうしないのには明確な理由があった。

「セカンドオピニオンを聞かれるのであれば、なるべく早くそうして下さい。手術は一刻も早い方がいいと思います」

医師は老人に早期の手術を勧めた。

老人に家族がいないとわかると、医師は術後の生存率まで老人に説明した。それを聞いても老人は動揺しなかった。

医師の説明を一通り聞き終えると、老人が医師に尋ねた。

「このまま手術を受けないでいると、どうなるのでしょうか」

予期していない質問だったのだろう。医師はパソコンのモニター画面から視線を老人に向けた。初めて老人と医師の視線が絡み合った。

「半年が限界でしょう」

「余命半年の宣告か……」

老人が思わず呟いた。

「保険金請求に診断書が必要なら、細胞検査をした後書くことは可能です」

最近の生命保険やがん保険は、余命半年と宣告が出された段階で給付金を出すものが多くなっている。医師は老人がそうした保険に加入していると思ったようだ。

しかし、老人には保険金の受取人はいない。いっさい保険には加入していなかった。

老人は手術を受ける気もなかったし、抗がん剤の投与も放射線治療もする気持ちはまったくなかった。

生存できる期間を知りたかったのだ。

老人にはやり残したことが一つだけあった。それを達成するためには半年あれば十分だ。医師に礼を言い、入院するとも、セカンドオピニオンを受けるとも答えずに、診察室を出た。

1 再就職

　金山剛が第二の人生に選んだのはスーパー遠州灘の警備員だった。スーパー遠州灘は浜松市内の中心部にある。地上三階、地下一階で屋上が駐車場になっている。周辺には駐車場が少なく、屋上の駐車スペースはいつでも満車といった状態だ。

　スーパー遠州灘の屋上駐車場へつながるスロープ入口付近には、いつも駐車待ちの車が並ぶ。金山の仕事は屋上に入ってきた車の誘導と安全管理だ。一台でも多く駐車させようとしたために、一台分の駐車スペースが極端に狭く、運転テクニックが未熟だと駐車させるだけでも手間取ってしまう。平日は二人の警備員、土日祝日は三人で車の誘導を行っている。

　金山は生田目メガテクノで定年退職まで働き、さらに四年間嘱託社員として働いた。年金もあるのでそれ以上働く必要はなかった。

　一年近く何もしない日々が続いた。一日何もすることもなく過ごしていると、認知症に陥るような気がした。朝食に何を食べたか忘れてしまい、思い出せない時もあった。体を動かすこともないから空腹もあまり感じない。一日中ソファに座り、テレビを見ていることもある。気がつくと外は暗くなっていた。そんなことが頻繁に起きるようになった。

　スーパー遠州灘の経営者は、屋上の警備だけではなく、店内の警備、夜間警備も浜松警備保障に委託していた。浜松警備保障にはかつての同僚だった伊川伸彦が、退職後に再就職し、そこで働いていた。

　その伊川が浜松警備保障に金山を誘ったのだ。警備員のほとんどが定年退職した後、再就職したシニア世代だった。スーパー遠州灘の営業時間は、午前九時から午後十時までだ。警備の仕事は午前八時から午後四時までの日勤と、午後四時から午後十一時までの夜勤の二交代制だ。

「最初は週三日くらいから始めたらいかがですか」

　伊川はそう言って誘ってくれた。週に四日出勤するものがほとんどで、毎日勤務するものは少なかった。中には土日祝日だけ出勤する警備員もいた。

　浜松市には世界的にも有名なグローバル企業が多く、生田目メガテクノもその一つだ。生田目メガテクノは小型船舶のエンジン、スクリューなどの部品製造にかかわるハイテク産業だった。金山も伊川もその会社でエンジン製造に関係する仕事を担当していた。

　金山は山形県生まれで、山形県内の工業高校を卒業し、生田目メガテクノに就職した。それ以来、転職もせずに同じ職場でずっと働き続けてきた。工業高校卒業という学歴では、エンジン生産部課長というポジションが限界で、定年退職一年前に、副工場長という肩書きが与えられた。

部長職、あるいは工場長に昇格するには、理科系の大学あるいは大学院の卒業資格が必要となる。金山はそうした現実に不満をいだくこともなく定年まで働き続けた。定年退職後の四年間は、一般の工員として生産ラインに戻った。

それほど優秀でなくても大学卒業という肩書きだけで、金山のポジションを追い抜き、上司となっていく現実に、出世を考えた時もあった。しかし、その出世レースにもある時から嫌気がさしてしまった。

伊川も地元静岡県の工業高校を卒業していた。生田目メガテクノでは金山とほぼ同じような道を歩いてきた。しかし、定年退職の三年前、伊川は軽い脳梗塞を発症した。幸い発見が早く、大きな後遺症は残らなかった。左手に軽いマヒが残った程度で、日常生活に支障をきたすことはなかった。それでも伊川は会社に迷惑をかけると、自ら退職の道を選んだ。

浜松警備保障も金山の経歴を知ると、勤務ローテーションは伊川と組めるように配慮してくれた。そのおかげで金山も二週間もすると仕事のコツをつかんでしまった。

駐車スペースへの車の出し入れも、いかに要領よく誘導するかがカギなのだ。

駐車場での車の混雑を少しでも緩和するように、ビルの東側のスロープから屋上に上り、買い物を終えた客は西側のスロープを下っていく仕組みになっている。

スーパー遠州灘で働くようになって一ヶ月が経過した。屋上勤務のために陽ざしを遮るものがなく、真夏は常に水分を補給していないと熱中症にかかると聞いていた。真冬は海からの風が冷たく、寒さが身に応えるらしい。

屋上の片隅に警備員室があり、その部屋はエアコンが効いている。休憩室であり、警備員交代の時の引き継ぎもこの部屋で行われる。警備員室の前にはエレベーターがあり、買い物客はそこから各フロアに下りていくことができる。エレベーター横に三階へ下りる階段が設置されている。店内は北側にエスカレーターが、南側には階段が、それぞれ三階まで設けられている。

最近では広大な駐車場を設置したアウトレットが郊外にできているが、やはり市内中心部にやってくる客も多い。昼休みや一日二回の休憩時間も決められてはいるが、時間通りに休憩を取ることなどできない。比較的車の出入りが少なくなった時間を見計らって、交代で昼食を摂ったり、休憩を取ったりするしか方法がない。

その年は梅雨入りが平年より十日ほど早かった。大粒の雨が屋上に叩きつけるように降り注いでいた。それでも買い物客はやってくる。金山と伊川は警備員室のロッカーに常備されている、警備会社から支給されたゴム合羽を着て駐車場に出た。

午後の二時過ぎだった。最初に金山が昼食を摂った。ゴムの合羽を脱いだ。エアコンから吹き出してくる冷風が心地よかった。しかし昼食に長い時間をかけているわけにはいかない。その日、金山が用意していたのは通勤途中にあるコンビニで買ったオニギリ三つだった。

梅と昆布のオニギリを頬張り、ウーロン茶で胃に流し込んだ。三つめの辛子明太子のオニギリの袋を破ろうとした時だった。大きなクラクションが屋上に響き渡った。金山はオニギリを放り出し、合羽を着込んで断続的にクラクションが鳴り響く方に走った。梅雨時の雨ではなく、異常気象による集中豪雨だった。静岡県の山間部では避難命令が出されていた。屋上駐車場に出入りする車は、昼間だったがすべての車がヘッドライトを点灯させていた。

ベンツが思ったように駐車スペースに納まらず、前進とバックを繰り返していた。ヘッドライトに照らされた伊川が大声で誘導していた。ベンツからは女性の金切り声が聞こえてきた。聞き覚えのある声だった。

ベンツの運転席側の窓が少し開けられていた。

「だからその指示ではわからないって。わかるように誘導してよ」

女性の尖った声が伊川に向かって放たれる。伊川はその度に「申し訳ありません」と叫び、懸命にベンツを誘導した。しかし駐車スペースが狭く、ベンツを駐車スペースのセンターに止めなければ、ドアを開ける時、隣に止めてある車に接触する。そうなるとベンツから降りるのにも苦労するし、隣に止まっている車の買い物客が戻ってきた時も、車に乗るにも身を縮めて乗るしかなくなる。集中豪雨の中で買い物の荷物を後部座席に簡単にしまうこともできなくなる。

女性ドライバーは苛立っているのか急発進、急ブレーキを繰り返した。ベンツを誘導する伊川は正面に停車する車のバンパーぎりぎりのところまで下がっていた。ベンツがブレーキを踏み誤れば、伊川は両足どころか下半身をベンツに押しつぶされることになる。

「そこでハンドルを元に戻してゆっくりバックして下さい」

伊川の誘導は適切だが、女性はバックするときに後方に視線をやり、自分でも気づかないうちにハンドルを動かしていた。

金山はベンツの運転席側の窓に近寄り声をかけた。

「大丈夫ですか」

女性は直接声をかけられたのが腹立たしかったのか、アクセルを踏み込んだ。

「危ない」

金山が思わず叫んだ。

予想外の発進で伊川も身をかわす余裕がなかった。急ブレーキの音が響く。伊川がベンツに押しつぶされたと金山は思った。

伊川のところに走り寄った。

まさに紙一重のところでベンツは停車していた。伊川は二台の車のバンパーに挟まれたような格好で、身動き一つできない状態だった。

金山はベンツの運転席に再び歩み寄った。小さく開けられた窓から女性に話しかけた。

「お客様、もしよろしければ私どもの方でお車を駐車させていただきますが、いかがでしょうか」

女性は自分では駐車できないと判断したのか、ドアを急に開けた。金山がドアに飛ばされるようにしてあとずさった。

前方には身動きができなくなっている伊川、ドアの横には転びそうになった金山がいる。二人には目もくれずに、女性は傘をさし、運転席から降りた。助手席には子供が乗っていた。

「降りなさい」

女性は子供に声をかけた。子供が助手席から降りた。女性は金山に声をかけるでもなく、助手席側に回り、子供が雨に濡れないように傘をかざした。

女性は正面の身動きできなくなっている伊川に視線を向け、指差した。

「しっかり勉強しないと、あのおじさんのようになってしまうのよ」

こう言い放って女性は子供の手を引いてエレベーターに向かった。五、六歩歩いたところで急に立ち止まった。

今度は金山の方を振り返ると怒鳴った。

「そのずぶぬれのまま運転席に座らないでよね」

女性と子供は降りしきる雨の中を足早にエレベーターホールに向かった。

金山は合羽を脱ぎ、隣に止められていた車のボンネットに置くと、ベンツの運転席に座った。慎重にバックギアに入れると、ゆっくりとアクセルを踏んだ。

身動きができるようになると、伊川が走り寄ってくる。

「一瞬、もうダメかと思った」

運転席の金山に話しかけてきた。

金山はベンツを駐車スペースに止めると、運転席から降りてすぐに合羽を着たが、浜松警備保障の制服は雨にぬれていた。

「本当に危なかったなあ」

金山が言うと、

「まだ背中から嫌な汗が流れているよ」

と、伊川が答えた。

伊川は食欲が失せたらしく、そのまま休憩することもなく警備をつづけた。

一時間もすると、女性は左手で傘をさし、右手には重そうにビニール袋を持っていた。食料品を大量に買ったらしく、青ネギが袋から飛び出していた。女性は後部座席に買ったものを放り込み、運転席に座った。助手席には子供が座った。

よほどうまく発進しないと隣の車を傷つけるか、前方に駐車してある車にぶつかるかだ。金山と伊川はベンツの前に立ったが、正面には立たずに車と車の隙間に入ってベンツを誘導した。

案の定、ベンツは何度もハンドルを切りかえして、駐車スペースから出た。女性からは謝罪の言葉も一言の礼もなかった。

日勤は午後四時で夜勤のスタッフと交代する。日勤と夜勤は一週間ごとにローテーションが替わる。引き継ぎが終わり、金山と伊川は着替えをすませ職員専用出入口からスーパー遠州灘を出た。

伊川は車を所有しているが、近くの駐車場に止めれば料金が高くなるため、バスで通勤している。時々家族に送迎してもらっているが、その日はバスで自宅に戻るらしい。浜松駅前のバス停まで雨の中を歩いて向かった。

「結婚して子供ができれば少しはましになるかと思っていたが、結局彼女は何一つ変わっていないなあ」

伊川が言っているのは、ベンツを運転していた女についてだ。変わるどころか、傲慢な性格はさらにひどくなっているように、金山には感じられた。

ベンツを運転していた女性も、「ナッツ姫」と揶揄された韓国財閥の娘も同じ穴のムジナだと、金山は思った。

その韓国財閥の娘は、父親がナショナルフラッグの代表を務めるエアラインだ。そのファーストクラスに乗り、離陸前にナッツの出し方が悪いと激怒し、駐機場に飛行機を戻すようにパイロットに指示し、ナッツリターン事件として数年前、世界的に報道された。

世間知らずを通り越して、愚かの一語に尽きる。

「私には気づかなくても、金山さんの顔を見ればわかっただろうに……」

金山はベンツを運転していた女性を幼い頃から知っていた。

「雨があれだけ降っていたから……」

と、言葉を濁したが、女性は金山だと気づいたはずだ。

運転していたのは、金山や伊川が以前働いていた生田目メガテクノの創業者、生田目豪の長女紗香だ。結婚したのは、やはり浜松で小型船舶の部品製造の一翼を担っている関連企業の経営者の次男だった。紗香の夫となった拝島浩太郎は生田目メガテクノの役員の一人として迎えられた。助手席に座っていたのは、二人の間に生まれた長男の勇だった。

金山が声をかけた時、女性は一瞬だが驚きの表情を見せた。おそらく金山に気づいていただろう。

伊川によると紗香は週に二、三度はスーパー遠州灘に買い物にくるようだ。

「社長は子育てを完全に誤った。ああいう子になってしまっても仕方ない」

子と言っても、紗香は確か四十歳になっているはずだ。大学を卒業して、いきなり役員に名前を連ねた。ワンマン経営の生田目メガテクノだから可能だっただけで、一般の企業ならとてもそんな芸当はできない。出社すると、すべての社員を自分の思い通りに動かせると思っていたらしく、周囲の社員に誰彼となく私用を命じていた。

各部署でトラブルが多発した。さすがに生田目社長も対応に困ったのか、紗香を役員待遇のまま社長秘書室長に任命した。他の社員との接触を減らし、父親の手伝いをさせるようにしたのは苦肉の策だったのだろう。

二年後には生田目メガテクノの取引先だった拝島工業の創業者の次男、拝島浩太郎と紗香は結婚した。拝島浩太郎はいわゆるイケメンで、一目惚れした紗香の方が結婚に積極的だったと社内では噂されていた。

結婚と同時に紗香に代わって拝島浩太郎が役員に名を連ねた。浩太郎も若く、仕事ができるというタイプではなかった。ただ性格は温厚で、紗香のように嫌われることはなかった。傲慢なところはなく、社員からの受けも良かった。ただ、八方美人的な性格が災いして、自分では何一つとして決断を下せなかった。

「会社の経費でトイレットペーパー一ロールも買えない」

拝島浩太郎は社員から陰口をたたかれていた。

確かに性格は優柔不断で、会社の経営者に向いているとは思えなかった。

「割れ鍋に綴じ蓋だな」金山が言うと、

「その通りだが、よく離婚もしないでいられるものだ」

と伊川が応じた。

生田目豪は紗香を溺愛した。しかし、夫の浩太郎は社員の前であろうとなかろうと、ミスを犯せば生田目から罵倒された。拝島工業は生田目メガテクノから仕事を請け負っている。浩太郎は家にも会社にも身の置き場はなかったのではないか。金山にはそう思えてしまう。

娘の夫でも、叱責する時は容赦ないくらいだから、生田目豪の周囲にいる管理職の連中は常に社長の顔色をうかがい、戦々恐々としていた。

そうした社内の雰囲気を知っている伊川は、病魔に襲われると、自ら会社を辞めた。伊川が体の不調を訴えたのは、遅くまで残業した翌日のことだった。左手の指が軽く震えて、思うように動かせないと工場長に訴えた。

その時にはすでにかすかだが言語障害も生じていた。異変に気づいた工場長が即座に一一九番通報した。救急病院に搬送され、同時に治療が開始された。そのために後遺症は軽度ですんだ。

伊川はそれまでに有給休暇をとったこともなく、会社のために愚直に働きつづけてきた。医師の診断書があれば三ヶ月間は休むことができた。しかし、伊川は律儀にも二ヶ月休んだだけで出社してきた。

工場長は生田目社長に伊川の配置転換を進言した。

「少なくとも半年くらいは総務で仕事をしてもらった方が彼のためにもいいと思います」

しかし、その進言が聞き入れられることはなかった。

生田目豪の考えははっきりしている。

――元の職場で以前通りの仕事をしてもらえ。それができなければ退職させ、新たに若い従業員を採用しろ。

こうしたやり方を生田目はずっと繰り返してきた。

社長と伊川の間に入り、工場長が頭を抱えることになるのははっきりしていた。それがわかるから伊川は退職願を提出した。

金儲けだけが目的の非情な経営者の下で働くのを止めて、転職すればいいと誰もがそう考える。しかし、生田目は社員からどう思われているかは熟知していた。

同業他社の給与より少し高めの月給を支払うようにしていた。政府が発表する数値ほど製造業の景気は良くなかった。ある程度の年数を生田目メガテクノで働いた社員は、会社の経営に不満を抱きつつも、給与につられて転職に踏み切れなかった。その一方で新入社員の定着率は著しく悪かった。

伊川は工場長の勧めもあり、半年ほど生田目メガテクノに籍を置き、基本給だけを受け取っていた。それ以上の病気療養期間が認められないという日に退職届を提出し受理された。

「盗人に追い銭だ」

こう言って生田目は工場長と伊川を罵倒した。金山はその声を直接聞いた。

生田目豪は、どのような家庭で育ったのか、本人もそのことについては何も語らないし、彼の過去について知っているものもいなかった。

人情が欠落し、金への執着心だけが異様に肥大化していた。生田目豪という人間はどんな人生を歩んできたのだろうかと思った。

一代で財をなす人間には、少なからず共通点がある。人を人とも思わない非情さを身につけている。そのことについていっさい羞恥心を感じないという図太さとそして、誰にどう思われようともめげることのないほどの無教養さを併せ持っている。生田目はその典型的な人間だった。

そんな会社で高校を卒業してから定年の六十歳まで、さらに嘱託社員として四年間働くことができた。大病をすることもなく勤めあげたのだから幸せといえば幸せだ。いや違うだろう。実際にはそう思うようにある時から金山は自分の思考に歯止めをかけて生きてきたのだ。

病弱な妻を失ってからは、自分の一生は何だったのか、改めて振り返る機会が増えていった。老後に経済的な不安は何もない。自宅マンションのローンも早々と完済した。貯金もある。一部上場企業の株を所有し優雅な老後生活にも備えてきた。しかし、妻を失った今、それにどれほどの意味があるのか。

生田目メガテクノを何度も辞めたいと思った。しかし、工業高校卒の資格しかなく、四十歳を過ぎた工員を採用する製造業などなかった。病弱な妻を支えるためには、どんなに嫌なことがあっても生田目メガテクノを退職するわけにはいかなかった。生田目豪から無理難題を突き付けられ、怒りで体が震えたこともあった。

妻の秀子が乳がんの手術を受けたのは四年前だった。金山はすで定年退職し、嘱託社員の身分でしかなかった。金山は手術の前後二週間は、手術の立会いと妻を看護するために会社を休むと伝えていた。

しかし、手術当日、金山は生田目豪から出社するように命じられた。

「出社してくれんか。大切なクライアントになるかもしれんスタッフがアメリカから視察に訪れる。船舶用エンジンの製造過程をうまく説明できるのは君しかいない。必ず来てくれ」

金山が休んでいる理由を説明しようとすると、電話は一方的に切られた。説明しなくても生田目は事情を知っていたはずだ。

結局その日、金山は病室に妻を残し出社した。アメリカからの視察団に対応していた頃、妻の秀子は左乳房全摘の手術を受けていた。乳がんの手術は成功した。しかし、全身に転移し、もはやどうすることもできない状態だった。

手術後、金山は何も言わずに三ヶ月ほど出社せずに妻の看護にあたった。手術は成功したにもかかわらず予後は悪かった。結局秀子は亡くなり、金山が出社したのは妻の葬儀、四十九日の法要を済ませた後だった。葬儀には会社の同僚や後輩が参列してくれた。生田目社長の参列など、亡くなった妻も金山本人も望まず、葬儀の案内も出していなかった。

しかし、金山の妻が死亡したというニュースは社長の耳にも届いていたはずだ。金山が出社し、顔を合わせても生田目からは慰労の言葉は一つとしてなかった。

その後、生田目メガテクノから完全に身を引いた。妻が死んでからの金山はまるで蟬の抜け殻のようだった。何かに打ち込むということができなくなってしまった。そんな金山を見かねて、伊川が浜松警備保障に誘ってくれたのだ。

金山は最初自分に務まるかと不安を覚えた。しかし、ほとんどのスタッフが定年退職後に年金の不足分を稼ぐために働いていた。同世代のシニア層が働いているというのも金山には心強かった。

一日中家に引きこもっていると、時間の経過が長く感じられた。しかし、狭い屋上とはいえ駐車場を走り回っていると、自然と体を酷使した。日勤でも夜勤でも、警備の仕事に就いた日は、入浴し、食事を摂ると後はベッドで泥のようになって眠るだけだった。余計なことを考えずに済んだ。

伊川は二人いた子供もようやく自立し、孫が三人誕生していた。長男夫婦は東京で暮らしていたが、長女夫婦は浜松市内に住み、一週間に一度は実家に孫を連れて遊びにくるらしい。

「孫の面倒を俺たちに見させて、若い夫婦は映画を見に行ったり、買い物に行ったりで、都合の好いベビーシッターにされているだけだ」

伊川はそう不満を漏らしていたが、内心では喜んでいるのが金山にも伝わってくる。

仕事のない日、金山は一日中見るでもなくテレビをつけっぱなしにして過ごしている。それを知って伊川は今からでも遅くないからと、趣味を持つように勧めてくれた。趣味と言われても、すぐには何も思い浮かばなかった。自宅と会社を往復する日々を気の遠くなるほど重ねてきたのだ。

ゴールデンウィークや正月休みを利用して、海外旅行してみようと妻と話し合ったこともある。しかし、長時間乗り物に揺られていると、妻の秀子は翌日には必ず熱を出した。結局二人で訪れたのは、二泊三日ぐらいで旅行できる場所で、温泉がほとんどだった。

妻が亡くなった後、二人で訪れた思い出の温泉を訪ねてみたが、時間を持て余すだけで楽しいとは思えなかった。

しかし、その金山に、まるで青春時代に戻ったように、心をときめかす話が持ち込まれた。その話を聞き終えると、金山は迷うことなく相手に答えた。

「どんな結果になろうとも、私が後悔するということはない」

2　手錠

女性は必死に頼んだ。

「お願いです。兄はどこにいますか、教えてください」

決して流暢とは言えない日本語だ。

「またその話かよ、今、調べている最中だって何度言えばわかるんだ」

男が吐き捨てるように答える。

女性は浜松市郊外の築十五年の１ＤＫのマンションで暮らしていた。マンションは九階建て、女性の部屋は一階にある。エントランスに管理人室があるわけではない。外部からの出入りは自由で、マンションの管理会社が一日一回、各フロアの清掃をするだけだ。

キッチンに小さな丸いテーブルが置かれ、椅子二脚が向き合うように置かれていた。男と女性はテーブルを挟んで言い争っている。テーブルの上には、グラスと男が自分で買ってきた焼酎、氷と水が入れられたピッチャーが並べられている。

キッチンと奥の部屋は襖で仕切られていた。

「あなた、すべて知っていると私に言いました」

女性が執拗にくいさがる。

男はグラスに焼酎を半分ほど注ぎ、ピッチャーの冷水を足した。それを喉を鳴らしながら一気に胃に流し込んだ。それで三杯目だ。女性は男が飲む水割りの量を、その晩は観察していた。

「そんなことよりいいだろう」

男は椅子から立ち上がり、女性の肩に手をかけた。女性はその手を払いのけて言った。

「あなた、何も教えてくれない。あなた、ここにもう来ないでください」

女性は絶縁を告げた。男は椅子に座り直した。

四杯目の水割りを自分で作り、それも一気に飲みほした。

「誰のおかげでマンション暮らしができると思っているんだ」

男が女性を見つめた。男の瞼が半分ほど下がっている。それがわかると、女性は立ち上がり襖を開けた。壁際にベッドが置かれている。

男は自分が言ったことを女性が理解したと思ったのだろう。立ち上がり、奥の部屋に歩いていった。足取りがおぼつかない。倒れ込むようにしてベッドに横になった。

「お前も……早く来い」

男は呂律が回らなくなっていた。

「いつものオクスリ、飲みますか」

男が頷く。女性よりも二十歳ほど年上で、五十歳を目前に控えていた。女性のマンションにやってきた日は、いつもバイアグラを服用した。

女性はキッチンに置かれている食器棚の引き出しから錠剤を一錠取り出した。男が水割りを飲んでいたグラスにピッチャーの冷水を注ぎ込んだ。

女性は錠剤とグラスを持ってベッドの横に立った。男はすでに微睡(まどろ)み始めていた。重そうに瞼を半分ほど開けた。女性は錠剤を口に放り込み、グラスの水を口一杯に含むと、男に口移しでそれを飲ませた。

男の口から少し水がこぼれただけで、錠剤も水も飲み込んだ。男はすぐに寝息をたてた。女性は化粧台の上に置いてあった携帯電話を取り、素早くボタンを押した。呼び出し音を二回聞くと電話を切ってしまった。

二、三分すると、マンションのドアを控えめにノックする音が聞こえた。女性はドアに走った。すぐに若い男性が部屋に入った。女性はドアをそっと閉め、すぐにロックした。

テーブルの上には男の車のキーが無造作に置かれていた。女性は無言でキーを男性に渡した。

「落ち着いて」

男性がキーを受け取ると女性に言った。

男性はベッドで横になっている男の様子を確認した。いびきをかきながら熟睡していた。

「水割り四杯と、あのオクスリ、それとお水を少し、飲みました」女性が言った。

「大丈夫、すべてうまくいく」男性が女性を安心させるように答えた。

水にも氷にも睡眠薬が溶かし込んである。口移しで飲ませた錠剤もバイアグラなどではなく睡眠薬だ。

男性は時計を見た。午前二時を少し過ぎていた。寝室のガラス戸を開けた。そこは小さなベランダになっていた。外から室内が見えないように、ベランダにはブラインドが設置されている。ベランダの端には小さな扉が設けられていた。その扉を開けると、その部屋専用の駐車場で、ベッドに横たわる男が乗ってきたホンダフィットが止められていた。

いつでも女性の部屋に来られるように、男は駐車場付きの一階の部屋をわざわざ借りたのだ。若い男性は玄関に戻ると、自分の靴とベッドに横たわる男の靴を持ってきた。ベランダの扉から駐車場に出た。両隣の駐車場との境はサザンカの植え込みがあり、両隣から見られる危険性はない。

男性はフィットのドアロックを解除し、後部座席のドアを開いた。

「部屋の電気を消して」

女性は男性の指示に従った。前の道路は深夜になると車の通りはほとんどない。

女性はシーツの足側を、男性は頭側をつかみ、男をそのままベッドの下に降ろした。男が目を覚ます気配はない。二人は男をシーツに乗せたままベランダに運び出した。ベランダ隅の扉から男性が抱きかかえるようにして、熟睡している男を後部座席に寝かせた。

女性も男の靴を後部座席に投げ入れた。

女性はベランダの隅に置いてあった袋を持って、助手席に乗り込んだ。男性はベランダに積まれていた段ボール箱を手際よくフィットのトランクに移した。積み終えるとエンジンをかけ、静かに発進させた。

女性は後部座席の男を見た。膝を曲げ、仰向けで眠っている。

「二、三時間はそのままだ」

男性はバックミラーを見ながら言った。

フィットは長野県上田市に通じる国道一五二線を北上した。すぐに東名高速道の下を通過した。さらに新東名高速道を過ぎ、天竜川を渡った。それからは天竜川に沿ってひたすら北上した。

女性は何度も後部座席を確認した。相変わらず男は熟睡したままだ。

　フィットは天竜川に架かる大井橋交差点を右折した。そのまま北上すれば国道四七三号線に入り、愛知県蒲郡市に至る。大井橋付近で水窪川が天竜川に合流する。フィットは水窪川に沿って国道一五二号線を走った。

　道の両側は切り立った山のようで、ヘッドライトの灯りに山の木々が映し出される。蛇行が激しく、ハンドルを切る度に体が大きく左右に揺れた。その都度、女性は後部座席を確認した。

「もうすぐだ」

　フィットを運転する男性が女性を安心させようとして言った。

　それでも大井橋から二十分近く走ったのではないか。

　男性は急に速度を落とし、周囲の闇に目配せをしながら走った。後続の車もないし、すれ違う車もない。

「ここだ」

　男性はウィンカーも出さずに右折した。女性には男性がどこに行こうとしているのかわからなかった。ヘッドライトが映し出すのは高さ一メートル以上の雑草だ。よく見てみると、車一台分の幅で雑草がなぎ倒されていて、ずっと森の奥に向かって生い茂っている。両側には闇の空を突き刺すように木々が伸びていた。

　雑草が伸び放題のところは林道で、山の管理や植林された木々の手入れをする作業員が入ってくる道だと男性が教えてくれた。ゆっくりと走り、林道の奥深くへとフィットは突き進んだ。

やがて林道はUターンできるほどのスペースのところで行き止まりになった。そこには一台の車が乗り捨ててあった。男性はその車の先にフィットを止めてエンジンを切った。

「例のモノを出して」

女性は足元に置いてある袋を男性に渡した。男性が室内灯を点け、運転席から降りた。

男性はその袋を開けて、中身を取り出し運転席に並べた。南京錠、鎖、手錠だった。後部座席に寝ている男の左手に手錠をかけた。もう一方の輪には鎖を通した。鎖は一メートルほどの長さしかない。鎖の片方はハンドルにつなぎ、南京錠で外れないように鍵をかけた。

男性は室内灯のスイッチを切った。

乗り捨ててあった車に近づくとドアロックを解除し、車内から懐中電灯を取り出した。

「フィットのトランクから荷物を出して、車の中に入れて」

男性が女性に指示した。女性はトランクから段ボールを取り出して地面の上に置いた。段ボールの中にはペットボトルの水と食料品の缶詰、日持ちのする菓子、非常食のカンパンなどの食料が詰め込まれていた。女性はそれを助手席と運転席、その足元に移し替えた。あっという間に天井まで積み重なってしまった。

男性はフィットのボンネットを開けて、懐中電灯の明かりを頼りにバッテリーの配線を切った。

「積み込めたか」

男性が作業を終えて、女性のところに歩み寄ってきた。地面にはまだペットボトルや缶詰類が散乱していた。

男性は後部座席のドアを開けると、それらを後部座席の足元に放り投げた。その物音に男が気づき、身をよじった。

しかし、男は相変わらず眠りから覚めそうもない。すべての食料をフィットの中に放り込むと、男性は女性に聞いた。

「こいつの携帯電話はどうした」

女性は自分のポケットから男の携帯電話を取り出して男性に見せた。すでに電源は切られ、バッテリーも外されている。

「これでいい」

男性は足元に転がっているペットボトルを一本取ると、栓を開けた。懐中電灯を女性に渡した。

「照らして」

女性は寝ている男に明かりを向けた。男性はペットボトルの水を男の顔にかけた。

男は何が起きているのかわからず、しばらくは水を浴びせられたままだった。水をかけられているのがわかると、右手で水を制止しようとした。ちょうどその時にペットボトルの水がなくなった。

首を起こして懐中電灯の方に目をやった。

「何をするんだ」

男は最初に女性に気づいた。女性は怯え、隣の男性の腕にしがみついている。男は男性の顔をじっと見た。女性の隣に立つ男性と男とは顔見知りだ。

「なんでお前がここにいるんだ」

男はまだ女性のマンションにいると勘違いしている様子だ。

しばらく間があった。

「わかった。そういうことなのか……、テメーらふざけるなよ」

男が起き上がろうとした。しかし、途中で動きが突然止まった。板から突き出た釘を踏んだような呻き声をあげた。

男はフィットの中に閉じ込められ、手錠と鎖で繋がれているのがようやくわかったようだ。

　男の態度が一変した。懐中電灯の明かりに照らし出された男の顔に怯えが滲んでいる。

「二人がそういう仲なら、何もこんなことまでしなくてもいいのに」

　女性も男性も、何も答えなかった。それが男の恐怖感をさらにかきたてたのだろう。

「こんなところに置き去りにしないでくれ。これまでのことは誰にも言わないから。頼むからこれを解いてくれ」

　女性はしがみついている男性の腕を離した。

「あなた、自由になりたいですか」

　女性は震える声で聞いた。

「頼むから手錠を外してくれ」

「わかりました」

　女性の返事に、男は解放されると思ったようだ。

「あのマンションはこれからも自由に使ってもらっていい。俺はもう行かないから。今日のことは何もなかったことにする。それでいいだろう」

　男は男性に向かって媚びるような口調で言った。

　女性はポケットから取り出したものを、男に向かって投げた。

「自由になりたければそれを使って」

男はそれを手に取ってみた。大型のカッターナイフだった。男が怪訝な表情を浮かべて女性を見た。

「左手首、切り落としなさい。そうすれば、あなた自由です」

女性が言い放った。

男が「助けてくれ」と泣き叫んだ。

「急にそんなことを言われても、デキの悪い高卒、しかも派遣社員の私には何もできませんよ」

男性は唇の端に微笑を浮かべながら答えた。

「正社員になれるように社長にかけあう。だから助けてくれ、頼む」

「今さらそんなことを言われても、困るんだよ」

跳ね上がった泥を払うような口調で男性が言い放った。

男はその男性が学んだ高校の名前を挙げては、「誰でも入学できる高校」と平然と侮蔑の言葉を投げつけ、「オマエ、ホントに何もできねえな」と、男性が仕事でミスをしでかしたわけでもないのに理由もなく叱責した。その男性をいびることで憂さ晴らしをしているようにしか、女性には感じられなかった。

男性は忍耐強い性格で、男に言い返すこともなく、理不尽な叱責に無言で耐えていた。男性は一時期非行に走り、過去に窃盗や暴行事件を起こしたこともあった。中学校卒業後に入学した高校は退学になり、編入試験を受けて入ったのが、男性が学んだ高校だった。

男性は母子家庭で育ち、母親を悲しませてきた。その母親が大腸がんで手術を受けた。

手術室に入る前に母親から男性は言われた。

「万が一の時もあるから先に言っておくわ。これ以上他人に迷惑をかけるようなことはしないでね」

母親は泣きながら男性に訴えて、手術室に入っていった。母親の言葉に更正を誓い編入した高校を卒業した。しかし、地元では名前が知れ渡っていて、採用してくれる会社はなかった。

さいわいにも母親の手術は成功し、現在はビルの清掃のパートに就いている。そんな母親を悲しませまいと、それ以降喧嘩も窃盗事件も起こしていない。

男はそうした事実を知っていて、男性を挑発していたのだ。

女性と男性は社員食堂で隣り合わせになったことから話をするようになった。女性の置かれている状況が似ていたせいか、その日以来親しさを増していった。女性のすべてを知った上で、二人は交際するようになったのだ。

「今までのことを心から謝罪する。どうか許してくれ」

男が大声で懇願した。

「大声を出したって、近くには民家はない。それともう一つ、バッテリーの配線は切ってあるからクラクションも鳴らない。それでは幸運を」

男性は後部座席のドアを叩きつけるようにして閉めた。

二人は止めてあった車に乗り換え、今来た道を浜松市内に向かって戻った。

「あの場所に、誰か、人きませんか」女性が聞いた。

「来ない」男性が答えた。

週間予報では梅雨前線が東海地方から関東地方に停滞し、一週間はぐずついた天気がつづくという。そのうえ東海地方の山間部では集中豪雨が降る日が多く、川の氾濫や土砂崩れに警戒するようにと天気予報士は告げていた。

「一週間から十日の間は、あの場所に行く人はまずいない」

女性は少し安心した。食料も水も一ヶ月分は十分にある。

国道一五二号線に出ると水窪川に沿って走った。途中で男性は車を止めた。

「あいつの携帯電話をくれ」

それを受けとると男性は車から降りた。ガードレールの近くにまで増水した水窪川の濁流が迫っていた。

男性はその濁流に携帯電話を投げ入れた。

大井橋交差点まで戻ると左折し、今度は天竜川に沿って南下した。

浜松市郊外にある女性のマンションに戻った頃、東の空がようやく明るくなり始めていた。男性はマンションのエントランス前ではなく、駐車場側に車を止めた。

「ここから部屋に入って」

エントランスには防犯カメラが設置されているのだ。駐車場側から部屋に戻れば、防犯カメラに捉えられることはない。女性が扉を開けてベランダに入ったのと同時に、男性は車を発進させ、走り去っていった。

生田目メガテクノ総務課の箱根課長は降りしきる豪雨の中を浜松南警察署に向かった。総務課という名前が付いてはいるが、実際の仕事は雑務と言ってもいいだろう。トイレットペーパーの仕入れから切れた蛍光灯の交換、社員の健康管理までを総務課が担当する。

箱根は入社して二十年が経過する。いくつかの部署を経験し、総務課に配属されたが、社員の捜索願を警察に提出する事態など初めて経験する。

浜松南警察署付近のコインパーキングを回ってみたが、どこも満車状態だった。結局、警察署から一キロ近くも離れたコインパーキングに車を止めるしかなかった。傘をさし浜松南警察署に徒歩で向かった。

警察署に着いた頃には、膝から下は跳ね上げられた雨水でずぶぬれになっていた。傘を折りたたみながら思わず不満が口から洩れてしまう。

「なんであんな奴の心配をしなければならないのか……、ほったらかしにしておけばいいんだ」

技術生産部の丹下課長から相談を受けたのは火曜日の朝だった。

「福島部長が昨日無断欠勤され、今日もまだ出社されていないんだ」

丹下課長とは同期入社で、気心も知れている。時々二人で安い居酒屋に入っては、会社への不満をぶちまけている仲だ。丹下は上司にあたる福島次郎部長の性格の悪さに辟易していた。それなのに一日休んだだけで、福島部長の安否を心配している。

「あんなロクデナシは、脳溢血か心筋梗塞を起こして、孤独死すればいい」

酒に酔った時、丹下の口からは怒りともとれる愚痴が吐き出されてきた。それを知っているから丹下が福島部長を心から心配しているとは思えなかった。

福島部長には妻子がいたが、数年前に離婚して、現在は一人暮らしをしている。社内に友人と呼べる人間は福島部長にはいない。それほど福島部長は周囲から疎まれている。技術生産部長という地位に座っているから社員は接するのであって、プライベートで付きあいたいと思う人間はきっと皆無だろう。

家族であれば歪んだ彼の性格について文句も言える。その家族も福島部長にはいなかった。年をとるにつれて福島部長の性格はさらにひねくれたように、箱根には感じられる。

「昨日の昼、午後に二回、夜九時に電話をかけてみたが、福島部長は出ないんだ」

丹下は福島部長の安否を気にしているというよりも、福島がいつも通り出社した時、何の気配りもしていなかったと福島部長から責められるのを危惧しているのだ。

「今日一日待って対応策を考えるようにしよう。福島部長への電話連絡は、これからは総務課の方で担当するので丹下課長は業務に専念して下さい」

箱根はそう答えて、部下に一時間おきに福島部長に電話連絡を入れるように指示した。夕方の六時まで電話を入れさせたが、結局通じなかった。箱根は帰宅した後も、九時と十時の二回、自分でも電話してみたが、「電源が入っていないか、電波の届かない地域にいる」というメッセージが流れてくるだけだった。

水曜日、やはり福島部長は出社してこなかった。丹下は工場から別棟のビル三階にある総務課にやってきた。

箱根は丹下に小会議室に行くように言った。部屋に入るなり丹下は堰を切ったように話し始めた。

「二日間も無断欠勤で、多分今日も休みだ。部下が十分遅刻しただけでも怒鳴りまくるくせして」

「あんな奴、しばらく放っておけばいいんだ」

箱根も福島部長から嫌がらせを受けたのは一度や二度ではない。職務を忘れてつい本音が出てしまう。

「でも本当に倒れていたりすると厄介なことになるな」

丹下は最悪の事態を想像しているのだろう。

「俺の方で今日中に動いてみる」

結局、箱根は朝から福島部長の安否確認に動くはめになった。真っ先に福島部長のマンションを訪ねた。エントランスで五階にある福島の部屋のインターホンを押してみたが応答はなかった。

管理人室で福島の乗っているフィットを確認してもらったが、決められた駐車スペースにはフィットはなかった。

箱根は福島の部屋に入り、安否を確認したいと言ったが、本人の許可がなければ福島の部屋を開けることはできないし、開けようにも鍵がないと告げられた。箱根は会社のマニュアルに従って一一〇番に通報し、事情を説明した。

「最寄りの交番から警察官が急行します」

箱根は総務課に連絡を入れ、すぐに対応してくれる鍵業者を探させた。鍵業者は二十分後に福島のマンションにやってきた。少し遅れて若い警察官が自転車で着いた。

警察官が到着すると箱根は事情を二人に説明した。警察官が立ち会うことがわかると、鍵業者は道具箱から解錠に必要な道具を取り出し、鍵穴から挿入した。

五分もかからなかった。業者がドアノブを回すと扉は開いた。

警察官と箱根が部屋に入った。

「福島部長、おいでになりますか」

箱根が大声を張り上げた。返事はない。室内の空気は淀んでいるように感じられる。

靴を脱ぎ、室内を見ることにした。

玄関から廊下が真っすぐに延びている。左右にドアが二つずつ並んでいる。左側の最初のドアを開くと、トイレで福島はいない。隣はバスルームだったが、そこにもいない。

右側は書斎、寝室だったが、そこにもいない。男の一人暮らしのわりには部屋はきれいに整理されていた。

廊下の突き当りは広めのリビングとダイニングキッチンになっていた。

「室内を荒らされた形跡はありませんね」

若い警察官が話しかけてきた。

テーブルの上にレシートが無造作に置かれていた。箱根は日付を見た。土曜日の午後二時に近くのコンビニで、サンドウィッチと缶コーヒーを買った時のものだ。

「土曜日の午後まではこの部屋にいたことになりますね」

警察官もレシートを見ながら言った。

日曜日からいなくなったとすれば、三日間福島の行方がわからないことになる。

若い警察官は安否確認が終わると交番に戻っていった。

箱根は鍵業者にシリンダーの交換を依頼した。鍵一つを管理人に預け、残りは箱根が預かることにした。福島が入居しているマンションは管理人が二十四時間常駐している。福島が帰宅すれば、部屋の鍵を管理人から受け取ることが可能だ。

「請求書は会社に回してください」

箱根は業者に告げ、部屋をロックすると管理人と一緒に一階へ下りた。

残された箱根の仕事は警察に出向き、捜索願を生田目メガテクノとして提出するだけだった。

捜索願を提出したところで警察が福島の捜査に動くはずがない。五十歳にもなる部長職の男が、三、四日居所がわからなくなったくらいで、捜索に手間をかけられるほど警察は暇ではない。

箱根が所属する部署の総務課も、社員の安否確認から捜索願の提出までのんびりとしているほど余裕などない。

その日、土砂降りの雨の中を一日中駆けずり回った。浜松南警察署に捜索願を提出し、会社に戻ったのは午後五時過ぎだった。

丹下ではないが、福島部長の安否がどうなろうと、そんなことはどうでもよかった。ただ、ワンマン社長の生田目豪からいわれのない非難だけは受けたくなかった。

3　人質

スーパー遠州灘の駐車場での勤務にも慣れ、入ってくる車の誘導も手慣れたもので、駐車場内で車がもたつくこともない。コンビを組む伊川の要領のいい指導も金山には大きな手助けになった。

その週は夜勤で午後四時からの勤務だ。スーパー遠州灘の屋上駐車場は午後三時から午後五時くらいまでは比較的空いている時間帯になる。午後五時を回ると混み始め、九時まではほぼ満車状態がつづく。午後十時が閉店時間だが、全車が屋上から出庫するのは十時半前後になる。

屋上から一台の車もなくなると、駐車場の警備員はスーパー遠州灘の従業員立会いのもとに、三階売り場と屋上とを結ぶ階段踊り場に設置されているシャッターを下ろす。売り場から屋上駐車場に上がってくるには、エレベーターを使うしかないが、スーパー遠州灘の客用出入口はすべて閉じられてしまう。エレベーターを使うのは従業員だけになる。

屋上駐車場へ通じる東側スロープ入口、駐車場から出る西側スロープ出口には格子状のシャッターが下ろされ、外部から人も車も入れなくなる。

浜松警備保障の警備員としての仕事は三階シャッター、東西両スロープのシャッターが閉鎖されているのを確認し、終了する。午後十一時を過ぎると、スーパー遠州灘はすべての従業員が帰宅し、翌朝出勤してくるまで店内は無人になり、店内の様子は防犯カメラの映像が浜松警備保障の安全管理センターに送られ、夜間はその映像を監視し、異常があれば警備員が現場に急行するというシステムになっていた。

その晩、閉店時間が迫っていたが、金山も伊川もいつも通りに仕事をこなしていった。

夜八時近くになって拝島紗香が買い物にやってきたのは、金山も伊川も承知していた。その日は自分で駐車スペースにベンツを止めることができた。買い物客が帰り始めた頃で、両隣の駐車スペースは空いていた。

買い物を終えて屋上に戻ってきたのは、九時半過ぎだった。いつものように両手にはスーパー遠州灘のビニール袋が握られていた。金山も伊川も、他の車の誘導に忙しくて、拝島紗香はベンツに戻ったとばかり思っていた。

拝島紗香の後ろにアジア系の男性がいたが、金山は買い物客だろうと思った。

浜松市は外国人集住都市会議に参加している都市の一つだ。外国人が多く暮らす地方自治体が、共生に係る施策や活動状況に関する情報を交換し、地域で顕在化しつつある様々な問題の解決に積極的に取り組むために設立されたもので、第一回会議が二

○○一年浜松市で開催された。

一九九〇年に入国管理法が改正され、群馬県の大泉町と並んで浜松市にはブラジルやパラグアイ、ペルーから出稼ぎにやってきた日系人が多数暮らしていた。

その他にも外国人技能実習制度を利用して来日した東南アジア各国の若い男女も決して少なくはなかった。外国人技能実習生が働くのは、きつい、汚い、危険の三拍子揃ったいわゆる３Ｋの現場だ。その上、低賃金で内外から厳しい批判にさらされている。それでも実習生は日本の土を踏み、浜松市内の下請け工場で働いた。

浜松市内で南米の日系人や、アジア系の人々の姿を見かけるのは決して珍しいことではない。拝島紗香の後を歩いてくるアジア系の男性にことさら注意を払うこともなかった。その男性は左手をポケットに突っ込みながら、紗香のすぐ後ろを歩いていた。

金山はその日、休憩を一度も取っていなかった。

「あと数台しか残っていないから、部屋でコーヒーでも飲んできなよ」

伊川が気遣ってくれた。その日は一日中曇り空で異様に蒸し暑かった。勤務が終了するまで残り一時間と二十分程度だが、少し椅子に座り冷たい缶コーヒーを飲みたい気分だった。

警備員室に入ると、金山はドアのすぐ近くに身を潜めていた男にサバイバルナイフを首に突き付けられた。三十代と思われる東南アジア系の男だった。中にいたのはその男だけではなかった。その日もベンツに乗ってやってきた生田目豪の長女、拝島紗香がガムテープで口を塞がれ、後ろ手に手錠をかけられて身をよじりながら必死に何かを叫んでいた。怯え切った長男の勇が、口をガムテープで塞がれ小型犬が唸るような声で泣いていた。

小学校五年生の勇にはさすがに手錠もかけられていなければ、拘束もされていなかった。しかし、母親の近くで身を横たえているように命じられ、不安げに母親を見つめている。

アジア系の男はすぐにドアを閉めた。

「騒ぐな。騒げば、この女、刺す」

「わかった。落ち着け、そんなナイフはしまえ。子供が脅えているのがわからないのか」

金山は男を落ち着かせようとして言った。この時も男は左手をポケットに入れたままだった。

男は中からドアをロックすると、カーテンを少し開け、外の様子を眺めていた。伊川が残り二台の車が西側スロープを下りていくのを見送っていた。屋上駐車場に残るのはベンツ一台だけだった。

時計は午後十時を指していた。男はカーテンを閉じた。伊川は警備員室前を通り、階段で三階へ下りた。スーパー遠州灘の従業員立会いのもとに、屋上へ通じる階段にシャッターを下ろすのだろう。

十分もすると伊川も警備員室に戻ってきた。ドアノブを回す音がした。

「金山さん、私だ。開けてくれ」

訝る伊川の声がした。ドアロックを男が解除した。

部屋にはいると同時に、男はドアを閉めロックした。何が起きているのかわからずに、伊川は金山を見たり、床に転がっている紗香に視線を落としたりした。すぐにドアの近くでサバイバルナイフを握る男にも気がついた。

「どうしたんですか」伊川が金山に聞いた。

金山は首を横に振るだけだった。

男は日本語がそれほど上手でもなさそうだ。

「ここにお金はないぞ」

伊川は男にわかるようにゆっくりと話をした。

「私、お金必要ない」

男は日常会話くらいは理解できるようだ。

「私たちはまだ仕事を残している。このままだと変に思って、スーパーの従業員が様子を見にくる。お金が目的でないなら、今のうちにそこのお客さん二人を自由にしてやってくれないか」

金山は男に頼みこんだ。

「ダメだ。私、この女に用事、ある」

金山と伊川は思わず顔を見合わせた。

「いつもの通り仕事して、ここに戻ってこい。そうしないと二人の命、ない」

拝島紗香はその言葉に怯え、くの字になっている体を伸ばしたり縮めたり激しく揺らした。勇もその度に泣き声を上げた。

このままの状態を放置しておくと、従業員が東スロープ入口、西スロープ出口の格子状シャッターを閉めるように言ってくる可能性がある。

「下ろしてしまいましょう」

金山が伊川に声をかけた。二人が警備員室を出ようとした。

「いいか、警察に通報すればこの二人を刺す」

男は本気なのだろう。男は左手をポケットから出し、両手でサバイバルナイフを持ち、紗香の腹部に刺すような仕草をしてみせた。

「わかった。警察には通報しないから二人には危害を加えないでくれ」

金山は懇願した。

男の左手には白い手袋がはめられていた。五本の指は半ば開いた状態にはなっているがまったく動かない。手袋の下は義手のようだ。

警備員室を出ると、金山は東スロープに、伊川は西スロープに走った。シャッターを下ろすには、一階の壁に設置された金属製の箱を開けなければならない。箱の鍵を持っているのは夜勤の警備員だけだ。

二人がシャッターを下ろし、屋上に走って戻ってきたのはほぼ同時だった。しかし、急な用事で従業員がエレベーターで屋上に上がってくる可能性がある。

伊川はそれを恐れたのか三基のエレベーターをすべて屋上に上げてしまった。三基すべて停止ボタンを押し、ドアを開いたままで、階下に降りられないようにした。エレベーターの管理会社が外部から操作、停止ボタンを解除して運転しようとしても、ドアセンサーが作動しエレベーターの扉が閉まらないように、空き缶用のゴミ箱からビール缶を取り出してドアレールの上に置いた。

金山と伊川は屋上に誰もいないことを確認すると、屋上片隅に設置されている警備員室に戻った。

部屋のカーテンはすべて閉め切られている。ドアを少し強めにノックした。

「入るぞ」

中からは何の返事もない。

金山は隣にいる伊川に目で合図した。伊川が無言でうなずく。

二人が警備員室に入った。中にいた男が命じた。

「早く閉めろ」

金山はドアを閉め、鍵をかけた。

男はいつでも紗香を刺せるように、すぐ横に座っていた。

金山と伊川が部屋に入ると、男は二人に拝島紗香の近くに座るように命じた。

「何が目的なのか知らないが、屋上駐車場に籠城していることはすぐ警察にわかってしまうぞ。日本の警察は優秀だぞ」

伊川が男に犯行を断念するようにそれとなく言ってみた。

「日本の警察、私、怖くない」

男はそう言って、サバイバルナイフでカーテンを少し開け外の様子を見た。

「どんな事情があるのか知らないが、子供だけでも自由にしてやったらどうだ」

金山が勇だけでも解放してやるように男に迫った。しかし、男はそれには何も答えなかった。

午後十一時を回った。店内の従業員はすべて帰宅しただろう。浜松警備保障は店内の様子を防犯カメラ映像で監視しているが、屋上はまったくの無防備だ。

「浜松警備保障の警備員が、夜は屋上まで上がってきて異常がないかどうかを確認するぞ」

伊川が男にゆさぶりをかけてみたが、動揺している様子は感じられない。

「警備員、警察官、誰が来ても、私、怖くない」

男のたどたどしい日本語から並々ならぬ決意で籠城していることがうかがえる。

午後十一時二十分過ぎ、紗香のポーチにしまわれていた携帯電話が鳴った。男はサバイバルナイフを床に置き、白い手袋をはめた左手でポーチを押さえて、右手でチャックを開け、ポーチから携帯電話を取り出した。

その間も携帯電話は切れることなく鳴りつづけた。おそらく夫からの電話だ。帰宅し、妻と子の不在に気づき、所在先を確認しようとしているのだろう。男は携帯電話をスピーカー設定にしてつなぐと、紗香が話せるように口元に携帯電話を置いた。

そして、紗香の口に貼られているガムテープを外した。

男は床に置いてあったサバイバルナイフを今度はアイスピックグリップに握り替えた。

「助けて、パパ」

「どうしたんだよ、こんなに遅くまで」

夫の拝島浩太郎は事態の深刻さがわからないからソファでくつろいでいるような口調だ。

「早く助けにきて」

紗香は泣き叫んだ。ようやく浩太郎にも紗香と勇が緊迫した状況に置かれていることが理解できたのだろう。

「どこにいるんだ」

浩太郎が尖った声で聞き返した。

「スーパー遠州灘の駐車場、早く助けにきて」

男の日本語会話はたどたどしくても、会話の内容は十分理解しているようだ。紗香が居場所を告げると電話を切ってしまった。すぐに電話がかかってきたが、男はひとことも発せずに携帯電話を切った。

それから十分もしないでパトカーのサイレンが聞こえてきた。スーパー遠州灘の各出入口の鍵は浜松警備保障も管理している。店内に入ることができても、エレベーターは屋上に停止したままで、動かすことはできない。エレベーターの安全管理はエレベーター専門の会社が担当している。外部から操作し、停止を解除したとしても、缶ビールにドアセンサーが反応し、エレベーターを運転することはできない。

東西両スロープの鍵も当然警備保障が管理している。しかし、シャッターは内側からでなければ開閉できない仕組みになっている。

拉致監禁事件が発生しているにもかかわらず、パトカーのサイレンの音はすぐに静まってしまった。

事件の発生を確かめようとしているのだろうが、スーパー遠州灘の周辺をパトロールしたところで何もわからない。すぐに警備員室の電話が鳴った。金山がその電話を取ろうとすると、男はサバイバルナイフの先端を金山に向けて言った。

「出るな」

ベルは十回以上鳴りつづいて切れた。同時に今度は金山と伊川の携帯電話が鳴り始めた。男は携帯電話に出ることも禁じた。

浜松警備保障は金山、そして伊川が帰宅しているかどうかを確認しているのだろう。帰宅していなければ、浜松警備保障も警察も、二人が事件に巻き込まれている可能性があると判断するだろう。

再び紗香の携帯電話が鳴った。男は同じようにスピーカー設定にしてつないだ。

「助けて」

紗香は悲鳴をあげた。

「警察に通報した。どこにいるんだ」

拝島浩太郎は事態を認識しているのだろうが、その声からは緊迫感が感じられない。それが紗香の恐怖と苛立ちを増幅させるのだろう。

「だからスーパーの屋上だと言っているでしょう。私も勇もナイフを突き付けられているのよ」

「警察が現場に急行している。もう少しのしんぼうだ」

下手な役者がセリフを読んでいるような口調で、浩太郎が言った。近くにいる刑事の指図に従って話しているのは、すぐに想像がつく。会話を聞いている男にもそれが伝わったのだろう。

「警察に伝えろ。エレベーターを動かしたり、車の出入口のシャッター、三階と屋上を仕切るシャッター、どれか一つでも開けたりすれば、その場で奥さん、子供を刺す。いいな」

男はこう伝えると携帯電話を切ってしまった。

電話のやり取りを聞いていると、男は伝えたい情報だけを相手に伝え、それ以上の会話は避けて電話を切ってしまう。警察も紗香と勇が人質になっているのは把握している。簡単には屋上に踏み込めなくなってしまった。

金山、伊川、二人が帰宅していないことを警察が把握するのも時間の問題だ。

スーパー遠州灘の地下一階には、停電の時に対応できるように自家発電機が設置されている。また店内全体の電源を管理する部屋も地下一階にある。すべての電源をオフにすれば屋上の警備員室の明かりも消えてしまう。

しかし、男の通告で警察の動きは慎重になるだろう。

その後も紗香の携帯電話は鳴りつづけた。それだけではなく警備員室の固定電話、金山と伊川の携帯電話も鳴りつづけた。

一時間ほど経過すると、電話の応対には出ないのが相手に伝わったのだろう。今度はメールが送信されてくるようになった。しかし、男はすべての携帯電話を出させて、机の上にまとめておいた。

男は日本語が読めるようだ。三つの携帯電話に送信されてきたメールをすべてチェックしていた。

紗香の携帯電話に送信されてきた浩太郎からのメールは、おそらく警察がそばにいて指示を出しているものだろう。どのメールも紗香と勇を激励する内容になっていた。男はそれを読むと、スマホを紗香と勇に向けた。紗香は後ろ手に手錠をかけられ、口にはガムテープが貼られている。体をくの字にして床に転がっている。その横に座っている勇の口にもガムテープが貼られている。

男はサバイバルナイフを紗香の腹部に置き、二人の写真を何点か撮ると、浩太郎にその写真だけを返信した。

浩太郎だけではなく、警察にも紗香と勇が警備員室の中でどのような状況にあるのか把握できたはずだ。

メールの送信と同時に、四つの電話が鳴り出したが男はそのまま放置した。

もうすぐ夜が明ける。警備員室の片隅には小さなテレビが置かれている。昼食や休憩時間にテレビを見ることは認められているが、実際にテレビを見る余裕など警備員にはない。

男はそのテレビのスイッチを入れた。午前四時のニュースが始まろうとしていた。最初の映像はスーパー遠州灘の現在の様子が流れてきた。

キャスターは「おはようございます」と短く挨拶した後、「浜松市内のスーパーで拉致監禁事件が発生しました。現場と中継がつながっています。現地の様子を伝えてもらいます」と言うと、現場の映像が流れた。

映し出されたのはポロシャツ姿の三十代と思われる男性記者だった。

「現場は浜松駅から徒歩で十分くらいのところにあるスーパー遠州灘です。すでに周囲には非常線が張られ、これ以上現場に近づくことはできません。事件は昨晩、スーパーの閉店後に起きたと見られています。会社役員の拝島浩太郎さんから妻と子供が拉致されたと一一〇番通報がありました」

映像は男性記者からスーパー遠州灘の全景、そして屋上がクローズアップされた。

「警察からの発表は今のところ断片的で、はっきりしたことはまだわかっていませんが、屋上警備員室に拝島紗香さんと長男が拉致監禁されていると思われます」

「犯人について何か情報は入ってきているのでしょうか」キャスターが現場の記者に聞いた。

「事件発生からまだ数時間しか経っていません。警察も犯人像についてはまだ何もつかんでいないというのが現状です」

「屋上の警備員室に監禁されているようですが、その警備員室というのはどのようなものなのでしょうか」

「スーパー遠州灘は屋上が駐車場になっていて、買い物客は東側のスロープから屋上に上がり、西側のスロープを使って一般道に出るようになっています。屋上に車を止めて買い物をする客が多く、二人から三人の警備員が車の誘導と駐車場の管理にあたっているそうです。その警備員の控室が屋上に設置されています」

「その部屋に母親と子供が監禁されているということですね」

「そうです。昨晩は二人の警備員がスーパーの営業が終了するまで勤務していましたが、その警備員二人も今のところ所在先が確認されていません」

「警備員二人もその警備員室に監禁されている可能性があるということですか」

キャスターが記者に疑問をぶつけた。

「警備員二人についてはまったく情報がありません」

「推測ですが、もし二人の警備員が監禁されているとすると、犯人は一人ではなく複数いるということも考えられますね」

「その点についても警察はスーパーの出入口、各フロアに設置されている防犯ビデオを分析するなどして犯人の絞り込みに全力を注いでいると思われます」

スーパー遠州灘のすべての防犯カメラ映像は浜松警備保障管理センターで管理している。その映像をすべてチェックすれば犯人は浮かび上がってくる。しかし、数時間で犯人を見出せるとは思えない。

「犯人からの要求は何か出てきているのでしょうか」

スーパーを取り囲むように幾台ものパトカーが集結し、周辺を慌ただしく動く警察官の姿が映った。

「要求というものは今のところ何も出ていません。しかし、屋上に停止したままのエレベーターを動かしたり、一階にある車専用の出入口のシャッターや、三階と屋上との間にあるシャッターを上げたりすれば、ナイフで人質を刺すと、拝島浩太郎さんを脅迫しているもようです」

スタジオのキャスターに再び映像が変わった。

「わかりました。気をつけて取材をつづけてください。このニュースに関しては事態に動きがありしだいお伝えすることにします」

男性キャスターが伝え終わると、今度は若い女性キャスター四人がまるで何事もなかったかのように笑顔を振りまきながら声をそろえて言った。

「おはようございます」

リーダー格の女性がつづけた。

「浜松では大変な事件が起きているようですが、一刻も早く解決するといいですね。さて、今日の天気ですが、予報士の水谷さんに聞いてみましょう」

テレビ局屋上に待機するやはり女性の水谷予報士が映し出された。背後には東京タワーが見える。

「ご覧のように東京は曇り空です。この後、梅雨前線の接近にともない西から天気は崩れていきます。すでに愛知、静岡では本格的な雨になっています。二、三時間もすると東京でも雷雨をともなった激しい雨が予想されています。降り始めが通勤時間帯と重なる恐れがあります」

予報士の解説の通り、浜松市内では夜明けと同時に、駐車場に叩きつけるような雨が降り出していた。バシャバシャと跳ね返る音だけが警備員室に響いていた。

警備員室は空調のスイッチが入れられ、適度な温度に保たれてはいる。しかし、紗香は恐怖のあまり一晩中震えつづけていた。

4　脅迫

浜松南警察署刑事課の下田善一警部補は枕元に置いてある携帯電話で起こされた。

「署に大至急来てくれますか」

長年の経験で事件が発生したことはすぐにわかった。電話を切ると下田は洗面所で顔を洗った。以前は髪を七三に分けて、サラリーマン風のヘアスタイルにしていた。しかし、深夜の急な呼び出しにシャワーを浴びる時間もない。いつの頃からか坊主頭にしている。これならば洗面台に頭を突き出し、水をかければすぐに目が覚める。その夜も頭から水をかけた。

時刻は午前零時を少し過ぎていた。妻の直子も物音に気づき起きてきた。

「着替えはソファの上に出しておきました」

あうんの呼吸というか、刑事の妻として暮らしてきた直子も、夫の機敏な動作に事件の発生がわかるようになっていた。

下田は自宅前の駐車場から車で浜松南警察署に向かった。自宅は浜松市郊外の土地に一戸建ての家を建てた。長男、長女、二人の子供がいたが、二人とも東京の大学を卒業し、父親とはまったく異なる仕事を選んだ。

下田が浜松南警察署に着いたのは午前一時少し前だった。コンビを組む若手刑事の高尾卓巡査部長が南警察署前の駐車場で下田が来るのを待っていた。

「車の中で説明します」

下田は自分の車を駐車場に止め、高尾が運転するパトカーに乗り換えた。

スーパー遠州灘で母親と子供を人質に取った拉致監禁事件が発生したと、高尾が説明した。

「山科署長が現場の指揮は下田刑事に任せると……」

やっかいな事件が起きると、場数を踏んでいる下田にいつもふってくる。

「人質の身元は割れているのか」

「通報してきたのは夫の拝島浩太郎です。妻は生田目メガテクノ社長、生田目豪の長女紗香で、子供は拝島夫婦の長男勇で小学校五年だそうです」

「生田目メガテクノから身代金でも取れると思って、チンピラヤクザがバカしでかしたのと違うのか」

「今、スーパー遠州灘の警備を任されている浜松警備保障の防犯ビデオを解析中です」

人質を取り、逃げ場のない屋上駐車場の警備員室に籠城している。計画性がまったく感じられない。しかし、犯人はサバイバルナイフを持っているようだ。

「クスリのやり過ぎとかも疑ってみる必要があるな」

下田は薬物依存症患者を疑ってみた。覚醒剤や違法薬物の影響で、幻覚幻聴に苦しむ患者は少なくない。壁や天井から無数の虫が湧き出る幻覚を見たり、カーテンの後ろに刑事が身を潜めていると思い込んだりしてしまう。あるいは通行人がすべて刑事に見えてしまい、身を守るために刃物を身につけている薬物使用者を逮捕したのも一度や二度ではない。

スーパー遠州灘は浜松南警察署から車で十分もかからないところにある。雨が本格的に降り出している。近くには浜松市内でも有数の飲み屋街がある。非常線の周辺には傘をさしながら酔った野次馬が集まってきていた。

スーパー遠州灘前の片側二車線の道路は警察車両で埋め尽くされていた。東西両スロープはシャッターで閉じられていたが、店の出入口はすでに開けられていて警察官が出入りを繰り返していた。

下田と高尾は警察官の案内で三階まで上がった。三階から屋上へとつながる階段の踊り場はシャッターで閉ざされていた。

「あのシャッターを開けるにはどうしたらいいんだ」

案内をしている警察官が一階で待機している浜松警備保障のスタッフを呼んだ。すぐにそのスタッフが三階に上がってきた。

「踊り場のシャッターを開閉するキーボックスは三階と屋上の二ヶ所あります」

「三階のキーボックスを見せてくれないか」

浜松警備保障のスタッフが階段踊り場の壁に埋め込まれている金属製のボックスを指した。

「中を見るだけだ。開けてくれ」

「いいんですか」警備保障のスタッフが下田に聞いた。

「シャッターを上げるわけではない」下田が答えた。

スタッフは安心したように鍵を取り出してボックスを開けた。小さな扉を開くと、鍵の挿入口があった。

「ここにシャッター専用の鍵を挿入し、右に回すとシャッターが上がり、左に回すとシャッターが下りてくる仕組みになっています」

同じキーボックスが階段を上り切った屋上の壁にも埋め込まれている。

「これは……」

浜松警備保障のスタッフが異常にすぐ気づいた。挿入口に鍵が挿入され、先端を差し込んだまま折られていた。

ストーカーがよくやる手口だ。マンションのドアに鍵を差し込んだまま折ったり、挿入口に瞬間接着剤を流し込んだりもする。

「業者を呼んで、折れた鍵を取り出してもらってくれ」

三階まで案内してくれた警察官に下田が指示を出した。

「エレベーターは使えるのか」

「屋上に停止したままになっています」

浜松警備保障のスタッフが現状を説明した。「おそらく停止ボタンが押された状態になっていると思います」

「エレベーターもお宅が管理しているのか」

「いいえ、エレベーターは製造会社のグループ企業が保安管理を担当しています」

「その管理会社なら停止ボタンは解除できるのか」

「可能だと思います」

スタッフが即答した。さらにエレベーターの管理会社は二十四時間営業していると教えてくれた。

「エレベーターと屋上の警備員室との距離はどのくらいあるんだ」

「エレベーターホールを挟んでエレベーターの真ん前に警備員室があります」

三階で状況を確認すると、下田と高尾は一階に下りた。東西両スロープの様子を見ておく必要がある。両スロープから突入するのは簡単だと思った。しかし、スロープを上り屋上にたどり着いたとしても、視界を遮るものはなにもなく、警備員室からは丸見えだ。

「階段やエレベーターを使っても、東西の両スロープを上がっても、警備員室からは何から何まで見渡せるというわけか」

下田が誰に言うでもなく言った。

「浜松警備保障の二人の警備員とは連絡がついたのか」

「いいえ、まだです」高尾が即答した。

警備員二人も人質に取られていることを想定した方が良さそうだ。二人の警備員はいずれも六十歳を超えている。しかし、四人も人質をとって警備員室にたてこもるには、いくらサバイバルナイフを持っているとはいえ、一人では無理だろう。下田は複数犯を想定した。

三階と屋上を隔てるシャッターが三階からでは開けられないように、鍵の挿入口に細工をしていた。内部の様子を知っている者の計画的な犯行のように思える。薬物依存症の患者が幻覚幻聴に怯えて衝動的に起こした犯行ではないのははっきりした。

犯人は拝島浩太郎に紗香と勇の映像もメールで送りつけてきた。紗香は後ろ手に手錠をかけられている。警察官を突入させた場合、一瞬のミスが人質の死につながる。

結局こう着状態が続いたまま夜が明けた。相変わらず雨は降りつづいている。さらに激しさを増し、山間部では避難命令が出た地域もあるようだ。

下田と高尾はスーパー遠州灘の前に止められた機動隊のバスの中に入った。激しく降りしきる大粒の雨がバスの天井を叩いた。下田はそのバスの中から指令を出すことにした。

拝島浩太郎には紗香の携帯に、浜松警備保障には警備員室の固定電話と二人の携帯電話に三十分おきに連絡を入れさせてみたが、応答はなかった。

午前六時過ぎ、防犯カメラ映像のチェックが終了した。昨日、スーパー遠州灘に入った治療歴、逮捕歴のある薬物依存症患者はいなかった。

「怪しい動きをする男が一人浮上したそうです」

防犯カメラ映像をチェックした警察官から結果報告を聞いた高尾が下田に説明した。

「誰だ、その怪しい男というのは」

「署からの連絡では、アジア系の若い男が買い物をする拝島紗香の後ろを付いて回る姿が確認されたそうです。防犯カメラの映像では、その男がスーパーを出た映像は確認されていないようです」高尾が報告する。

「いくら人手不足だからといって、わけのわからない外国人をなんでもかんでも受け入れるから、こんな事件が起きるんだ」

アジア系の男が事件と関与しているかどうか、はっきりしたわけではないが、下田は吐き捨てた。

電話を何度入れさせても応対には出なかった。

「警備員室には食料とか水はあるのか。浜松警備保障に聞いてみてくれ」

高尾が浜松警備保障のスタッフに聞いた。

「部屋の中に小さな冷蔵庫があり、熱中症を防ぐために、ペットボトルの水が十分しまわれていて、その他にも段ボールに入ったペットボトル一ダースが常に保管されているそうです。食料については、会社が支給するものはないようですが、個人が持ち込んで冷蔵庫に保管することはあるそうです」

「女房の携帯にメールは送信できるんだな」

高尾が頷く。

「女房の携帯に朝食を差し入れたいと亭主から送信させろ」

浜松市内の高級住宅街に大邸宅を構える拝島の家に、刑事も事件が発生して以来常駐している。

犯人から返信メールがすぐに戻ってきた。

「朝食を用意しろ」

サンドウィッチとオレンジジュース、ミルク三人分が用意された。

「エレベーターで屋上に上げたい」

「二号機、下ろす。エレベーターの真ん中、食事を置け。警察官が乗っていれば子供を刺し殺す」

返信があった。

二号機は警備員室の窓から真っ正面の位置にある。死角はドア付近の左右のわずかなスペースしかない。

「まずは挨拶だ。小細工せずに食事を届けてみる」

下田は準備ができたとメールを送信させた。

間もなく二号機のランプが点灯し一階へ降下してきた。

二号機に用意した朝食が載せられ、Rのボタンが押された。屋上に着くと再び停止ボタンが押されたようだ。

「エレベーターの管理会社に連絡して、停止ボタンを解除してもらい、もう一度エレベーターを一階に下ろしてもらえ」

「そんなことをしたら人質に危害が加えられるのではないですか」

高尾が驚いた表情で言ってきた。

「警備員二人の分が今届いたところだと言えばいい。早く解除してもらえ」

エレベーターの管理会社に緊急連絡が入れられた。

「すぐにやるそうです」

高尾はエレベーターの管理会社と電話をつないだままだ。その様子を下田に逐一報告してくる。

「今停止ボタン解除」

高尾は緊張しているのだろう。声がかすれている。

「一階に降下」

下田にそう告げた瞬間、相手に聞き返した。「降下しないってどういうことだ」

何度も頷きながら相手の話を聞いている。

「わかった」

と答え、受話口を押さえ、「エレベーターが下りないそうです。危険防止センサーが作動するようにドアレールに何か挟んでいるか、マルチビームドアセンサーが反応するように、赤外線ビームの照射口をテープで塞いでいる可能性があるそうです」という高尾の報告を聞くと、下田自らが拝島の自宅にいる刑事に連絡を入れた。

「まだ届けたい食事があるとメールを大至急送信しろ」

拝島浩太郎の携帯電話からメールが送信された。

同時に返信があった。送られてきたのはサバイバルナイフを紗香の喉元に突き付けている動画だった。

ガムテープで塞がれた口から悲鳴を漏らし、大きく見開いた目から涙が流れていた。

「次は本当に刺す」

メッセージにはそう記されていた。

東西両スロープ、屋上につながるシャッター、それを解除して屋上に突入し、犯人を逮捕するのはそれほど困難ではない。しかし、現状では強行突破は躊躇せざるをえない。感づかれた瞬間に犯人が人質を殺傷する可能性が高い。

単独犯なのか複数犯なのか、状況もまだ把握できていない。さらに警備員二人の安否も確認されていない。

しばらく膠着状態がつづいたとしても、犯人に投降を呼びかけ、説得をしながら、相手の要求を見極めるしかないだろう。逮捕はそれからだ。

スーパー遠州灘の周辺はマスコミ関係者に取り囲まれ、テレビ局、新聞社はヘリコプターを飛ばし、スーパー遠州灘の屋上の映像を流し始めた。

人質が生田目メガテクノの役員拝島浩太郎の妻であり、創業者の長女でもある拝島紗香、そして拝島夫妻の長男勇であることがわかると、拝島浩太郎の家、そして創業者の生田目豪宅にも取材陣が殺到した。

この二人への取材が難航しているのだろう。浜松市郊外にある生田目メガテクノ本社、工場にも報道陣が流れた。

スーパー遠州灘の籠城事件は、昼のワイドショー、午後のニュース番組で大々的に取り上げられるようになった。

売れっ子タレントのＳＵＭＩＲＥはバラエティー番組の収録前で、東京にある民放キー局のタレント控室で籠城事件のニュースを一人で見ていた。

ＳＵＭＩＲＥはテーブルの上に置いた携帯電話を取った。素早く操作してＢＪという名前で登録してある相手に連絡した。ＢＪがすぐに出た。

「どうした」

「近くにテレビがある？」

「まだ自宅だ」

ＢＪはミュージシャンで、ジャズバーでベースを弾いている。ＳＵＭＩＲＥはチャンネルを告げた。

「点けた」

ＳＵＭＩＲＥが見ている映像は、スーパー遠州灘の前にいるレポーターに変わっていた。

「この事件がどうかしたか」

ＢＪが怪訝な口調で聞いてくる。

「そのまま少し見ていて」

映像はスーパー遠州灘の上空からのものに変わった。二人は無言のまま同じ映像を見つづけた。スタジオのキャスターが事件の概要を繰り返し伝えている。

キャスターが今度は拝島浩太郎の家の前にいるレポーターを呼んだ。レポーターは、家の中で拝島浩太郎は犯人からの連絡を待っていると思われると報告した。次は生田目メガテクノの社長、生田目豪の自宅前の様子が映し出された。

大きな家の門柱付近と通りをはさんで反対側の歩道が映った。すべて報道陣で埋め尽くされ、その向こうには野次馬がテレビに少しでも映ろうと手を振ったりしていた。

「もう少し待って」

ＳＵＭＩＲＥがＢＪに頼み込んだ。

「俺の方はまだ十分時間はある。お前の方は平気なのか」

「私の方も収録が少し遅れぎみに進んでいるの。もう少しは見ていられる」

ＳＵＭＩＲＥは一瞬目にしただけだが、全身の血管が凍りつくほどの衝撃を覚えた。心臓の鼓動が大きくなり、その鼓動の音が自分の耳にも響いてくるような気がした。ＢＪはＳＵＭＩＲＥの声が微かに震えているのがわかったのだろう。

「大丈夫か、お前」

ＳＵＭＩＲＥを気遣うＢＪの声が聞こえてきた。

「うん」

ＳＵＭＩＲＥはそう答えたが、バラエティー番組に出て、笑いを取るようなコメントが言えるような心境ではなかった。

スタジオのキャスターが言った。

「もう一度、メガテクノ本社前を呼んでみましょう」

生田目メガテクノ前に待機しているレポーターが映った。

「社員の皆さんはすでに拝島役員の妻と長男が人質になっている事実は知っています。お昼休みを終えて帰ってくる社員の方にお話を伺おうかと思ってマイクを向けてみたのですが、皆さん無言のまま足早に会社に戻って行かれました」

レポーターが生田目メガテクノの会社概略を伝えている。カメラがレポーターから本社社屋を映し、さらにその横の工場に向けられた。蒲鉾型の工場が三棟並んでいた。本社ビルに一番近いところに建つ工場が最も古いらしく、建物の壁にはいくつものひび割れができていた。その工場が映った。

「見て」

ＳＵＭＩＲＥはひと際大きな声でＢＪに告げた。

「これは……」

ＢＪは呻くように呟くと黙り込んでしまった。

「そう思うでしょう」ＳＵＭＩＲＥが確認を求めた。

「ああ、間違いないだろう」ＢＪが答えた。

「どうしよう」

ＳＵＭＩＲＥは思わず不安を口にした。

「どうするもこうするもない。ようやく始まるんだ」

「そうだね」

「お前がデビューして以来、いろいろ探ってきたが、こんな形で見つかるとは思ってもみなかった」

ＢＪにも生田目メガテクノ工場の映像は衝撃的だったのだろう。

「まだ時間がある。店のライブが始まる前に帰って来られる。浜松に行ってくるが、お前は何時頃に仕事は終わる」

「遅くても十二時前後には終わると思う」

「今晩店に来られるか」

「行ってもいい？」

「直接会った方が正確な話ができる」

控室のドアが控えめにノックされた。

「ＳＵＭＩＲＥさん、そろそろよろしいでしょうか」

ディレクターがスタジオに入るように呼びに来た。

「では後でね」

「仕事の方頑張れよ」

ＢＪの激励の声を聞きながらＳＵＭＩＲＥは携帯電話を切った。

ＳＵＭＩＲＥが六本木にあるジャズクラブ「スイング」に入ったのは午前一時過ぎだった。「スイング」はピアノ、ベース、ドラムで生演奏し、歌手が毎日替わる。四十代から六十代の客が多い。

ＳＵＭＩＲＥが所属する太田エンターテインメントからは、夜一人で六本木や原宿を歩かないように注意を受けていた。ＳＵＭＩＲＥのセミヌード写真が週刊誌に掲載された。健康的なエロティシズムを感じさせるグラビアで、女性からも支持されていた。しかし、売り出し中にもかかわらず、大胆な写真を掲載したことから、自由奔放な性格だと思われたようだ。写真週刊誌のターゲットにされ、仕事が終わった後、カメラマンに尾行されたのは一度や二度ではなかった。

「スイング」はクラブやスナックが入る雑居ビルの三階にあった。ＢＪは最後のライブ演奏をしていた。

店内に入るとＢＪが眼で合図を送ってきた。ベースの少し前のテーブルが空席になっていた。椅子が三脚置かれている。ＢＪが予約席として確保しておいてくれたのだろう。ＳＵＭＩＲＥはそこに座った。

バーテンダーが薄めのジントニックを作ってテーブルの上に置いた。それを飲みながらライブ演奏が終わるのを待った。

午前一時四十分、ライブが終わった。

ＢＪがＳＵＭＩＲＥの前に座った。

「それでどうだった」

待ち切れずにＳＵＭＩＲＥが聞いた。

ＢＪがバーテンダーにビールを一杯持ってくるように注文した。そのビールを喉を鳴らしながらＢＪは一気に飲みほした。

「今晩のビールは格別にうまい」

ＢＪは満面の笑みを浮かべて言った。

「例のものを持って、近づけるところまで行ってみた。間違いない、あの建物だ」

「ようやく探し出せたのね」

「そうだ。三年もの間、あんなに見つからなかったのに、見つかる時はあっけないものだ」

「ジョージのおかげだわ」

ＢＪは六本木界隈ではブラックジョーと呼ばれ、親しい仲間の間ではＢＪで通っている。黒人のアメリカ人と日本人女性のハーフだ。親子ほどの年齢差があり、ＳＵＭＩＲＥが心から信頼を寄せる男性だ。

「これからも手伝ってもらえるかしら」

「もちろんだ」

ＢＪが力強く答えた。

ＳＵＭＩＲＥは帰宅しても、興奮してその晩は眠れそうにもなかった。

5　腐乱死体

スーパー遠州灘の人質籠城事件は三日目を迎えた。定期的に食事と水が屋上に運ばれているようだ。ＢＪは浜松を訪れた時、生田目メガテクノの工場で働く日系ブラジル人からある情報を入手していた。

工場ではブラジル、ペルー、パラグアイなどの中南米から来た日系人労働者が多数働いていた。リーマン・ショック当時は職を失い、母国に帰国した日系人も多い。しかし、最近になり製造業の人手不足は深刻な状態に陥り、再び中南米から日系人労働者が還流してきた。

入国管理法が改正され日系人に労働可能な定住査証が発給されるようになったのは一九九〇年のことだった。彼らは大部分が人材斡旋会社からの派遣社員で、雇用形態は極めて不安定だ。彼らは少しでもいい賃金を求めて日本国内を移動した。

雇う製造業側も安定した労働力を確保するために、賃金を上げざるをえなかった。製造業の中には少しでも安価な労働力を確保しようと、外国人技能実習制度を利用する企業も少なくない。

人手不足の解消を経済界から強く求められ、政府はさらなる外国人労働力の受け入れに大きく舵を切った。法務省はこれまでに日系三世までに限って就労可能な定住査証を発給していた。それを条件付きだが、日系四世にまで拡大した。

さらに「経済財政運営と基本方針2018」、いわゆる「骨太方針」を閣議決定。一定の技能水準と日本語能力を身につけた外国人を対象に、最長で十年間の在留を認める方針だ。これにより外国人技能実習制度も拡大された。

国内で働く外国人労働者は約百二十八万人で、このうち約二十六万人が技能実習生。政府は日系四世、そしてさらに導入される技能実習生で、労働力不足の解消を図ろうとしている。

生田目メガテクノも工場内には日系人、東南アジアからの技能実習生が多数働いているようだ。ＢＪは日系ブラジル人からそうした情報を引き出し、東京大田区に、生田目メガテクノを退社、独立して自分の工場を建設した元工場長がいると教えてくれた。その工場長は自分の工場で製造するというよりも、大田区に散在する下請け工場に、生田目メガテクノが発注する仕事の窓口になっているらしい。

元工場長が独立して立ち上げた会社は武政産業で、社長は武政富美男だ。日系ブラジル人によると、武政も生田目メガテクノの歴史や内情に詳しいようだ。

午後四時から二時間だけＳＵＭＩＲＥに空き時間ができた。ＢＪもＳＵＭＩＲＥに付き合うと言ってきた。ＳＵＭＩＲＥは太田エンターテインメントに近く、新宿御苑が見渡せる四谷のマンションで暮らしていた。四時ちょうどにエントランスに下りると、ＢＪのプリウスがすでに待機していた。

ＳＵＭＩＲＥが助手席に座るとＢＪは車をスタートさせた。

「六時三十分までにお台場のスタジオに入ればいいんだな」

「そう」ＳＵＭＩＲＥが答えた。

首都高速の外苑入口から入り平和島出口で降りた。カーナビに住所を入力し目的地を目指した。出発してから四十分ほどで武政産業に着いた。新築した工場をＳＵＭＩＲＥもＢＪも想像していたが、築二十年以上と思われる三階建ての小ぶりなビルだった。一階が工場になっているようで、シャッターは閉じられていた。

シャッターの前は駐車スペースになっていた。ＢＪはそこに車を止めた。

「お前は中にいろ」

武政産業の前の通りにはひっきりなしに車が行き交っている。ＳＵＭＩＲＥだと気づかれる可能性もある。

車から降りたＢＪはシャッターに耳を近づけた。助手席に座るＳＵＭＩＲＥの方を見て首を振った。何も聞こえないのだろう。

シャッターの右端にドアが設けられていた。そのドアノブを回したが、鍵がかかっていたようでＢＪは車に戻ってきた。

「二階に行ってみる。お前は車の中にいるか」

車内にSUMIREがいるのを歩行者に気づかれないか、BJはそれを心配しているのだ。二階に通じる外階段はビルの左側に設置されていた。

「私も行ってみる」

SUMIREは車を降りた。二人は外階段を駆け上がった。ドアの横にインターホンがあった。BJがボタンを押した。呼び出し音は外にいても聞こえた。

「いないようだな」

BJは何度もインターホンのボタンを押した。しかし、応答は何もない。

「せっかく来たのに留守かよ」

こう言いながらBJはドアノブを回した。鍵はかかっていなかった。

「武政さん、いませんか」

ドアを少し押し開け、BJが大きな声を張り上げた。揮発して二階オフィスまで流れ込んできた機械オイルの臭いと同時に澱んだ異臭が漂ってきた。

「何の臭いだよ、これは……」

BJもSUMIREもハンカチを取り出し、鼻と口に押しあてた。

BJが部屋に一歩踏み込んだ。部屋には机が向き合うようにいくつも並び、窓際の一番奥の机はひときわ大きく、その机の上には黒い大きな塊が載っていた。SUMI

ＲＥはＢＪの左腕にすがりついた。

二人が二、三歩進むと、黒い塊は音を立てて飛び立ち、大きな机の周辺を飛び交った。黒い塊は無数のハエだった。

机の上に顔を突っ伏すようにして人が倒れていた。机の上は黒いペンキがぶち撒けられたような状態で、生渇きに見えた。再びハエがそこに群がった。

ＢＪはＳＵＭＩＲＥの手をそっとはらいのけ、さらに進んだ。

机の上は人間が逆八の字に両手を広げた格好で、その上からロープが幾重にも巻かれていた。左手首はざっくりと切り落とされ、そのままの状態で置かれていた。黒いペンキに見えたものは手首から流れ出した血だった。

両足首は二つの手錠で、机の両脚につながれていた。身動きできないようにされてから左手首を切り落とされたのだろう。

「出よう」ＢＪが言った。

異臭がひどく、ＳＵＭＩＲＥは今にも吐きそうになった。

部屋を出ると二人は大きく深呼吸をした。しかし、異臭は髪や服に染み込んでしまったようで、いつまでもしつこくまとわりついてくる。

「このまま放置できない。警察に通報する。お前は太田エンターテインメントに連絡して、マネージャーにすぐ来てもらえ」

ＢＪが一一〇番に通報し、遺体を発見したと告げた。

「警察にはどう説明すればいいかしら」

「事実を伝えればいい。生田目メガテクノの工場前で撮影されたと思われる父親の古い写真があり、元工場長が大田区にいると聞きつけて、亡くなった父親の若い頃のことを知っているかもしれないと思い、いてもたってもいられずに、俺と一緒に武政産業を訪ねてきたと言えばいい」

「ＢＪのことはどう説明すれば……」

「ハーフのミュージシャン仲間ということにしよう」

ＳＵＭＩＲＥが太田エンターテインメントに連絡を取っていると、すぐにパトカーのサイレンが聞こえてきた。

武政産業前の道路は百メートルにわたって非常線が張られ、一般車両は入ってこられなくなってしまった。

大森警察署の警察官、刑事が二人の周囲に集まってくる。鑑識課が外階段をあがり二階の部屋に入っていく。一階のシャッターに取り付けられたドアや、シャッターに残された指紋まで検出するようだ。

ＢＪとＳＵＭＩＲＥは別々のパトカーに乗るように言われ、刑事から事情聴取をされるようだ。

ＳＵＭＩＲＥの横に座ったのは、斉藤道夫というまだ三十代前半の若い巡査部長だった。化粧もしていない素顔だったが、すぐに気づいたようだ。

「ＳＵＭＩＲＥさんですよね」

斉藤が聞いた。

「そうです」

タレントが遺体の第一発見者になったのを不思議に感じているのだろう。

ＳＵＭＩＲＥはＢＪと打ち合わせした通り説明した。斉藤は納得した様子でＳＵＭＩＲＥの話を聞き、手帳にメモしている。

一通りの説明が終わったのは午後六時少し前だった。

ＳＵＭＩＲＥの携帯電話が鳴った。マネージャーからだった。電話内容は想像がついた。スタジオ入りの時刻が迫っているのだ。マネージャーからの電話は近くまで来ているが、非常線が張られ中に入ることができないという連絡だった。

「事情聴取にはいくらでも協力します。ただテレビの収録時間が迫っています。今日の収録は三時間ぐらいで終わると思います。十時前後には大森警察署に行くことは可能です。ここで一度事情聴取を中断させてもらうわけにはいきませんか。マネージャーが非常線のところまできています」

斉藤は上司に相談してくると、パトカーから降りた。すぐ隣のパトカーでＢＪも事情聴取を受けていた。BJを聴取していた刑事がパトカーから降りてきて、斉藤と打ち合わせをしている。すぐに結論が出たようだ。斉藤がSUMIREの乗っているパトカーの後部座席のドアを開けた。みるからに人相の悪い上司が顔を車内に突っ込んできた。大森警察署の小早川徳光警部補だった。

「午後十時に大森警察署に来ていただけるというのは間違いありませんか」

「収録が大幅に遅れない限りはその時間に大森警察署におうかがいできると思います」

SUMIREはきっぱりとした口調で答えた。

「それでは大森警察署の方でお待ちしています」

小早川は再びBJの乗るパトカーに戻った。

斉藤が再び後部座席に乗り、聞いてきた。

「マネージャーの車のナンバープレートってわかりますか」

SUMIREは首を横に振った。すぐにマネージャーの携帯電話を呼び出し、車番を尋ねた。その番号をSUMIREは復唱した。

斉藤はその番号をメモし、携帯電話でどこかに連絡を入れ、その番号を伝えた。

「周囲は野次馬でいっぱいです。今マネージャーさんの車が入ってこられるように警察官に伝えました。もうすぐ来ると思います。夜の聴取にご協力ください」

斉藤はSUMIREが野次馬の中でもみくちゃにされ、スタジオ入りが遅れるのを心配してくれたようだ。

すぐに徐行運転でマネージャーの車が武政産業に向かってくるのが見えた。武政産業の前まで来ると、エンジンをつけたままマネージャーの横溝が降りてきた。

「お騒がせをします」

横溝も三十代前半で斉藤と同じくらいの年齢だ。

「ＳＵＭＩＲＥさんにお願いしておきましたが、収録が終わった後、大森警察署で再度事情聴取をお願いしています。よろしく」

「わかりました」横溝が深々と頭を下げた。

ＳＵＭＩＲＥがマネージャーの車に乗り換えると、斉藤が近寄ってきて言った。

「目撃した情報は一切もらさないようにお願いします。いいですね。今後の捜査に大きく影響しますから」

こう言い残して斉藤は外階段を上って二階の部屋に入っていった。

ＳＵＭＩＲＥが大森警察署に着いたのは午後十一時を過ぎていた。ＳＵＭＩＲＥが第一発見者という第一報が流れ、大森警察署の前には警察署内に入るところを取材しようと、報道陣が詰めかけていた。

太田エンターテインメントから大森警察署に連絡が入っていたようで、ＳＵＭＩＲ

Ｅを乗せた車は玄関前ではなく、警察署裏手にある駐車場まで入ることができた。そこにはマスコミ関係者が入ることができず、ＳＵＭＩＲＥはテレビカメラを向けられることなく裏口から署内に入ることができた。

ＳＵＭＩＲＥが駐車場に入ったことがわかると、裏口から小早川刑事が出てきて案内してくれた。通されたのは三階にある取調室だった。部屋はテレビに出てくる刑事ドラマの取調室そのままで、ＳＵＭＩＲＥは部屋の真ん中に置かれた机を挟んで小早川刑事と向き合うように座った。窓が普通の部屋よりも高いところにあった。

「お疲れのところを申し訳ありません」

小早川が机に額が着きそうになるほど頭を下げた。暴力団のような鋭い目つきをしているが、容貌とは裏腹に性格は温厚なのかもしれない。

「ジョージさんの方は終わりましたか」ＳＵＭＩＲＥが聞いた。

「八時少し前に今日の聴取を終え、明日またご協力いただくことになっています」

小早川から再度、武政産業を訪ねた経緯を聞かれた。ＳＵＭＩＲＥはＢＪと打ち合わせした通りに答えた。

「武政さんとはこれまでに面識はあったのでしょうか」

「まったくありません。私には父の記憶がありません。ただ古びた工場前で撮影したと思われる父の写真が一枚だけあります。スーパー遠州灘の人質籠城事件が報道され、それで生田目メガテクノの工場だとわかりました。私には確かめに行く時間がないので、ミュージシャン仲間のジョージさんに見てきてもらいました。父の写真の背景に写っていた工場は、間違いなく生田目メガテクノの一番古い工場だというのがわかりました」

「生田目メガテクノの生田目社長、あるいは役員のところではなく、何故武政産業に行ったのですか」

「ああした状況で、とてもお話を聞かせてくださいなんて、お願いできません。ジョージさんが工場で働く日系ブラジル人の方から、元工場長の武政さんが大森で自分の会社を立ち上げているというのを聞き出してくれて、それでとりあえず何か知っていることがあれば教えてもらおうと思って、武政産業をお訪ねしました」

ＳＵＭＩＲＥは打ち合わせているとはいえ、すべて事実を小早川には伝えた。

発見時の様子を何度も繰り返して聞かれた。武政産業前の駐車場に車を止め、シャッター右端に設置されたドアを開けようとしても鍵がかかっていたこと、外階段で二階に上がると、二階のドアは鍵がかかっていなかった事実。

ドアを開けた瞬間、異臭が漂ってきた。部屋に入ると窓際の大きな机の上に黒い塊ができていた。少し部屋に踏み入ると、無数の蠅が一斉に飛び交った。黒い塊の下にあったのは死体だった。

「左手首が切り落とされていたのだけはわかりました。それ以上は恐ろしくて見ていません」

ＢＪは机の近くまで歩み寄っている。詳しい状況は彼が警察に伝えているだろう。事情聴取は二時間ほどつづいた。

裏手にある駐車場に戻るとマネージャーの横溝が心配そうに車からすぐに降りてきた。小早川刑事も駐車場までＳＵＭＩＲＥを見送ってくれた。

四谷のマンションに戻ったがＳＵＭＩＲＥはすぐに眠ることはできなかった。左手首が切り落とされた腐乱死体を見てしまったのだ。相変わらず梅雨の雨が降りつづいている。エアコンを入れ除湿しているが、なかなか眠れない。

部屋にはエアコンの静かな音しかしないが、ＳＵＭＩＲＥの耳には、無数の蠅の羽ばたく音がいまだにこびりついている。何度もシャンプーで髪を洗ったが、人間の腐乱臭が流せずにいつまでもまとわりつく。

夜が明けてきた。少しまどろんだ程度で熟睡とは程遠い状態だった。その日のスケジュールは午後三時からだ。それまでは体を休めることができる。

マンションは２ＬＤＫ、一室は寝室、もう一つの部屋はメイク室兼書斎だ。机の上にはノート型パソコンが置いてある。パソコンを開き起動させた。

ネット上には武政産業の二階オフィスで発見された腐乱死体についてのニュースがあふれていた。「猟奇殺人」というタイトルが飛び交っている。

遺体が誰なのか、発見された時には特定されていなかったが、ニュースでは武政富美男と特定されていた。死後五日から十日ほど経過していたと見られている。

司法解剖の結果はまだ出ていないが、死因は左手首を切断されたことによる失血死と思われる。

ＳＵＭＩＲＥは武政が死に至るまでの様子を想像してみた。口には猿ぐつわを噛まされていた。助けを求めようと大声で叫んでも、外部には洩れなかっただろう。両腕をロープで幾重にも巻かれ、両足に手錠をかけられ、机の脚に固定されていれば、ほとんど身動きができなかっただろう。

手首を切り落とすのに、どんな刃物を使ったのだろうか。生きたまま手首を切り落とされ、手首からあふれ出る血を見ながら武政は死んでいった。よほど武政に恨みを抱いていなければできない犯行だ。

ニュースは第一発見者がＳＵＭＩＲＥと男性ベース奏者で、男性はミュージシャンの間ではブラックジョーと呼ばれ、ＢＪが愛称だということまで流れていた。大森警察が記者発表したのだろう。

何故武政産業を訪れたのか、その点について言及しているマスコミはなかった。大森警察もＳＵＭＩＲＥの個人情報に大きくかかわるだけに、記者発表には慎重になっているのだろう。

リビングのソファに腰かけ、テレビを点けた。どのチャンネルも武政富美男の事件を報道していた。左手首を切り落とされた猟奇的な殺人事件の上、第一発見者がＳＵＭＩＲＥだったということもあり、大きく取り扱っている。

コメンテーターが事件について様々な角度から自分の意見を述べていた。しかし、ＳＵＭＩＲＥと武政産業との接点は何もない。何故訪ねたかもその理由もまったくわからない。コメンテーターもこの点については解説のしようがなかった。

リモコンでテレビのチャンネルを替えていると、携帯電話が鳴った。マネージャーの横溝からだった。

「いろんなところから記者会見を開けと要求されている。何故武政産業を訪ねたのか。ＢＪとの関係をはっきりさせろと言ってきている」

太田エンターテインメントの太田社長には、契約を結ぶ時にデビューしたい本当の動機は伝えてある。それを知っているのは太田社長だけだ。

考えた末に、警察で答えたように、亡くなった父親のことについてもしかしたら武政が何かを知っているかもしれないと聞き、ＢＪと一緒に訪ねたと説明した。

「そうなんだ」

横溝の返事にＳＵＭＩＲＥは拍子抜けした。

「それよりもさ、芸能レポーターが知りたがっているのは、ブラックジョーとの関係なんだ」

太田エンターテインメントからは写真週刊誌のターゲットになるから、一人では六本木を飲み歩くなときつく言われていた。

ＳＵＭＩＲＥが時折飲みにいったジャズバーの「スイング」には横溝にもよく付き合ってもらっていた。

「あなただって、ＢＪのことをよく知っているじゃないの」

「そうだけどさ、ＢＪはイケメンだし、ハーフつながりで……」

横溝の口が重くなる。

芸能レポーターはＳＵＭＩＲＥとＢＪが男女の関係ではないのか、それを疑っているらしい。

「だって親子くらいの年齢差があるんだよ」

「そんなことは芸能レポーターには関係ないんだ」

確かに横溝の言うとおりだ。お笑いの芸人が四十歳以上の年齢差のある若い女性と結婚したケースもあれば、五十代の女性が二十代の男性と結婚し、話題を呼んだカップルもある。

「ＢＪは亡くなった父のことを知るただ一人の人で、私の父親代わりなのよ。そう答えておいて」

「わかった」

「太田社長は何か言ってたの」

「ＳＵＭＩＲＥが記者会見を開く気がないのなら、突っぱねてかまわないと言われているので、記者会見を開かずに、今ＳＵＭＩＲＥが言ったことをそのままファックスで流しておくよ。では二時過ぎに迎えに行くのでよろしく」

横溝の電話はそれで切れた。

すぐに今度はＢＪから連絡が入った。

「大丈夫か」

「あまりよく眠れなかった。ＢＪの方は」

「俺はいつも通りだ」

ＢＪは腐乱死体を目撃したくらいでは動揺することはないのだろう。それくらいこれまでの人生で様々な修羅場を体験してきている。

「芸能レポーターの取材はきていないのかしら」

「俺のマンションなんか誰も知りはしない。だから追っかけ回されることはない。ただ誰から聞いたのか知らないが、テレビ局、週刊誌、いろんなところから取材に応じてほしいとケイタイに録音メッセージが残されているよ。もちろんすべて無視するけど」

ＳＵＭＩＲＥは横溝と打ち合わせた内容をＢＪに伝えた。

「しばらくは芸能レポーターに追い回されるのを覚悟するんだな」

「ＢＪの方にも押しかけていくかもしれない」

「レポーターでも店に来て、酒を注文してくれればお客様だよ」

ＢＪが笑いながら言った。

「迷惑かけてごめんなさい」

「父親代わりの俺に、こんなことで謝る必要はない」

ＳＵＭＩＲＥはありがとうと答えようとしたが、その前に電話は切れた。

6　再会

ＳＵＭＩＲＥはいずれ大森警察署から両親について聞かれるだろうと思った。戸籍の両親の欄は空白だ。両親についてＳＵＭＩＲＥは何も知らない。生まれたのは一九九五年五月十日のことだった。しかし、それは本当の出生日ではない。おそらくその数日前にＳＵＭＩＲＥは生まれていただろう。

戸籍には両親だけではなく出生地も記載されていない。

五月十日という日は、ＳＵＭＩＲＥが渋谷区広尾にある日赤医療センター内の乳児院の前に捨てられていた日なのだ。日赤乳児院で保護された時の写真があるが、日本人の子供には見えない容貌をしている。

しかし、父親も母親も不明の時は、地方自治体の首長によって名前が付けられ、戸籍が作成される。同時に日本国籍を取得することになる。道玄坂すみれという名前は当時の渋谷区長によって命名された。道玄坂に咲いたスミレのように、行き交う人に踏まれることもなく、その可憐さに足を止めてもらえるような女性に成長してほしいという、区長の願いが込められた名前だと、後になって聞かされた。

乳児院、そして児童養護施設で育った。生まれてからずっと一人で生きてきた。もちろん信頼できる友人も多い。児童養護施設で育った仲間の多くは、家庭的に恵まれてはいなかった。暴力をふるう父親、育児放棄の母親、そうした家庭環境から子供を守るために児童養護施設に保護された。

しかし、それでもすみれは羨ましかった。理想的な親ではないにしろ、彼らには父や母が実在した。すみれには親を想像しようとしても、親の記憶は何もなかった。

都立高校を卒業直前に太田エンターテインメントのスタッフからスカウトされた。ハーフのタレントやモデルが次々にデビューし、注目を浴びていた。しかし、すみれ自身はそうした世界に興味はまったくなかった。

太田エンターテインメントの太田社長と面談し、両親について聞かれた。すみれは事実を告げ、興味のない芸能界で生きる決意をしたその理由を正直に告げた。太田社長はそれを聞き、すみれと契約を結んだ。

芸名をどうするのか二人で話し合った。

「道玄坂すみれという名前を私は大切にしたいと思っています」

すみれは本名を使いたいと言った。

しかし、太田社長は名前が長すぎるのと、容貌とすみれという名前がかけ離れていると率直に意見を述べた。

「それならすみれではなく、ＳＵＭＩＲＥとしてデビューしたらどうだ」

太田社長の意見を取って芸名はＳＵＭＩＲＥとした。

ＳＵＭＩＲＥは施設にいた頃から本を読むのが好きだった。好きというよりも、一人でいる時間にすることもなく、結局本を読んで過ごす機会が多くなっただけのことだ。

施設の仲間は、親との確執をよく話し合っていた。両親のことをまったく知らないＳＵＭＩＲＥは、そうした仲間から自然と距離をおくようになった。ますます一人で本を読みふける時間が多くなった。

それが芸能界にデビューすると大いに役立った。クイズ番組に出たのがきっかけで、次はバラエティー番組にも呼ばれるようになった。読書量が半端ではないのを知った番組プロデューサーによって、東大や京大、早稲田、慶応大学出身の芸能人と競うタレントとして採用され、知名度を上げていった。

デビューしてから数年でＳＵＭＩＲＥという名前はお茶の間に浸透していった。しかし、ＳＵＭＩＲＥ本人は高まる人気、知名度とはうらはらに、大切なものをどこかに置き忘れてきたような思いをずっと抱いていた。

ＳＵＭＩＲＥの容貌、体形は日本人とはまったく異なっている。そのことだけに注目が集まり、もてはやされる人生を考えただけでも、吐き出したくなるような嫌悪感に襲われる。では、これが本当の自分だと言える確固たる何かがＳＵＭＩＲＥにあったのかというとそれも違う。

　吹きつける突風に煽られた紙屑のようにどこに行くのかもわからない不安、ようやく手にしたと思った瞬間に消えてしまう泡雪のような頼りなさが、心のどこかにいつも澱んでいた。その原因はきっと自分の出生に関係があるのだろうとＳＵＭＩＲＥは思った。このわだかまる思いを払拭するには、自分のルーツを明らかにする以外には道はないのではと考えるようになった。

　どうしたらそのわだかまる感情を払拭できるのか。ＳＵＭＩＲＥは自分の思いを太田社長にぶつけてみた。

「君がそこまで考えているのなら、最良のカメラマンを探してくる」

　ＳＵＭＩＲＥは写真集を出版してほしいと太田社長に頼み込んだ。太田エンターテインメントにはＳＵＭＩＲＥの写真集の出版、グラビアの撮影のオファーはすでに多数来ていた。太田社長はまだその時期ではないとすべて断っていた。

　ＳＵＭＩＲＥはモデルとしても十分活躍できる体形をしていた。活躍の場を広げようと写真集の出版を考えたわけではない。それは太田社長も理解してくれた。カメラマンもＳＵＭＩＲＥの思いを理解してくれる者でなければ、思い描いている写真集とは異なるものができてしまう。

　太田社長は野村カズという無名の若いカメラマンを連れてきた。野村の父親は日本人だが、母親はフィリピン人だった。どことなくハーフにも見えるといった容貌で、日本人といっても通用するような顔立ちをしていた。

　太田エンターテインメントの会議室で何度も打ち合わせが行われた。野村カズはどんなアングルで写真を撮りたいのか、具体的な話は何一つとしてＳＵＭＩＲＥに聞いてはこなかった。その代わりＳＵＭＩＲＥの父や母についての思いをしつこいというのを通り越し、くどいくらいに聞いてきた。それも答えるのが困難な質問を平然としてきた。

「あなたの心の中の父親像を私に説明してほしい」

　野村は父親だけではなく母親についても同じ質問をしてきた。しかし、説明するにもＳＵＭＩＲＥには両親の記憶がまったくないのだ。

「そんな質問には答えられないよ」

　ＳＵＭＩＲＥは率直に自分の思いを伝え、自分の生い立ちを野村に説明した。それでも野村は容赦なく同じ質問を繰り返して聞いてきた。

「説明できないのなら、想像してください。想像するくらいできるでしょう」

　野村の言葉もしだいに刺々しくなっていった。

　ＳＵＭＩＲＥは写真集の打ち合わせとは、撮影場所とか、背景、そしてどんなファッションで着飾るのか、あるいはどこまで脱いで見せるのか、そうしたことを打ち合わせるとばかり思っていた。

ＳＵＭＩＲＥにとっては不毛と思える打ち合わせが何度もつづいた。会議室からＳＵＭＩＲＥの泣く声が漏れた。野村の罵声が飛ぶ。それでも太田社長は会議室には入ってこなかった。

「想像できなくても、父や母を感じることはあるだろう。私はそれを知りたいんだ」

野村の苛立つ声に自分の中に潜んでいると感じる父親のＤＮＡ、日常生活の中でふと感じた母親から引き継いだのではないかと思われる自分の性格、仕草、そんなものを一つ一つ野村に語った。野村はそれを大学ノートに丹念にメモしていった。

泣き声と怒声が飛び交う会議を二人だけで何度も繰り返した。

ロケ地はハワイやグアム島ではなく、フィリピンのマニラが選ばれた。野村はタガログ語が話せた。撮影場所は決して治安のいい場所ではなかった。どんな伝手を頼ったのか、時には警察官が周囲を取り巻き、時にはスラム街の支配者とおぼしき人物とその部下がボディーガード役を務めてくれた。

打ち合わせとは対照的に、野村はシャッターを押し続け、ＳＵＭＩＲＥに注文をすることはほとんどなかった。こうしてＳＵＭＩＲＥの写真集『すべてを知って』は、出版不況の中、異例の八万部を売り上げた。

野村にとってもＳＵＭＩＲＥにとっても、ベストショットはバストを手で覆い微笑みかけている写真だ。キャプションには「すべてのファンに私のすべてを知ってほしい」と書かれ、写真集のタイトルはこのキャプションから取られたものだ。

写真集の反響は大きく、写真集『すべてを知って』の中から写真数点がピックアップされ、各週刊誌のグラビアを飾った。

太田エンターテインメントには山のようなファンレターが毎日届けられた。SUMIREはそのファンレターすべてに目を通した。若い世代からの手紙が圧倒的に多かった。SUMIREの名前がお茶の間に浸透しているとはいえ、写真集をすべての世代が手に取ってくれるわけではない。

しかし、週刊誌のグラビアに写真が掲載されると四十代、中には五十代と思われる男性からの手紙もあった。それらにもSUMIREは目を通した。

いくつかの週刊誌に掲載された一ヶ月後だった。大手プロダクションの会長から太田社長のところに連絡が入った。大手プロダクション会長というのはこの業界ではだれもが知っている老舗のプロダクションの創設者で、裏の世界にも通じているともっぱら評判だった。

「あるルートを通じてSUMIREに会いたいという男がいるんだが、時間を取ってやってくれないか」

太田社長はその目的を聞いたが、会長は何も説明はしてくれなかった。

「六本木でライブ演奏している黒人と日本人のハーフなんだが、人柄は俺もよく知っている。悪い男ではない。それは俺が保証する。だから時間を作ってやってほしい。SUMIREに会いたいという理由は、実は俺もわからないんだ。それは会った上でSUMIREに直接話したいと言っている」

大手プロダクションの会長の紹介で太田エンターテインメントにやってきたのがBJだった。

BJとは太田社長立ち会いの上で、社長室で会った。BJは名刺もなく、六本木や赤坂の水商売の世界では「ブラックジョー」と呼ばれていると自己紹介をした。

ブラックジョーは六十代半ばで、太田社長と同じぐらいの年齢に見えた。

「あなたがブラックジョーですか」

太田社長は名前を知っていた。社長と並んでSUMIREがソファに座り、センターテーブルを挟んで、SUMIREの正面にブラックジョーが座った。

「会長からの依頼なので、SUMIREの時間を取りました」

「初対面なのに恐縮ですが、できれば彼女と二人だけで話をさせてもらえませんか。私が探している女性とSUMIREは違うかもしれませんが、彼女の出生に関わる話なんです」

その一言でSUMIREは身を乗り出した。

「私のことなら気にしないでください。太田社長には私のすべてを打ち明けてありますから」

「わかりました」

ブラックジョーは何故SUMIREに会いたいと思ったのか、その理由を説明し始めた。

「週刊誌でSUMIREのグラビアを見ました」

ブラックジョーが見たのは誰もがベストショットと認めるSUMIREが両手で胸を隠している写真だ。

「あの写真がどうかしたのでしょうか」SUMIREはブラックジョーの顔を見つめたまま聞いた。

ブラックジョーはそれには答えず、ジャケットの胸の内ポケットから写真を数枚取り出した。一枚目をセンターテーブルの上に置き、SUMIREの方に押し出した。

写真は変色したカラー写真だった。写っていたのは生まれたばかりと思われる子供の裸の写真だった。

「見てください」

SUMIREはその古い写真を手に取ってみた。その瞬間、凍てついたように何も言えなくなってしまった。

「どうしたんだ」

　太田社長の声に気づき、写真を隣の太田社長に渡した。

「この赤ちゃんは誰ですか」

「私の知人の子供です」

　ブラックジョーがはっきりとした口調で答えた。

　写真の新生児の右胸には乳房の少し上にホクロが二つ並んでいた。

「まさか」太田社長が震える声で呟いた。

「この赤ちゃんのご両親について、知っていることがあれば是非聞かせてください」

　ＳＵＭＩＲＥはブラックジョーに改めて頭を下げた。

　ブラックジョーはもう一枚写真を取り出し、センターテーブルの上に置いた。

「これは……」

「この赤ちゃんの父親です」

　そのカラー写真も変色していた。父親は鼠色のツナギの作業着を着て、もう一人同じ作業着を着ている日本人の男性と肩を組み、仲良さそうに二人で写っていた。他の写真はヘビーベッドで寝ている新生児の写真だった。

ＢＪ、ブラックジョーと呼ばれるようになったのは、いつの頃からだったのだろうか。多分八〇年代に入ってからではないかと思う。六本木や赤坂でバンドメンバーに加わり、ライブ活動をするようになってからだ。

容貌からアメリカの黒人とよく間違われるが、国籍は日本だ。本名は藤沢譲治、戸籍では生まれたのは一九五三年六月二十五日ということになっているが、本当の出生日はわからない。ＢＪはエリザベス・サンダース・ホームに捨てられ、施設職員によって保護されたのが六月だった。エリザベス・サンダース・ホームは澤田美喜によって、一九四八年二月一日に乳児院として創設された。

この施設に保護されたのは、戦後日本に駐留したアメリカ兵と日本人女性の間に生まれた混血児だった。東海道線大磯駅から徒歩で五、六分くらいの距離のところにある。エリザベス・サンダース・ホームに行く途中にトンネルがあり、ＢＪはそのトンネルの中ほどに毛布に包まれて遺棄されていた。

「なにとぞこの子をよろしくお願いします」

折れ曲がった釘のような文字で書かれた手紙がＢＪの横に置かれていたようだ。戦後間もない頃は進駐軍と日本人女性との間に生まれた子供が多かったが、一九五〇年以降に保護されたのは朝鮮戦争のために来日したアメリカ兵との間に生まれた子供だった。ＢＪもその一人だった。

子供たちは「あいの子」と蔑まれた。エリザベス・サンダース・ホームを一歩外に出ると、別世界だったことをＢＪは鮮明に覚えている。「あいの子」と罵声を浴びせかけられるのは当たり前で、中には石ころを投げてくる子供も珍しくはなかった。周囲に大人がいても止めようとする者もいなかった。

澤田美喜は、そうした子供たちをアメリカやオーストラリアに養子縁組で移住させた。それだけではなくブラジルのパラー州、アマゾン河口にあるトメアス移住地に聖ステパノ農場を建設し、そこに移民としてエリザベス・サンダース・ホームで育った子供たちを移住させた。

ＢＪもブラジル移住に心をときめかせた時もあった。戦後の混乱がまだ色濃く残っていた時代で、六万人がブラジルに移り住んでいった。新天地という文字に強く心惹かれた。新たな人生がブラジルで待っているような気がした。ブラジルには様々な国から移民が移住している。

ポルトガルをはじめ、スペイン、イタリア、ドイツなどの移民も多い。そしてアフリカから奴隷として連れてこられた黒人も少なくない。そうした移民が何代にもわたり混血した子孫がブラジル人だという説明を澤田から聞いた記憶がある。

ＢＪがブラジル移住を決意した頃、皮肉なことに聖ステパノ農場は崩壊していた。移住する前に、彼らは酪農農場、あるいは米や野菜を栽培する大規模農家で農業研修を積んでいた。しかし、アマゾンの自然はその程度の研修で太刀打ちできるものではなかった。

結局、ブラジル移住のチャンスを逃し、好きだったジャズのベース奏者として生きてきた。あの時ブラジルに移住していればどんな人生があったのか、ふと考える時がある。移住したかつての仲間の中には、トメアス移住地に残り胡椒とカカオ栽培で生計を立てている者もいる。早々と農業に見切りをつけサンパウロやリオに出てきて、商売を始めた者もいる。中にはブラジルを代表する航空会社で働く者も出た。彼らと交流があるわけではないが、ブラジルで「あいの子」と差別されたなどという話は伝わってこない。

一方、日本でも混血児に対する視線も昔とでは大きく変わった。混血児という言葉はいつの間にか消え去り、ハーフなどという言葉が使われるようになった。ハーフという言葉には、侮蔑ではなく羨望が込められていた。それほど混血児に向けられる視線も変わった。

六本木周辺をベースを担いで、ライブ演奏するクラブに向かっていると、若い女性から声をかけられたのも一度、二度のことではない。しかも英語で話しかけてきた。ＢＪは多少の英語は話せるが、日常会話が精いっぱいだ。

話しかけてくる女性は流暢な英語だ。黒人と腕を組んで歩くのがファッション化し、黒人とのセックスを赤裸々に描写した小説が売れたこともあった。

　周囲には多くの通行人がいる。自慢げに英語で話しかけてくる女性の対応にＢＪは戸惑うこともあった。

「流暢な英語をそんな早口で話されると、私には理解できません。日本語で話してくれませんか」

　ＢＪが言うと、相手は一様に意外だという表情を浮かべる。

「すごいじゃん、日本語はペラペラなのね」

「ありがとう。日本での生活が長いもので」

　そう答えるとほとんどの女性が納得する。戦後の混乱期、あるいは朝鮮戦争の時に日米の混血児が多数生まれたといっても、太平洋戦争も朝鮮戦争も、まったく知らない女性も少なくなかった。

　八〇年代になると、フィリピンなど東南アジアからやってきて、水商売の世界で働く女性が増えてきた。多くは不法滞在のままバーやスナック、あるいは風俗の世界で働いた。東京入管の摘発を恐れて身を隠したり、あるいは暴力団が経営する風俗から逃れたりするケースが相次いだ。

　ＢＪが日本人だと彼女たちは知らない。入管に逮捕されず少しでも長く日本で働くにはどうしたらいいのか、暴力団と手を切るためには何をしたらいいのか、彼女たちからそんな相談をＢＪは受けるようになった。

彼女たちにとってＢＪは、不法滞在の先駆者でもあり、永住査証を取得した稀有なケースに見えたようだ。

彼女たちの弱みにつけ込んで給与を支払わないバーやスナックの経営者と激しくやり合った。売春を強要し、法外なピンハネをする風俗営業の経営者に約束の金を支払うように迫り、ナイフで刺されそうになったこともある。

ブラジル移住の夢が断たれた時から、それほど生きたいとは思わなくなってしまった。いつ死んでもいいと思うと、恐ろしいと感じることもなくなる。

不法滞在で一ヶ月ほど赤坂のソープランドで働いたフィリピン人女性がいた。毎日複数の客を取っていた。経営者が彼女に支払ったのは五万円だけだった。彼女から相談を受けＢＪはそのソープランドを訪れた。

ＢＪの目の前にはソープランドの経営者がいた。すぐに三人の暴力団に取り囲まれた。それぞれがナイフを手にしていた。夏のことでＢＪはＴシャツ一枚だけだった。経営者はセンターテーブルの上に帯封をした一万円札の束を置いた。

「百万円ある。欲しければ持っていけ」

「わかりました。彼女の残り給与、百万円確かにお預かりします」

ＢＪは札束を受け取り、ズボンの後ろポケットにしまい込んだ。ソファから立ち上がった。

ＢＪの前に二人、背後に一人、ナイフを持って男たちが立ち塞がった。ＢＪはドアに向かって歩き出した。前方を塞ぐ二人のナイフが腹部にあたった。それでもＢＪは歩みを止めなかった。

ＢＪの左右の腹部に突きあてられたナイフの先端がＴシャツを破った。チクリと刺す感触があった。ＢＪは一瞬歩みを止めた。腹部に目をやると、二ヶ所から血が滲み始めていた。

「なんだよ、このシャツ、買ったばかりなのに」

こう言ってＢＪは何事もなかったかのようにさらに前に進もうとした。うろたえたのはＢＪの前に立つ二人だった。このまま前に歩かれたら二本のナイフがＢＪの腹部に突き刺さる。そうなれば間違いなく傷害か殺人を犯したことになる。

脅迫すればすぐに退散するだろうとソープランドの経営者も、ナイフを持った三人も思っていたに違いない。いっさい恐怖感をおぼえないＢＪに、彼らはそれまでに経験したことのない不気味さを感じたのだろう。

立ちはだかる前の二人は咄嗟にナイフを引き抜き、あとずさった。

ＢＪの腹部の傷の深さは一センチほどだった。腹部から血を流しながら客が出入りするソープランドの通路を通り、店の外に出た。赤坂界隈を血を流しながら歩いているところを警察官にでも見つかれば、困るのはソープランド側だった。

ナイフで刺した二人がＢＪのところに走り寄ってきた。

「大変申し訳ないことをしてしまいました。これからお車で病院までお送りしたいと思います」

暴力団は口調まで変わっていた。ソープランドの経営者も慌てたのだろう。

その方向は真逆でも希望も絶望も人間を強くするようだ。希望は生きる勇気を与えてくれるが、絶望は生への執着を麻痺させ死へと誘う。

こういったことが何度かつづき、ＢＪの存在は闇の世界に広く伝わっていった。

それだけではなく、ＢＪは不法滞在、不法就労の外国人にもその評判が伝わり、彼らの相談役になっていた。

サンドラもその一人だった。来日するフィリピン人女性の中では珍しく、マニラの大学に在籍していた。大学で学びつづけるには学費が必要で、その学費を短期間で稼ぐために来日していた。働いていたのはフィリピンパブで、売春を強要するわけでもなく、良心的な経営者でフィリピン女性の間では人気のある店だった。

その店があったのは東京ではなく浜松市の繁華街だった。一九九〇年に入国管理法が改正され、中南米から日系人が大量に導入され、その一方で不法滞在、不法就労の外国人が次々に強制送還され、一段落した頃だった。

浜松には世界的に有名なグローバル企業が名前を連ねている。その傘下の協力企業も数多い。そこで日系人の多くは働いていた。

外国人が多く、ひと頃よりは減ったがフィリピンパブはいくつかが生き残っていた。サンドラはそうした店でホステスとして働いていた。

ＢＪがライブ演奏を終え、自宅に戻ったのは午前四時頃だった。相談に乗ってほしいという電話は、時間など関係なくかかってくる。サンドラの時もそうだった。

「助けてください」

サンドラの声は震えていた。

始発の新幹線で浜松から東京に向かうので、東京駅で会いたいと言ってきた。サンドラからの電話はその時が初めてだった。

ホームで待ち合わせることにした。

新幹線から降りてきたサンドラはすぐにＢＪに気づいた。

サンドラは憔悴しきった様子だった。早朝なのでオープンしている喫茶店もなく、二人は新幹線ホームのベンチに座りながら話をした。

伝えるべきことをすべて話すと、サンドラはバッグから一通の封筒を取り出した。

「子供と父親の写真です。必要になるかもしれないので、ＢＪが持っていて下さい」

こう言い残してサンドラはそのまま新幹線で浜松へ帰っていった。

サンドラと会ったのは、それが最初で最後だった。

7　籠城

スーパー遠州灘は籠城事件が起きた翌日から臨時休業にしている。籠城事件は発生から三日目を迎えた。人質と犯人グループに対する食事と水、ジュースなどが定期的にエレベーターで差し入れられた。

拝島紗香と長男の勇の安否が気遣われる。

浜松警備保障の金山と伊川の二人には結局連絡がつかなかった。浜松南警察署は二人も人質に取られているという判断を下した。犯人とのやり取りはすべてメールで、屋上の警備員室にたてこもっている犯行グループが何人なのか、浜松南警察署は絞り込めてはいなかった。

「六十過ぎのジイサン二人と女と子供が人質か。早いとこケリをつけないと病人が出かねない」

下田は白髪の交じる頭をかきながら、機動隊のバスに乗りながら高尾に話しかけた。

「ジイサンといっても、六十代半ばでしょう。しかも警備会社に所属する警備のプロですよ。やられっぱなしというのも、少し情けなくありませんか」

高尾が苛立ちを抑えられずに言い放つ。

警備員といっても、銀行の現金輸送車や世界各国から要人が集まる国際会議場周辺の警備を担当する警備員とは明らかに違う。定年退職した後、再就職として駐車場や工事現場の警備を担当する、どちらかといえば交通整理に近い仕事なのだ。

自分の身を挺して安全を確保する本当の警備員のような役割を、彼らに要求する方が土台無理なのだ。人質になっている浜松警備保障の二人の警備員の給与もたかが知れているだろう。おそらく時給千円程度で、それで客の命を守れという方が無茶な話だ。

金山と伊川が警備員室でどんな待遇を受けているのか、現在のところまったく把握することができない。

浜松南警察署も事件二日目は、拝島紗香の背後にいたアジア系の男性の割り出しに全力を注ぐしかなかった。しかし、防犯カメラに映った映像だけでは個人を特定するのは困難だった。

警備員室にはトイレも設置されている。犯人グループから送られてきた映像では拝島紗香は後ろ手に手錠をかけられているが、食事とトイレの時くらいは手錠を外され、自由にしているだろう。二人の警備員も紗香と同じように手錠で拘束されているのだろうか。

内部の状況がわからなければ、迂闊に警察官を屋上に突入させるわけにはいかない。

浜松南警察署は犯人と懸命に接触しようと試みるが、今のところ話し合いに応じる気配もなく、連絡を取り合うのは食事を差し入れる時だけだ。浜松南警察署のベテラン刑事の下田、新人の高尾、二人の刑事は事件発生の夜から、スーパー遠州灘の前の路上に止められた機動隊のバスの中で二晩過ごした。

この間にマスコミも活発に動き、生田目メガテクノの創業者である生田目豪、紗香の夫である拝島浩太郎にマイクを向けた。それだけではなく浜松警備保障の警備員、金山と伊川、二人の家族にも取材をかけていた。

金山は四年前に妻を亡くし、子供もなく一人暮らしだった。金山に関するニュース映像は近くに住む主婦たちのコメントくらいしかなかった。

「顔を合わせるといつも挨拶をしてくれて、温厚な方でした。事件が一刻も早く解決して、金山さんが解放されるのを祈っています」

しかし、伊川には妻と二人の子供がいた。長男、長女ともに結婚し、長男は東京で、長女は浜松で暮らしていた。長男夫婦には子供が二人、長女夫婦にも一人子供がいた。伊川が人質になったのを知って、長男、長女が実家に駆けつけて来た。

伊川の妻は憔悴しきってテレビのインタビューに答えられるような状態ではなかった。代わってマスコミの取材に応じていたのは長男の聡だった。

「生田目メガテクノの創立者の娘と孫、うちのオヤジとオヤジの同僚を人質に取っているようだ。何が目的か知らないが、まずは子供とそして母親を解放してやってほしい」

聡は自分の父親よりも、拝島紗香と勇のことを気遣った。

その代わり伊川については近所の住民がすぐにでも解放すべきだと、取材に答えていた。

「伊川さんは時間のある時はボランティアで道路の清掃をしたり、公園の草むしりをしたりするような方です。早急に事件を解決しないと、いつ脳梗塞を再発するかもしれません。伊川さんの安否が気がかりでなりません」

こうしたコメントを述べる近所の主婦は一人や二人ではなかった。伊川が多くの人たちに慕われていたのがテレビの画面から伝わってくる。

警備員室内部の状況はまったくわからなかった。

事件発生から三日目の午後一時、生田目メガテクノで突如記者会見が開かれることになった。

浜松南警察署には事件発生と同時に捜査本部が設置されていたが、捜査本部にも生田目メガテクノの記者会見については何も知らされていなかったようだ。

捜査本部からの指示や情報は、スーパー遠州灘前に止めてある機動隊のバスに常駐する下田と高尾に伝えられた。連絡を受けたのは高尾だった。

「捜査本部の方針などまったく無視して、記者会見が強引に開かれるようです」

高尾の報告を聞きながら、下田は生田目豪ならやりかねないと思った。日頃からワンマン経営者として知られ、労使紛争などが起きると、これまでにも荒っぽい対応をしてきた経緯がある。

工場でストライキが起きた時などは、ガードマンとは名ばかりの暴力団関係者まで導入して、組合関係者に恫喝を加え排除していった。詳しく調べたことはないが、複数の訴訟を今でも抱えているらしい。生田目豪はそんなことはまったく意に介さないで、強引な経営をこれまでつづけてきた。

しかし今度ばかりは、暴力団を雇ったり、自分に逆らう社員を排除したりするわけにはいかない。自分の娘と孫が人質に取られているのだ。

生田目豪が記者会見で何を発表するのか、下田は興味を持った。金儲けのためなら手段は選ばないといった姿勢を貫いてきた生田目でも、娘、孫の命が脅かされているのだ。犯人の要求にはいっさい応じないと強気のコメントを発表することはできないだろう。

機動隊の専用バスの中にはノートパソコンが持ち込まれ、テレビが見られるようになっている。高尾がテレビ映像をモニター画面に映し出す。

映し出されたのは生田目メガテクノの本社にあるワンフロアぶち抜きのイベント会

場だった。午後一時、生田目豪、そして拝島浩太郎、その他にも三人の役員が最前列に置かれた机の前に座った。

会場前列の隅には、司会進行役のスタッフがマイクを握っていた。五人が着席すると、司会進行役が口火を切った。

「スーパー遠州灘で起きている人質籠城事件に関して生田目豪社長、そして拝島浩太郎取締役にマスコミ各社から取材依頼がありました。各社に対して個別に対応すべきなのかもしれませんが、現状では記者会見という形でしか取材に応じることはできないと判断し、今日こうした形で対応させていただくことに決定しました。質問があれば後ほど答えさせていただくことにし、まずは生田目社長から今回の事件についてお話しさせていただくことにします」

生田目豪は六十三歳になる。オーダーしたスーツなのだろう。ショルダーライン、ゴージライン、カラー、ラベル、アームホール、フロントダーツには皺一つなく、体にフィットしたラインを描き出している。

「高そうなスーツを着ているなあ」

テレビを見ながら下田が呟く。

「そうですか。確かにカネのかかったスーツなのでしょうが、一歩間違えるとあれではチンドン屋に見られますよ」

若い高尾は生田目を酷評した。

「濃紺のスーツに、蛍光色の入っているようなピンクのネクタイ、しかも娘と孫が人質に取られて緊迫している状況なのに、こんな格好で出てくるなんていくら何でも趣味が悪いというか、非常識というか……」

高尾は呆れかえっていた。

生田目はマイクを握り、記者に向かって言い放った。

「俺がこれから言うことをそのままテレビに流してくれ。頼む」

生田目はいつもこんな調子なのか、あるいは紗香と勇が人質に取られ動揺しているからなのか、まるで部下に指示を出すような口調で語り始めた。

「おい、スーパー遠州灘の屋上で、俺の娘と孫を人質に取っているロクデナシ、いくら欲しいんだ。要求金額を教えろ。俺の一存で用意できる金ならくれてやる。だから娘と孫を解放してやってくれ。もしも万が一にでも、娘と孫に危害を加えようものなら、俺はどんな手段を使ってでもお前らを生かしておかない。いいな」

記者会見場の異様などよめきがテレビから流れてくる。記者会見というより生田目豪の犯人グループに対するメッセージであり、取りようによっては恫喝とも思える。記者たちがうろたえ、嘆息の声を洩らすのももっともだ。

「俺から言いたいことはこれだけだ」

生田目はマイクを机の上に放り投げた。

司会もどのように進行させていけばいいのか、明らかに戸惑っていた。司会進行役は気を取り直し、今度は拝島浩太郎にマイクを握るように促した。

拝島が気が弱いのはすぐにわかった。マイクを持つ手がわなわなと震えている。声も上ずっていて聞き取りにくい。

「こいつが紗香の亭主ですよ、頼りなさそうな男だ」

高尾が言った。

「今、生田目社長からもあったように、私の妻、そして息子を解放してもらうための条件をはっきりさせていただきたい。警察からは犯人グループの要求に応じてはならないといわれていますが、私どもに用意できる金額であればすぐにでも用意します。どうか妻と子供を一刻も早く解放してください」

犯人グループの要求をのむと、メディアを使って発表したのと同じだった。

「こんな記者会見をやって、紗香や勇が解放されると本気で思っているのかよ」

下田は思わずテレビに向かって吐き捨てた。

いくらでも身代金を用意すると言っているようなものだ。

浜松南警察署で記者会見のもようを見ている山科順男署長は、今頃は頭を抱え込んでいるだろう。犯人の要求に応えると記者会見を開いて発表するグローバル企業の経営者がどこにいるというのか。

記者たちも予想外の展開に質問の言葉が出ないようだ。司会進行役が改めて質問はないかを会場の記者に投げかけた。

ようやく質問が出た。生田目社長、拝島役員、どちらでもいいから答えてほしいと一言あって、「生田目メガテクノ、あるいは個人的に恨まれるような出来事、あるいは籠城犯に思い当たる人間がいないのか、それを聞かせてほしい」と質問した。

答えたのは、生田目社長だった。

「俺の会社、俺を恨んでいる奴はいくらでもいる。思い当たる人間が多すぎて、いちいちここで名前を挙げるわけにはいかない」

「そんなにたくさんいるんですか」記者が呆れて質問をつづけた。

「いる。社内にも、会社の外にも、俺には敵しかいない」

生田目はこう言い切った。

記者会見の様子を見ていた高尾が思わず口にした。

「風体はチンドン屋、頭の中はその辺のチンピラヤクザ、これでよくグローバル企業の社長をしていられますね」

自ら周囲は敵だらけで恨まれていると公言している。金銭の要求があれば、それには応じる。人質に危害を加えれば命を奪うと犯人グループに通告した。こういう人間だからこそ一代で財を成し、生田目メガテクノをグローバル企業に押し上げることができたのだろう。その過程で人の恨みを買うようなことが多々あったのは十分に想像できる。

奇妙な記者会見のもようは、その日の午後のワイドショー、夜のニュースで大々的に放送された。

犯人グループもテレビの記者会見を見たのだろう。紗香の携帯電話から夫の拝島浩太郎の携帯電話にメールが送信されてきた。

「カネはいらない」

犯人グループの真意かどうかは不明だが、要求額を知りたいと記者会見で発表した生田目メガテクノ側に犯人グループは回答を示したことになる。拉致籠城が身代金目的ではないとすると、目的は一体何なのか。

下田は山科署長に連絡を入れた。

「身代金目当ての犯行ではないとすると怨恨の可能性があります。拝島母子の生命にかかわるような事態も想定されます。県警本部にＳＩＴ（特殊犯捜査係）の出動を要請してください」

生田目豪の記者会見を聞き、犯人グループの目的は紗香や勇の殺害だということもありえると下田は思った。最悪の事態を想定して犯人グループとの接触を図る必要が出てきたのだ。

スーパー遠州灘は三階建てのビルで、警備員室はすべての窓がカーテンで閉じられている。周囲は九階建て、十二階建てのビルによって囲まれている。内部が見えそうな位置にあるベランダ、部屋には警察官を配置している。そこにＳＩＴを送り込む必要がある。

山科署長は県警本部にＳＩＴの出動を要請した。

その直後、警察官に伴われて人質に取られている伊川の長男、聡が機動隊のバスに乗り込んできた。聡は自分の父親よりも拝島紗香、勇の解放を犯人グループに訴えていた。

「無理を言って申し訳ありませんが、薬をオヤジに差し入れてもらうわけにはいきませんか」

聡は父親が服用している薬を持ってきた。

「オヤジは数年前に脳梗塞を患って生田目メガテクノを退職しました。それ以来薬を飲みつづけているし、最近では血圧も高く降圧剤も服用しています。事情を犯人グループに伝え、どうか薬がオヤジに届くように手配してください」

夕飯の差し入れ時間が迫っていた。

「次の差し入れの時に、食事と一緒に薬も届くように手配する」

下田は伊川聡に返事した。

「オヤジは三日分程度の薬は職場のロッカーの中に保管していると言ってたので、今日くらいまではそれを飲んでいると思いますが、明日から二週間分がこの袋の中に入っています」

伊川聡が下田に薬の入った袋を手渡した。

「ところでオヤジさんは生田目メガテクノで働いていたのか」

「ええ、定年を前に脳梗塞を発症し、本人も自信がなさそうだったし、結構厳しい会社だとオヤジから聞かされていたので、無理して働くことはないと家族で話し合って辞めさせたんです」

「それで今の職場に転向したというわけだ」

「そうです。オヤジが浜松警備保障で働くようになると、定年退職した人や退職間際の人が転職してくるようになったそうです。一緒に人質になっている金山さんもその一人です」

「二人とも生田目メガテクノの元社員だったのか」

下田は確かめるように伊川聡に聞いた。

「金山さんは、同じ生産ラインで働いてきた同僚だと、オヤジから聞いています」

高尾が話に加わってきた。

「意外ですね、結局、四人全員が生田目メガテクノとつながっているというわけですね」

「オヤジさんたちはまだ元の会社と付き合いがあるのだろうか」

「金山さんについてはわかりませんが、うちのオヤジについてはいっさいありません。他の会社より給与は多少良かったようですが、記者会見でもわかるように、社長は社員をまるでモノのように扱う傲慢な人で、うちのオヤジもそうした体質がわかっているから、脳梗塞の後遺症が少し残るといわれた段階で退職を決意していました」

伊川聡は一刻も早く事件を解決し、人質を解放してやってほしいと言い残してバスを降りていった。

犯人像がまったく思い浮かばないが、人質籠城事件の背景には生田目メガテクノをめぐる遺恨が絡みこんでいる可能性がある。

下田は高尾に、人質が生田目メガテクノの元社員だった事実を、捜査本部に連絡するように指示した。

夕食はデリバリー専門店から取り寄せたピザとやはりテイクアウト可能な店から取り寄せた丼物を、伊川聡から預かった薬と一緒にエレベーターで屋上へ上げた。

それから一時間後、午後七時過ぎだった。

警備員室にある固定電話から浜松警備保障本社に電話が入った。電話してきたのは脳梗塞を患った伊川本人だった。

「私はこれからエレベーターで一階に降ります」

伊川からメッセージを聞いた浜松警備保障のスタッフが捜査本部に報告した。

下田と高尾はバスを降りて、一階のエレベーターホールに走った。どんな事態にも対応できるように各フロアには密かに警察官が配置されていた。

午後七時二十分過ぎ、エレベーターが運転を再開し、通過する階数のランプを点灯しながら降下してくるのがわかった。

脳梗塞で倒れたことがあると、伊川聡から聞いたのは数時間前だった。下田は内心では再発したのではないかと心配していた。しかしエレベーターのドアが開くと、伊川はしっかりした足取りでエレベーターから降りてきた。

スーパー遠州灘の正面出入口には救急車が待機していた。

「大丈夫ですか」

下田が歩み寄った。

「私は大丈夫です。拝島さんと息子さんが精神的にも肉体的にも追いつめられているようで、私ではなくどちらかを解放するように言ったのですが、私が真っ先に解放されてしまい、拝島さんのご家族には何と言ったらいいのか……」

伊川は拝島の家族に気を配った。

「体調の方はどうですか。このまま病院に搬送してもらい、健康チェックをしてもらったらどうですか」高尾が待機している救急隊員に視線を向けながら尋ねた。

「ありがとうございます。でも私のことならお気遣い無用です」

伊川が答えた。

「ではこのまま事情聴取をさせていただいてもかまいませんか」下田が単刀直入に聞いた。

「私もそのつもりです」

伊川はしっかりした足取りで機動隊のバスまで歩いて行った。その様子がテレビカメラに映されて、臨時ニュースで放送された。

「人質一人解放」

テレビにはこんなテロップが流れた。

バスに乗り、高尾が窓側の席に、その隣に伊川が座った。通路を挟んで下田が座り、聴取を始めた。

「警備員室には人質三人の他に、犯行グループは何人いるのでしょうか」

下田の質問が伊川には意外に思えたのだろう。

「一人しかいませんよ」

「外部に仲間がいるとか、連絡を取り合っているとか、そうした形跡はなかったのでしょうか」

「電話を外部にしていたということはありません。おそらくメールも送信していないと思います。犯人はおとなしそうなアジア系の男性でした」

やはり拝島紗香を背後からつけていたアジア系の男性が犯行に及んだようだ。

「犯人の国籍や名前はわかりますか」

伊川は首を横に振った。

「テレビの記者会見の模様を犯人は見ていたと思いますが、どんな反応でしたか」

「身代金目的でないと本人もそう言っていました。日本語の発音はやはり外国人のモノですが、日常会話やテレビから流れてくるキャスターの日本語は十分理解しているような感じでした」

「犯行の動機について、本人は何か言ってましたか」

「犯人とは食事が届いた時とか、トイレに行くとか、そのくらいしか話はしませんでした」

「どうして伊川さんを真っ先に解放したのでしょうか」

「私が脳梗塞を経験し、何種類もの薬を服用しているというのを金山さんが犯人に説明してくれたんです。最初は信じていなかったようですが、私がロッカーから薬を出して飲んでるのを見たり、先ほど薬を届けてもらったりしているので、犯人は私を解放する気になったのではないでしょうか」

伊川の話によれば、勇は警備員室を自由に歩けるような状態だが、紗香は食事とトイレの時以外は後ろ手に手錠をかけられたままのようだ。精神的にもかなり追いつめられているのが伊川の話からうかがえる。

金山の健康状態には今のところ問題はない様子だ。

「犯人だが、差し入れの食事は摂れているのだろうか」

犯人から直接メニューの要求は出されていない。牛丼や天丼を差し入れた。

「日本での生活は長いようで、エレベーターで運ばれてきた食べ物は、ほとんど平らげています。日本食にはまったく抵抗はなさそうです」

来日し、どれくらいの歳月を日本で送っているのだろうか。食事には問題がなさそうだ。

「犯人もトイレに入ると思いますが、その時は皆さんどうしているのでしょうか」

「警察の突入にはかなり警戒している様子で、自分がトイレに入る時は、勇君をトイレの中に引き入れ、中から鍵をかけて用を足しています」

犯人は常に人質を自分のそばに置き、警察の突入に備えているようだ。警備員室に拝島母子を引きずり込んだのは衝動的ではなく、その後の展開も十分考えた上で犯行に及んでいると思われる。

犯人の特定につながる特徴を下田は執拗に聞いた。容貌についてはアジア系の男性というくらいで、漠然とした印象でしかなかった。

「犯人はずっと左手に白い手袋をはめていました。左手の指が動いているのを見ていないので、左手は義手だと思います」

アジア系の男性で左手が義手というだけでは、犯人の特定にはつながらない。

伊川から警備員室内の様子を聞くと、このまま事情聴取に協力してほしいと要請した。

「もちろんです。一刻も早く事件を解決するためなら、私にできることはなんでも協力します」

機動隊のバスから降りた伊川は、そのままパトカーで浜松南警察署に向かった。

8　左手首

事件発生から三日目の夜。拝島紗香の携帯電話から夫にメールが送信されてきた。

「カネは一銭もいらない。生田目豪の左手首を切り落とせば母子のうち一人解放する。二人を解放してほしければ、紗香の夫も手首を切れ」

拝島浩太郎の自宅で犯人からの連絡を待っている浜松南署の刑事が、山科署長に緊急連絡を入れた。その情報は即座に下田にも伝えられた。

「カネではなく、左手首を切り落とせなんて、こいつは何を考えているんでしょうか」

犯人からのおぞましい要求に、高尾は怒りをあらわにした。人質の解放条件に家族の手首を切り落とせなどと要求する拉致事件、誘拐事件も、犯罪史上一件も起きていない。

スーパー遠州灘の防犯カメラに映っている犯人の左手は義手のように見えた。解放された伊川の証言によって、犯人の左手は間違いなく義手だと判断された。犯人の要求にすぐに反応したのが生田目豪だった。

よほど冷静さを欠いているのだろう。犯人からの要求を知ると、自宅周辺で張り込んでいる記者を集めて、生田目は怒りをぶつけた。

「犯人は俺と浩太郎が自分の左手を切り落としたら、紗香と勇を解放すると言ってきた。金ならいくら何も出すと俺は言っているんだ。もう一度繰り返す。一億でも二億でもくれてやる。要求額を俺に連絡をしてこい。娘や孫に指一本でも触れてみろ、お前だけではない。お前の家族にも危害が及ぶようにしてやるからな」

生田目は目の前に犯人がいるような口調で、取材陣を怒鳴りとばした。その映像がテレビニュースの最終版として各局で放送された。

「生田目社長は相当頭のデキが悪いのと違いますか。犯人からの要求を平気でテレビに流してしまうし、挑発に完全に乗ってしまっている」

警察をまったく無視して、犯人と交渉したり、恫喝を加えたりする生田目社長のやり方は、事件解決を遅らせるだけだ。

屋上の警備員室の中で、犯人はどんな顔をしてテレビを見たのだろうか。思わず笑みを浮かべているかもしれない。

「生田目社長は犯人の要求する金額を出すと言ってるが、そんなことは口から出まかせで、一銭たりとも渡す気はないのではないかな」

下田は思っていることを口にした。

「えっ、いくら何でも娘と孫の命がかかっているんですよ。金を出すというのは本気ではないでしょうか」

高尾が疑いの目を下田に向け聞いてくる。

都知事がいくつもの病院を経営する理事長から五千万円の融資を受けた。全額を現金で融資されバッグの中に入れて運んだと証言した。実際にバッグの中に入るのか、国会で喚問され実演を迫られた。汗だくになりながら都知事が札束をバッグの中に押し込む映像が放送された。

一億円であればバッグ二つに、二億円になれば四つになる。左手が義手の人間にそれほどの量の現金を運ぶ力はない。生田目社長は十分にそのことを認識しているのではないか。

さらに犯人の目的が金ではないことを生田目社長は認識しているように、下田には感じられる。札束をいくら積んでも、場合によっては紗香や勇にも危害が加えられるのではないかという危惧があるのだろう。二人が殺されるかもしれないという思いがあって、生田目は常軌を逸した過敏な反応を犯人やマスコミにさらしているのではないだろうか。

「生田目社長には犯人が誰なのか、察しがついているとでも……」

高尾はさらに訝る表情を浮かべながら下田に確かめるように聞いた。

「それなら犯人について警察に情報提供すれば事件の早期解決につながります」

高尾の言う通りだが、それができないからこそ苛立ち、マスコミにも非常識としか思えないコメントを発表しているのではないか。そう考えてみると生田目社長の言動は理解できるが、生田目社長と犯人との間にどのような遺恨があるのかまったくわからない以上、下田の考えていることは想像でしかない。

その夜も機動隊のバスで夜を明かすことになると下田は思った。

「お前は自宅で寝てこい」

高尾に命じた。

「明日中に解決しなければ、明日の夜は俺が休ませてもらう」

高尾は日付が変わった午前一時頃に帰宅していった。


大森警察署の小早川刑事は仕事を切り上げて家に帰る用意をしていた。そこを一緒に組んでいる斉藤刑事から呼び止められた。

「このニュースを見てくれますか」

浜松に本社がある生田目メガテクノの生田目豪社長が、玄関前で記者たちを集めて記者会見をしている。正式な記者会見ではないようだが、記者の集まり具合が囲み取材のように見えた。

大森警察署刑事課にもかなり年代物のテレビが置かれている。記者会見というより生田目社長が記者に向かって一方的に話していた。そのニュース映像を小早川も斉藤も食い入るように見つめた。

「武政産業の腐乱死体だけど、司法解剖の結果はいつ出るんだ」小早川がテレビを見ながらすぐ隣にいる斉藤に聞いた。

「明日の午前中には結果が上がってくると思います」斉藤もテレビを見ながら小早川に伝えた。

「殺されていた武政は生田目メガテクノで確か働いていたんだよな」

「そうです」

「明日、司法解剖の結果が出たらすぐに浜松南警察に行ってくれないか」

「わかりました」

その晩、小早川は数時間寝ただけで大森警察署に出勤した。斉藤もやはり気になって眠れなかったのだろう。小早川が大森警察署に着いたのは午前七時三十分だが、斉藤は自分の席に座り朝刊を読みふけっていた。

「司法解剖の結果は八時過ぎに上がってくるそうです」

斉藤は小早川が席に着く前に言った。

司法解剖の結果はT大学医療センターから届けられた。二人はすぐに報告書に目を通した。死因はやはり左手首を切断されたことによる失血死だった。切断部分について司法解剖書にはサバイバルナイフのような鋭利な刃物や斧を使ったようには考えられないと記されていた。サバイバルナイフを使えば、一度に切断することができずに、何度も叩きつけたような傷が手首の骨には残される。斧を使って一撃で手首を切りおとしたとしても、切り落とされた骨の断面にはその衝撃の跡が残される。

左手首の骨の断面は、竹をノコギリで挽いたようだった。報告書にはきれいに切断された手首の骨の断面と、その周囲に腐敗した肉片が付着した写真が添付されていた。

左手首の骨の切断面の形状から、使用されたノコギリの目は粗いものではなく、細かい目のノコギリだろうと報告書には記載されていた。

もう一点、気になる記載があった。首を一周するように索状痕が残されていたのだ。しかし、あくまでも死因は失血死と断定していた。

武政富美男殺害の犯人が逮捕されれば、いずれは裁判員裁判にかけられる。選ばれた裁判員はこの司法解剖の報告書にも目を通さなければならない。小早川はこうした報告書に数えきれないほど目を通してきた。

三十歳になったばかりの斉藤は隣の席で、近くのコンビニで買ってきた温かいコーヒーを左手に持ったまま一口も飲んでいない。

報告書を読んでいると江戸時代の鋸引きの刑のように思えてくる。鋸引きの刑を宣告された罪人は、刑場に引き出され、道行く人に鋸で体を切り刻まれた。しかし、実際には罪人に鋸をあてた人は極めて少なかったといわれている。

「死因は失血死だが、簡単に言ってしまえば、これは拷問による死だな」

武政富美男は猿ぐつわを嚙まされ、まったく身動きできない状態で目の細かいノコギリで左手首を切断されたとみられる。これ以上ない苦痛、しかも体中の血液が流れ出すほどの出血による時間をかけた緩慢な死だ。

武政に対する並々ならぬ遺恨を持った人間の仕業だ。

そして浜松駅近くのスーパー遠州灘で、やはり深い遺恨を感じさせる事件が起きている。生田目メガテクノ社長の家族を人質に取り、解放条件として生田目社長、役員の拝島浩太郎の左手首切断を要求している。

武政も生田目メガテクノで働いていた事実がある。退職後も東京で生田目メガテクノの代理店のような仕事を請け負っている。

小早川には生田目メガテクノをめぐって、とてつもない事件が進行しているように思えた。考えふけっていると、自分でも気づかないうちに眉間に深い皺を刻んでいる。目が吊り上がりさらに険しい顔つきになってしまう。人相が悪いのは職業病のようなものだ。

武政富美男殺人事件とスーパー遠州灘での人質籠城事件とが、どこかでつながっているように思える。それを確かめるために斉藤を浜松南警察署に派遣した。大森警察署からはすでに浜松南警察署の山科署長に武政富美男殺人事件の概要は伝えてある。

斉藤が浜松南警察署に着いたのは午前十一時頃だった。斉藤は受付から署長室に通された。想像していた通り山科署長はスーパー遠州灘の人質籠城事件の指揮を執るのに忙殺されていた。

斉藤が署長の話を聞いていると、五、六分おきに電話がかかってきたり、報告が上がってきたりで、斉藤とゆっくり話をしている余裕はなかった。それでも人質籠城事件の発生から現在までの様子を聞き、東京大田区で発生した武政富美男殺人事件の経過を山科署長に報告した。

スーパー遠州灘前で現場の指揮を執っている下田刑事に、武政富美男殺人事件の状況を伝え、人質籠城事件の詳細については下田から聞くようにと言われた。

浜松南警察のパトカーで、スーパー遠州灘の前に止められている機動隊のバスに斉藤は案内された。

下田は山科署長から何も知らされていなかった。大森警察署の斉藤にけんもほろろな対応だった。

三人もの人質が取られたまま、事件は一向に解決する兆しがみられない。東京大田区で起きた猟奇的な事件の報告などを聞いている暇はないのだろう。斉藤は機動隊のバスに乗り込み、運転席の横に立つと大声で話し始めた。

バスの中には下田と高尾の二人だけしかいなかった。

斉藤は腐乱死体発見の一報から、司法解剖の結果報告書が出るまでの経緯を、まるで箇条書きのメモを読むような調子で話しつづけた。

最初はまったく無視されていたようだが、左手が切り落とされていた事実、死因、そして左手首の切断状況を斉藤が怒鳴るような口調で説明すると、下田も高尾も表情が変わった。

「報告は以上です」

斉藤は役目を終えてバスを降りようとした。

「貴重な情報だ。感謝する」

下田はこう言うと、高尾に目配せをした。

「こちらで話しましょう」

高尾が後方の座席に斉藤を呼んだ。

斉藤は高尾から籠城事件の詳細を聞いた。

話をすべて聞き終えて、バスを降りる前に斉藤は下田に敬礼をして礼を述べた。

「今のところそちらのヤマと共通しているのは生田目メガテクノの元社員と、左手首だ。どこで何がどうつながっているのか、今の状況では何とも言えないが、きっとどこかに接点があるはずだ。密に連絡をとって風通しのいい状態にしておきたいと、俺が言ってたとあんたのボスに伝えておいてくれ」

「わかりました」

斉藤はそのまま新幹線で品川に戻っていった。

スーパー遠州灘の人質籠城事件で、犯人側の条件に生田目社長は激しく動揺した。記者にその怒りをぶつけるように取材に応じていた。自宅前で改めて犯人の要求額を知りたいと、マスコミに訴えた。

その翌朝だった。社会保険労務士が、屋上駐車場の警備員室にたてこもる犯人について役立つかどうかはわからないが、情報提供したいと浜松南警察に電話をかけてきたのだ。

午前八時前には浜松南警察署を訪れ、受付に来意を説明していた。社会保険労務士は六十代前半のように見える。

「いてもたってもいられずにやってきました。早く捜査員に会わせてください。伝えたいことがあります」

社会保険労務士は受付に必死の形相で説明した。

対応にあたったのは捜査本部の峰岸だった。下田の二年後輩にあたる。

浜松南警察署には応接室といえるような部屋はない。空いていたのは事情聴取や容疑者の取調べにあたる部屋だけだった。峰岸は二階にある取調室に社会保険労務士に入ってもらった。

「こんな部屋で申し訳ありません」

峰岸は机の上にノートを広げながら言った。

机を挟み峰岸の正面に座る社会保険労務士は名刺を差し出した。財前敏夫と記されていた。

「スーパー遠州灘の人質籠城事件について有力な情報をお持ちだと聞いたのですが」

「有力な情報かどうかわかりませんが、お伝えしたいと思ってやってきました」

財前は業務上知り得た情報を無制限に公開するわけにはいかないと言った。

「私がこれから説明することは、社会保険労務士が経験した一般的なケースだと思って下さい」

峰岸は机の上にノートを広げ、ボールペンを握った。

浜松市内の企業、特に製造業には八〇年代半ばから外国人労働者が目立つようになった。

イラン、バングラデシュ、フィリピンなどの国から来日し、滞在期限が切れても日本に残り、就労している外国人労働者が多数存在した。彼らを一掃するために入国管理法が一九九〇年に改正された。

不法就労の外国人を強制送還し、その穴埋めに中南米からの日系人が大量に日本に出稼ぎにやってきた。

３Ｋの現場では安全にかかわる順守事項が、外国人労働者には十分に伝わらず事故が多発した。

「労働現場で事故が起きた時、私たちの出番になるわけです」

日本の社会保険には、健康保険、年金保険、介護保険、雇用保険、労災保険の五つがある。このうち雇用保険と労災保険は労働保険と呼ばれている。

労災保険は正確には労働者災害補償保険というもので、労働者が業務中にケガをしたり、仕事が原因で負傷した場合、その生活を補償するための制度だ。一人でも労働者を採用する事業主側は労災保険に加入しなければならない。

「正社員はもちろんですが、パートタイマーやアルバイト、季節工、日雇いも事故に遭えば、労災の申請は可能になります」

人質籠城事件に関しての有力情報と聞いていたが、財前は労災の講義を始めた。峰岸はボールペンをノートの上に転がした。

それでも財前は峰岸に鋭い視線を向けながら話しつづけた。

「労災の申請というのは、労働の現場で起きたすべての事故が対象になります。働いている人が正社員であろうとなかろうと、日本人であろうと外国人であろうと、それは関係ありません。たとえ不法就労の外国人であっても労災の対象にはなりえます」

峰岸は頬杖をついて財前の話を聞いた。峰岸が財前の話を真剣に聞いていないのが伝わったのだろう。

「いいですか、よく聞いてくださいよ」

財前が注意を喚起する。

「一九九〇年の入管法の改正によって、それまで日本に滞在していた不法就労の外国人は締め出されました。不法就労の外国人を雇用している事業主も処罰の対象となりました。改正入管法の施行の数ヶ月前から外国人労働者の労災の申請が急激に増えたのです」

峰岸には財前が何を言わんとしているのかまったく想像がつかなかった。その当時は人手不足で、多くの製造業、建設業で人手不足倒産が起きていた。納期の遅延、工期の遅延、労働賃金の上昇、その結果資金繰りが悪化し、倒産に追い込まれるのだ。

「無理な残業がたたって、それが労災につながっていたのと違うんですか」

峰岸は突き放すように財前に言った。

「私たちも最初の頃はあなたのような分析をしていました」

労災の申請が認められると、滞在資格などには関係なく労災保険が支払われる。療養に必要な費用が支払われる療養補償給付、療養給付などがある。事故によって障害が残った場合は、障害特別支給金、障害特別年金が支払われる。

「入管法が施行される直前、外国人労働者の間で障害の残る事故が相次ぎました。これは浜松市内だけの問題ではなく、当時外国人労働者を採用していた群馬県や三重県などでも起きていました」

「その障害というのは」

峰岸はまさかという思いを引きずりながら財前に尋ねた。

「パイプや鉄板を切断加工する旋盤などを扱う製造業では、手首を巻き込まれ切断するケース、建設現場では足場を組むパイプや足場板をクレーンで吊り上げ、下ろす時に手首や指を挟まれたという事故が多発しました」

財前が伝えたい情報があると言って捜査本部に連絡してきた理由が峰岸にもようやく理解できた。

「そうした事故には共通点がありました」

峰岸にも想像がついた。

「重大事故に遭って失うのはほとんどが左手、左手の指でした。すべてが故意だとは思いませんが、不自然と思われる事故も多数起きていました」

利き腕の右手ではなく、左手に障害の残る労災事故が多発したということだろう。

一九九〇年、外国人労働者を取り巻く大きな環境の変化は、様々な形で労働現場に現れたのだろう。しかし、そうした労働者は日系人の大量雇用が始まると働く場を失って母国へと帰っていった。

　スーパー遠州灘の屋上駐車場で警備員室に人質を取ってたてこもっているのはアジア系の男だ。防犯カメラに捉えられている映像から判断すると三十歳前後だ。一九九〇年頃、財前のいう労災事故に遭っていた外国人労働者は四十代半ばから五十代前半にさしかかっていると思われる。

「この類いの事故はあの時で終わったわけではありません」

　二〇〇八年にリーマン・ショックが起きた。多くの日系人が雇い止めに遭い、帰国を余儀なくされた。中にはホームレスに身をやつす日系人も出てきた。帰国しようにもその航空チケット代も捻出することができない状態に陥った日系人も少なくない。日本政府は彼らに航空チケット代を支給し帰国を促した。

「あの時も、一九九〇年の頃と比較すると数は少ないですが、同様の事故は起きています」

　峰岸は磐田市の出身で、中南米出身の日系人を身近に感じられる環境で成長してきた。防犯カメラに映り込んでいるアジア系の男と、日系人の容貌は明らかに違う。

　人質籠城事件の犯人は、防犯カメラの映像、そして解放された伊川の証言から左手は義手だと思われる。しかし、労災事故と結びつけて考えるのは拙速のように峰岸には思えた。それを見透かすかのように財前は聞いた。

「外国人技能実習制度についてご存じですか」

低賃金で東南アジアからの実習生が働かされているというのは、新聞やテレビのニュースで知っていた。しかし制度自体については峰岸はほとんど何も知らなかった。

「外国人技能実習制度は、一九九三年に制度化され、それ以降、この制度を利用して日本に来ている東南アジアの若者もかなりの数にのぼります」

峰岸の認識ではそうした実習生が働くのは中小零細企業が多く、大企業で働く実習生は少ないと考えていた。

「生田目メガテクノでは、一九八〇年代は堂々と不法滞在の外国人を雇用していました。九〇年代に入り、日系人の雇用数が急激に伸びています。リーマン・ショックで大量解雇されたものの、再びその雇用数は増えています。生田目社長の考えなのでしょう。少しでも安い労働力をと考えて、技能実習生も生産ラインに入っています」

財前は、生田目メガテクノの工場では、日本の工業高校を卒業した者が熟練工として働き、その下に日系人と技能実習生が組み込まれているという実情も指摘した。

「ここ数年で、生田目メガテクノの工場で左手首を切断するような大きな事故が起きているのでしょうか」

財前が伝えたい情報があると捜査本部に連絡してきたのは、思い当たる外国人労働者がいるからだろう。

「生田目メガテクノは、もともとそうした労災事故が多発する会社で、労働基準監督署から何度も改善するように勧告が出されています」

「左手首切断の事故が生田目メガテクノの工場で起きているんですね」

「私が生田目メガテクノの労務を管理しているわけではありません。しかし、労務士の間では生田目メガテクノでの事故は多すぎるし、障害特別年金支給に至る事案が目立つというのが共通認識になっています」

財前は個別具体的なケースについてはいっさい話はしなかった。しかし、言葉の端々から今も労災事故が多く発生し、左手を失ったケースがあったことを峰岸に示唆した。

「私がお話しできることはここまでです」

こう言い残して財前は取調室を出て行った。

後は生田目メガテクノで左手を失った実習生がここ数年の間にいたのか、労働基準監督署で調べるだけだ。

もう一つ、現場で指揮を執る下田にこの事実を伝える必要がある。

峰岸からの報告を聞いた下田は、

「左手を失った実習生なり、日系人なりがいるならすぐに割り出してくれ」

と、言ってきた。

「もう手配しています。午後には名前を報告できると思います」

峰岸が答えた。

9　労災給付金

峰岸は浜松労働基準監督署にパトカーを急がせた。一刻も早く生田目メガテクノで左手首を負傷した外国人労働者がいなかったか、調査する必要が出てきた。今のところ犯人についてわかっていることはアジア系の男だということだけだ。

もし生田目メガテクノで左手を失った外国人労働者がいれば、犯人の特定につながる。浜松労働基準監督署で、生田目メガテクノの名前を聞くと、労災の若い担当者は不思議そうな顔をした。

「あのくらいの規模の会社になると、労災事故の発生は社会的な批判につながるので、労務管理はしっかりしていると思いますよ」

財前とはまったく異なる見解を峰岸に告げた。

峰岸は労働基準監督署の狭い応接室に通された。センターテーブルに膝をこすりながら座った。

「それで何年前からのデータを調べればよいのでしょうか」

峰岸は最近五年間の事故で、左手の負傷につながったケースがないか、その調査を依頼した。

「おそらく何も出てこないと思いますが……」

担当者は額に煩わしいと書いてあるような態度で、書架のファイルを取りにいった。

社会保険労務士の財前の話は作り話のようには思えなかった。3K職場で起きている外国人労働者の事故の中には故意のものもあるようだ。「ケガ」の代償に労災で障害者年金を受け取る。その年金は母国に戻っても受給することは可能だ。開発途上国なら日本円で受け取る障害者年金もそれなりの価値を持つのだろう。

担当者が慌てた様子で応接室に戻ってきた。

「生田目メガテクノで労災事故などないと思っていましたが、調べてみると小さな労災事故が結構起きていて、調べるのに少し手間取りそうです。よろしいでしょうか」

「早急にやっていただきたい。詳しくは言えませんが、人質の生命にかかわる案件です」

ここまで説明すれば鈍感な担当者でも、ニュースで流れているスーパー遠州灘の人質籠城事件にかかわる捜査だと気づくだろう。案の定、血相を変え、出ていった。

二十分も待っていると、担当者は分厚いクリアファイルを一冊持って応接室に戻ってきた。

「最近五年間で、左手首を損傷する労災事故が一件起きています」

担当者がクリアファイルを広げた。峰岸は手帳を開いた。

「三年前に左手を失うという事故が起きています。労災の対象となったのはバングラデシュ国籍のアサド・カーン、事故当時二十七歳ですね」

船内機のドライブシャフトを製造する過程で事故に見舞われている。そのまま救急病院に搬送されたが、左手首は皮膚と肉片でつながっているといった状況で切断せざるをえなかった。

「労災と認定され療養給付金、障害特別支給金、障害特別年金がアサド・カーンさんには支給されています」

「アサドさんは現在も生田目メガテクノで働いているのでしょうか」

「記録によるとこの方は外国人技能実習制度で来日しています。通常であれば帰国されていると思いますが、帰国したかどうかは入国管理局の管轄になるので、ここではわかりません」

峰岸は捜査本部に戻ると、入国管理局にアサド・カーンについての照会を依頼した。浜松市の人質籠城事件に関連する照会事項だと告げると、入国管理局の対応は迅速だった。

外国人技能実習制度を利用して来日したのは二〇一四年四月。生田目メガテクノの工場で働くようになった。

入管から送付されてきたデータには、アサド・カーンの写真も添付されていた。おそらく外国人登録証に使用された写真だろう。拝島紗香を尾行したアジア系の男に似ているが、アサド・カーンだとは断定できない。

「左手を失う事故は、来日して二年目のことか」

当時の制度では三年間は日本で働ける。財前が指摘するような労災金を目当ての事故を故意に起こす必要はない。

帰国した記録は入管には残されていなかった。アサド・カーンは査証期限が切れた不法滞在者ということになる。峰岸はこれらの情報を持ってスーパー遠州灘の前に止まる機動隊のバスに向かった。

峰岸から報告を受けると、捜査本部長を務める山科署長に連絡を入れた。下田、高尾の交代要員を要請した。

「生田目豪に直接、アサド・カーンについて聴取する必要が出てきました」

「俺も今峰岸からの報告を受けたところだ。誰か指揮を執れる人間をそちらに送る。入れ替わりに生田目の聴取をしてくれ。ただ相当荒っぽい性格のようだから、くれぐれも注意してくれ」

山科署長との電話を切ってから三十分もしないで峰岸と大塚の二人が交代でやってきた。

「今日の夜は私たちがバスに待機します。生田目社長の聴取が終わったら、今晩はご自宅の方でお休みください」

　峰岸は三晩続けてバスの中で夜を明かした下田を気遣った。

　簡単な引き継ぎをすると、下田と高尾はパトカーで生田目社長の自宅に向かった。

生田目豪の家は、白壁の上に瓦を載せた塀で四方を囲まれ、昔の武家屋敷を思わせる風情だ。門柱には生田目豪と木彫りの表札が埋め込まれていた。

「応接室には革張りのソファがきっと置かれていると思いますよ」

　門柱を過ぎると、ハンドルを握っている高尾が言った。門柱から自宅玄関までには蛇行するアプローチがつづいていた。アプローチの両側はよく手入れされた植え込みと高価な庭石がこれ見よがしに配置されている。

「生田目豪は典型的な成り金趣味だ」高尾が庭の造りを嘲笑った。

　玄関前にパトカーを止め、インターホンを押すと生田目豪自らが飛び出してきた。いつでも外出できるようにワイシャツにネクタイ姿だった。

「何か事態に進展があったのか」

　生田目は部下と話をするような口調だ。

「生田目豪さんですね」高尾が確認を求めた。

「そうだ。犯人を逮捕できたのか」

「浜松南警察署の捜査員全員で、人質の解放と犯人逮捕に向けて全力を注いでいます」

高尾の返事に生田目の顔に大きな落胆が滲む。

「社長から直接お話を聞きたいと思ってきました」

下田が来意を告げると、「上がってくれ」と答えた。

家は典型的な日本家屋で、四畳ほどもありそうな上り框があり、そこからはつや光りした廊下が真っ直ぐ延びている。廊下の左側は和室なのか襖で閉じられていた。右側の部屋は洋室のようで、二つ目の部屋のドアを開けた。

「ここで話そう」

センターテーブルが置かれ、高尾が想像した通り革張りのソファが置かれていた。下田と高尾はソファに腰を下ろした。

「聞きたい話っていうのは何だ」

生田目は焦っているのだろう。挨拶もせずに切り出してきた。その方が下田にとっても都合がいい。

「人質を取っている犯人について、生田目社長には思い当たる節はないでしょうか」

「あれば警察の方にすべて話をしている」

「そうですか。テレビではあちこちから憎まれているようなことをおっしゃっていましたが、アジア系の人間から恨まれるようなことは何かあるのでしょうか」

下田は単刀直入に聞いた。犯人がアジア系の人間だということはマスコミがこぞって報道している。

「同じようなことを新聞記者やテレビ局の記者から聞かれたよ。確かにわが社は外国人技能実習制度を利用して来日した若者を多数使っている。現場では様々なトラブルがこれまでに起きてきたかと思うが、俺は経営のトップで、末端で起きたことにいちいちかまっている余裕はないんだ」

「そうですか。念のためにお聞きしますが、バングラデシュ国籍のアサド・カーンという名前に記憶はありませんか」

「知らん。よく考えてみろ。会社のトップが末端の人間の名前まで覚えてると思うか。しかもいずれ帰ってしまう実習生だろう」

生田目は激しく苛立っていた。突然立ち上がり、ドアを開けると廊下の奥の方に向って大声を張り上げた。

「何でもいいから冷たいものをすぐ持ってきてくれ」

すぐにお手伝いさんと思われる女性が、大きめのトレイの上に冷たい缶コーヒー三つ、缶ビール三本、グラス六つを載せて運んできた。

「君らも適当に飲んでくれ」

生田目はビールのプルトップを引くとグラスにも注がず、喉を鳴らしながら飲んだ。

下田も高尾も運ばれてきたものには手をつけずに質問をつづけた。

「そのアサドというヤツが犯人なのか」

生田目はビールの缶を握ったまま下田に聞いた。

「現段階では犯人についてはまだ特定するに至っていません」

「いったい警察は何をしているんだ。何の罪もない母親と子供を人質に取っている。こんな凶悪犯をすぐにでも逮捕するのが君らの仕事だろう」

生田目は苛立ちの矛先を下田と高尾に向けてきた。

「よく思い出してほしいのですが、三年前に生田目メガテクノは労災事故を起こしています。軽いケガという程度のものではなく、ドライブシャフトを製作する部署で、外国人労働者が左手を失うという大事故です。記憶にありませんか」

生田目は首を大きく横に振った。

「そんな事故があったと報告を受けたような記憶はあるが、詳しくはわからない」

「そんな末端労働者の事故のことなどを、俺にいくら聞いても答えられないぞ」

突き放すような口調だ。

「外国人技能実習制度で来日し、おたくの会社で働いたアサド・カーンという男に記憶はないのですか」高尾が尖った声で問い質した。

「わが社には、その外国人技能実習制度の実習生だけではなく、ブラジル、パラグアイ、ペルーの日系人も数百人規模で派遣会社から送られてくる。外国人の名前にしろ、事故にしろ、一つ一つ記憶するなんて実際問題としてできるわけがない」
「そうですか。社長から左手を失った実習生について話が聞ければ、捜査が進展し、人質の解放と犯人の逮捕につながるのではないかと思ってきましたが、記憶にまったくないようであれば無駄足でした。お取り込み中大変申し訳ありませんでした」

下田は隣に座る高尾に引き揚げるように促した。高尾が腰を上げた。

「それではこれで失礼します」

下田が生田目に頭を下げた。

「犯人逮捕の見通しはどうなっているんだ」

高尾が部屋のドアノブに手をかけ扉を開いた。下田は何も答えずに部屋を出た。その後ろに高尾がつづいた。

玄関に戻ってくると、靴が揃えられていた。二人が靴を履いていると、生田目が廊下を走ってきた。

「さっきも言った通り、俺は実習生の事故については何も知らんのだ。その件を知っているのは労務管理を担当している福島部長なんだ。あいつに聞いてもらえればすぐにわかるんだが……」

「それならいますぐここで福島部長に聞いてもらえますか」

靴を履きおえて、生田目社長の方を向いた下田が言った。

「それができんのだ」

「できないとは？」下田が聞いた。

「よりによってこんな時に、あいつは会社に顔を出していない。総務課が浜松南警察署に捜索願を出しているはずだ」

「では、その方が出社されたら、浜松南警察署の捜査本部までご連絡ください」

こう答えて、二人はパトカーに乗り込み、浜松南警察署に向かった。

浜松南警察署生活安全課には確かに生田目メガテクノから福島次郎の捜索願が出されていた。しかし、受理しただけで捜索は何も行っていない。出社するはずの技術生産部の福島部長が出社してこないと生活安全課は相談を受けたが、その程度の案件で警察官を捜索に回せる余裕などない。

捜索願を提出したのは総務課の箱根課長だ。生田目メガテクノは二十四時間体制で工場を稼働させている。箱根課長はすでに帰宅していた。夜間の生産部門の責任者から箱根の自宅を聞き、すでに十一時を過ぎていたが、下田と高尾は浜松市内のマンションで暮らす箱根課長を訪ねた。

箱根は浜松南警察署と聞いてすぐにエントランスのドアを開けた。箱根の部屋は七階にある。エレベーターを降りると、箱根は部屋のドアを半分開けて待っていた。

二人の子供がいるようだが自分たちの部屋ですでに寝ていた。応接室で、夫婦二人でテレビを見ていたようだ。箱根の妻がテレビを消し、ソファに座るように勧めた。

「コーヒーでも淹れて」箱根が妻に言った。

「いや、奥さん、かまわないでくれ。聞くべきことを聞いたら、すぐに引き揚げる」

下田が箱根の妻に向かって言った。

「早速だが聞かせてくれ。福島部長の捜索願が出されているが、あれはどういういきさつからなんだ」

「福島部長の居所がわかったんですか」

箱根は福島の所在先を警察が突き止めてくれたと思ったようだ。

「どこにいたんですか、福島部長は」

「福島部長の所在先はまだわからん。スーパー遠州灘の件で、彼から聞きたいことが出てきたので、所在先を早急に突き止めたいんだ」

「個人的な付き合いはまったくありません。社員の健康管理の責任者ということで、技術生産部の丹下課長から相談を受け、わが社の労務管理規定から捜索願を提出したということです」

箱根と福島とは特に親しい間柄というわけでもなさそうだ。健康管理と聞き、下田はアサド・カーンの労災事故について質した。

「その件ですか。それこそ福島部長に聞くしかないですね。当時労務管理部の部長で、その事故の対応にあたったのが福島さんです。私は労務とはまったく関係ないエンジン部品の管理をしていましたから」

しかし、技能実習生が左手を失うという大きな事故だ。箱根が何も知らないということはないだろう。

「会社の内情を知っているからと言って、警察にべらべら話したことがわかれば、あの社長のことです、解雇されかねません」

箱根は何かを知っているのだろう。しかし、生田目社長の機嫌を損ねれば解雇されかねないと、聴取に応じることを恐れていた。

アサド・カーンについて情報提供を求めると、福島の名前を出したのは他ならぬ生田目社長だと高尾が告げた。

「その情報が屋上警備員室に捕らわれている拝島紗香と勇の早期解放につながるかもしれない。黙っていてさらに大事になれば、その方が問題にされると思うが」

下田は穏やかな口調だが、箱根にしてみれば恫喝されているようなものだ。

「私だけではなく、防犯カメラの映像を見た時、あれはもしかしたらドライブシャフト製造にかかわっていたアサドではないかと、生田目社長だって思ったはずです」

箱根はアサドと一緒に働いた経験はなかった。しかし、アサドは外国人技能実習制度を利用して生田目メガテクノで働いていたスタッフの中では、飛び抜けて優秀だった。少しでも多く稼ぎたいという思いはすべての実習生が抱いていた。一時間でも多く残業代を稼ごうと必死だった。

「シャフトとプロペラの研磨に関しては実習生の中では一番すぐれていたようです。それで重宝がられていました」

少しでも多くバングラデシュに送金したいと、少ない給与を切り詰めた生活をしていた。そのしわ寄せが事故を誘発した。

「残業に次ぐ残業で、睡眠時間が削られていたのでしょう」

シャフトを切断する工程で、睡魔に襲われたのか、アサドは左手首を高速回転する円盤型の鋸に巻き込まれてしまった。

「現場にいた連中の話では、天井にまで血が飛び散ったそうです」

生田目メガテクノでは、左手を失うほどの重大な事故はそれほど多くはなかったが、手の指を失ったり、足の指を潰したりするような事故は結構起きていた。労働基準監督署から改善命令を何度も受けた。

「福島さんは事故を報告すれば、生田目社長から罵倒されるのは明らかで、下手をすれば降格、減給処分にもなりかねないと判断したのでしょう。わずかな見舞い金でバングラデシュに追い返そうとしたんです」

箱根の話が事実なら生田目メガテクノはブラック企業の典型だ。

どのような経過をたどったかは箱根は知らなかったが、アサドには労災保険が適用された。しかし、どんなに優れた研磨の技術を持っていたとしても、片方の手を失えば生田目メガテクノでは働くことはできなかった。日本に在留する期間はまだあったようだが、アサドは会社を退職していった。

箱根の話を聞いている限りでは、アサドが福島に恨みを抱いたとしても、生田目豪社長やその家族に恨みを向けるのは筋違いのような気がする。あるいは箱根が知らないだけで、アサドと生田目メガテクノ経営者との間に深い遺恨が生まれるような争いがあったのかもしれない。

福島からその話を引き出したいが、本人の所在先が不明ではどうしようもない。

「福島さんには家族はいないのでしょうか」高尾が聞いた。

「奥さんとお嬢さんがいたとは聞いていますが、かなり前に離婚されてずっと一人暮らしをしていたようです。女性関係はだらしなくて、会社の女性とトラブルを起こしたのも一度や二度ではないそうです。これは噂で事実かどうかは知りませんが……」

余計なことを話してしまったと箱根は後悔したのだろう。単なる噂話にした。

「今どき女性問題を起こせば、セクシャルハラスメントとして社会問題化してしまう。噂になれば困るのは本人で、いくら何でも部長ともなれば気をつけるでしょう」

高尾がそれとなく探ってみた。

「それが古い体質の会社ではなかなかそうもいかないんですよ」

箱根は自嘲気味に言った。

福島は社内では嫌われる存在で飲み仲間もいないらしい。独身暮らしをいいことに、ストレス解消はもっぱらキャバクラ通いのようだ。

「若い社員をキャバクラに誘うのですが、勘定はすべて割り勘にして払い、おごってもらったという社員はいません」

若手社員からも敬遠され、結局、一人でフィリピンパブや中国人クラブによく飲みに行っていたようだ。

「とにかく女好きで、実習生には手を出さないでくれればいいと、周囲の者はそれを心配しているくらいですから」

「よくそんな社員を部長職に就かせておくもんだ。生田目社長の気持ちがわからんな」

下田は箱根に同情するような口ぶりで言った。

「女性関係はだらしない、人望もない、おまけに仕事もできない。それでも生田目社長にとっては、それはそれで使い道のある人材なんですよ、あの人は」

箱根は思わせぶりな言い方をした。

「社長にだけは献身的ないい社員になるわけだ」

箱根は何も答えなかったが首を縦に振った。どこにでも上司に取り入ろうとする部下はいるものだ。浜松南警察署にもいるし、警察組織全体がそうした人材がひしめき合っている組織でもある。

「そんなヤツでも役に立つもんなのか。よほど余裕のあるいい会社なんだ」

下田は皮肉をこめて言った。

「グローバル企業とはいえ、裏に回ればブラックとは言わないまでも、グレーゾーンの仕事というのは出てきます。そうした問題の処理に福島は利用されているという話ですよ。そうでもなければあんな人が、大きな顔をしてのさばっているわけにはいかないでしょう」

「グレーゾーンの仕事もあるんだ」

下田は何も気づかないような素振りで合槌を打った。

「やっかいな仕事を福島さんが引き受けてくれるので、まあこちらはまっとうな仕事をしていられるというわけです。福島さんの仕事について、いいの、悪いのと口を出せる立場にもない。ただどんなに高い給与をもらっても、生田目社長の茶坊主のような仕事はしたくないですね」

グレーゾーンの仕事とはいったいどんな仕事なのか。それが知りたい。

「労組が問題にしようとしたくらいだから、お話ししても構わないと思いますが、組合の動向を福島さんに調べさせていたのです」
それこそどんな大企業でも、その程度のことはほとんどの経営者がやっていること
だ。下田にとってはそれほど驚くべきことではなかった。
組合の情報を収集するため、組合幹部に金を握らせ酒を飲ませ、そして女を抱かせ
て篭絡させた。弱みを握られた組合幹部は情報を福島に流した。
こうした事実が露見すると組合幹部は会社を去っていった。残った組合幹部は事態
の収拾と、その後の組合の再建策に追われ、会社との賃上げ交渉などに力を注いでい
る余裕などなくなってしまう。
「これは氷山の一角で、アサドも労災扱いになっていますが、労災事故にするなとい
うのは生田目社長の直接命令だったという話もあるくらいなんです」
真相はやはり福島本人から聞くしかないと下田は思った。

10　写真

ＳＵＭＩＲＥはスーパー遠州灘の人質籠城事件から目が離せなくなってしまった。テレビ、新聞は人質になっている拝島紗香と勇、もう一人警備員の金山剛について報道した。

拝島紗香の写真は、生田目メガテクノの広報課から提供されたものらしく同じ写真が各テレビ局、各新聞社で使われた。インターネット上には拝島勇の写真までもが流出していた。

浜松警備保障から提供された金山の写真は身分証明書に使われたものだ。

金山の写真についてはそれだけではなく、かつての同僚から提供されたと思われる生田目メガテクノ時代のもの、浜松警備保障の忘年会などの写真がテレビや新聞で報道された。それらすべてにＳＵＭＩＲＥは目を通した。一刻も早く金山と会って確かめたいことが出てきた。

ＳＵＭＩＲＥが広尾にある日赤医療センター付属乳児院の前に捨てられていた時、ＳＵＭＩＲＥをくるんでいた毛布の中には一枚の写真があった。

変色したカラー写真だが、工場を背景に二人の男性が写っていた。浜松までＢＪが行って、背景に写っている工場は生田目メガテクノの第一工場だと判明した。

写っている二人の男性のうち、一人は自分の父親ではないかとＳＵＭＩＲＥは勝手に想像している。ＳＵＭＩＲＥの目や鼻がその男性と酷似している。

その男性は南アジア、つまりインド、パキスタン、バングラデシュ出身のような風貌をしている。ＳＵＭＩＲＥは写真集の撮影の時にフィリピンを訪れただけで、それ以外の外国を訪れたことはないが、写真に写っている男性の雰囲気からＳＵＭＩＲＥがそう思っているにすぎない。

もう一人は父親の同僚だと思われた。ＢＪが保管していた写真にもその日本人は父と肩を組んで写っていた。その男性の名前が判明したのは、人質籠城事件が発生した二日目の夜だった。人質の一人は警備員の金山剛と判明した。報道された写真だけでは確信が持てなかった。しかし、かつての同僚から提供された若い頃の金山の写真がワイドショーで放送された。それらの写真と、毛布にくるまれていた写真に父と一緒に写っている男性とがそっくりなのだ。その写真はＳＵＭＩＲＥが乳児院を出て、児童養護施設に移る時に、乳児院の院長から大切にしなさいと託され、今も大切に保管している。

ＳＵＭＩＲＥは自分が捨てられていた時に毛布にくるまっていた写真を金山に見てほしいと思った。金山なら、隣に写っている外国人が誰なのかわかるはずだ。

しかし、人質籠城事件は解決するどころか混迷を深めているようにＳＵＭＩＲＥには感じられた。

アジア系の犯人の名前はアサド・カーンというバングラデシュ出身の男のようだ。要求している内容があまりにも異様だ。

アサド・カーンの過去に何があったかわからないが、生田目メガテクノの代表者二人の左手を差し出せという人質解放の条件には、誰もが言葉を失った。

犯人の左手は義手のようだ。国籍と名前がわかっているのだ。いずれ犯人の素性が明らかにされるだろう。

それに生田目メガテクノで働いていた武政富美男が左手首を切断され殺されていた。ＢＪとＳＵＭＩＲＥはその第一発見者になってしまった。

人質となっている金山にはすぐにでも会ってみたいが、事件が解決しないことには金山とは接触することができない。ＳＵＭＩＲＥは眼の中にゴミが入りいつまでも取り出せないでいるような苛立たしさを感じていた。

道玄坂すみれという名前に違和感を覚えるようになったのはいつの頃からだろうか。児童養護施設から小学校に通うようになった。自分が他の子供たちと違うのはすぐにわかる。

他の生徒から両親について聞かれた。日本人の容貌と異なると、片方の親が日本人で、もう一方の親が外国人、反射的にハーフと思うようだ。しかし、すみれにはその質問に答えようがなかった。自分の口から捨て子だったと答えられるはずがない。多くの生徒は、ＳＵＭＩＲＥには他の生徒とは違う複雑な事情があって、児童養護施設で暮らしているのだろうと思ったようだ。

すみれ自身も成長するにつれて、自分は何者なのか考えるようになった。両親について何もわからなくても、日々の生活に困るということはない。しかし、その日々は地に足が着かないというか、高層ビルのエレベーターで一階までノンストップで急降下した時のようなおぼつかない気分の連続なのだ。

そうした日々を終わらせるには両親について明らかにし、なぜ自分は乳児院の前に捨てられていたのか、それをはっきりさせる以外にはなかった。手がかりになるものといえば、毛布にくるまれていた写真一枚だけだった。

写真集を出したのも、身体的特徴や、顔立ちや体形などから両親が名乗り出てくるのではないかという淡い期待があったからだ。その期待は見事に裏切られた。ただ一人数枚の写真を持って会いたいといって来てくれたのがＢＪだった。

ＢＪはそれらの写真をフィリピン人の女性から預り、今まで保管していた。その中の一枚には、ＳＵＭＩＲＥが大切にしている写真と同じ南アジア系の男性と日本人男性が写っていた。ＢＪが持っていた写真には生まれたばかりの子供ものもあり、それは間違いなく道玄坂すみれなのだ。

右のバストの乳房の上にホクロが二つあるという身体的な特徴と、それともう一点、明確な理由がある。

ＢＪはその写真を持っていた浜松市で暮らすフィリピン国籍の女性と一度だけ会っているのだ。その時にサンドラと名乗る女性から窮地に追い込まれた理由を聞かされた。生まれたばかりの子供を抱えて、サンドラは困り果てていた。サンドラは子供と父親の写真をＢＪに渡して、しばらく子供を預かってくれる施設を紹介してほしいと訴えた。

ＢＪは日赤乳児院の前に、誰にも知られないように子供を置いてくれれば、乳児院が保護し、育ててくれるとサンドラに伝えたのだ。その後サンドラがどうしたかはＢＪは知らなかった。事態が深刻だっただけに預った写真は保管していたのだ。ＳＵＭＩＲＥの写真集を見て、サンドラは二十三年前、生まれたばかりの子供を広尾の日赤乳児院の前に置いて立ち去ったのを確信した。

太田エンターテインメントの太田社長からＳＵＭＩＲＥは呼び出しを受けた。

「大森警察署から連絡があって一時間ほど時間を取ってもらえないかということだが

……」

「武政産業の遺体についてなら目撃したことはすべてお話ししたのですが、まだ何かあるのでしょうか」

「浜松で起きているスーパー遠州灘の人質籠城事件に、武政の事件が関係しているのではと警察は見ているらしく、もう一度話を聞きたいらしい」

一時間ぐらいの時間を取るのは困難ではないが、スケジュールの終わる時間がはっきりわからない夜よりは、朝の方がSUMIREにとっては都合がいい。

「それなら明日の朝八時過ぎに迎えに行かせる。九時から一時間ということで大森警察署の方には、私の方から連絡を入れておく」

翌朝八時に太田エンターテインメントの車が迎えに来た。その日は正午から六本木のテレビ局で収録がある。時間的な余裕は十分にある。

大森警察署では小早川、斉藤の二人の刑事がSUMIREから事情聴取をすることになった。通されたのは前回と同じ三階の取調室だった。斉藤が気を利かせて温かい缶コーヒーをSUMIREに勧めた。

昨晩ベッドに入ったのは午前二時を過ぎていた。SUMIREは朝食を摂らずに大森警察署を訪れた。半分ほど飲み、「さあ、はじめましょうか」と二人を促した。

その日は小早川が聴取をするようだ。五十代くらいのベテラン刑事のように思える。

「殺されていた武政ですが、あのような殺され方で遺恨がらみの事件だと思われます。ご存じのように、浜松では武政が以前働いていた生田目メガテクノの経営陣の家族が人質に取られています。犯人は経営陣二人の左手首を切り落とせと残酷な要求を突きつけています」

ＳＵＭＩＲＥは小早川刑事の話を真剣な眼差しで聞いている。

「偶然といえば偶然なのでしょうが、やはり二つの事件はどこかでつながっているのではないだろうかと私どもも、そして浜松南警察署もそうにらんで捜査を進めています。先日斉藤がお話をうかがっていますが、もう一度あなたから武政産業を訪問するに至った経緯を聞かせてもらいたいと思ってご足労願いました」

ＳＵＭＩＲＥは前回の聴取の時は、父親の写真が一枚だけ残されていて、その背景に写っていたのが生田目メガテクノの工場だとわかったとだけ証言した。その写真についてそれ以上言及すれば、自分の出生についても話をしなければならなくなる。それで詳細については何も語らなかったのだ。しかし、写真集を出版した目的は、自分のルーツを突き止めたいという思いからだった。

小早川刑事が言う通り、二つの事件は地中の深いところで、複雑な水脈でつながっているような気がする。その水脈を明らかにすることは、自分のルーツ解明にもつながるように思える。小早川に出生の秘密を明かすことには躊躇いがあるが、その躊躇いよりも両親についての情報を得たいという思いの方が強かった。

「私がここで話をしたことがマスコミに漏れるということはないのでしょうか」

ＳＵＭＩＲＥが小早川の目を見つめながら聞いた。

「事件を一刻も早く解決するためにお聞きしているのです。ここで聞いた話がマスコミに流れるということはありません」

「わかりました」

そう答えてＳＵＭＩＲＥは道玄坂すみれという本名のいわれを説明した。

小早川は時折頷くことはあっても無言だった。取調室にはＳＵＭＩＲＥの証言する声と斉藤が叩くキーボードの音だけが流れた。

すべての話を聞くと小早川が言った。

「差し支えなければその写真を見せていただけるでしょうか」

ＳＵＭＩＲＥはスマホを取り出して、写真を画面に映し出した。

取調室の隅でキーボードを叩いていた斉藤も手を休めてスマホの写真を確認した。

「確かに背景に写っている工場は、生田目メガテクノの第一工場ですね」

斉藤は浜松に出張し、生田目メガテクノの本社、工場を見ていた。

「右側の外国人が父親ですか」小早川が聞いた。

「父親ではないかと、私がそう思い込んでいるだけではっきりしたことはわかっていません。隣りに写っているのは金山さんのようですが、金山さんに会って直接聞いてみたいと思ったのですが、人質になっているとわかりどうすることもできません」

「BJが浜松に行き、日系ブラジル人から武政産業の情報を得て、それで大田区の工場を訪ねたというわけですね」小早川が確認をSUMIREに求めた。

「お母さんはどうされているのでしょうか」

母親については、写真集出版後、BJが訪ねてきてサンドラというフィリピン国籍の女性だと教えてくれた。父親の国籍は不明だが明らかに外国人、母親がフィリピン国籍だとわかれば、現在SUMIREが保有している日本国籍がどうなるのか、強い不安を覚えた。SUMIREは母親についてはいっさい不明ということにした。

「両親ともに、現在の所在先は不明ということですね」

「その通りです。所在先どころか生きているのかどうかも私にはわかりません」

小早川はSUMIREの生い立ちを聞き、武政との関係をなかなか聞いてはこなかった。関係を聞かれてもすでに斉藤に話した通り、まったく何も知らなかった。写真はいつ頃のものなのか。金山と一緒に写っている外国人の国籍はどこか、名前は。そうしたことはSUMIRE自身が何も知らなかった。武政なら何か知っていると思って、スーパー遠州灘の人質籠城事件をきっかけに訪ねただけだ。

何故武政が左手首を切り落とされ、死んでいたのかSUMIREには想像もつかない。

小早川の質問が途切れた。キーボードを叩いていた斉藤がその手を休め、ＳＵＭＩＲＥに話しかけた。

「実は私もＳＵＭＩＲＥさんのファンで、写真集を購入しました」

ＳＵＭＩＲＥは「ありがとうございます」と礼を言った。

「お話を聞いていると、あの写真集に込められたＳＵＭＩＲＥさんの思いが改めて伝わってくるような気がします。この事件を契機にご両親の消息がわかるといいですね」

「お父さんは自分の国に帰国したのか、それとも日本にまだ滞在されているのか、それすらわからないのですね」

小早川の質問にＳＵＭＩＲＥが答えた。「その通りです」

大森警察署での事情聴取は一時間。それが過ぎようとしていた。ＳＵＭＩＲＥの証言が武政富美男の殺人事件の有力な手がかりになったとは思えなかった。またスーパー遠州灘で起きている人質籠城事件についても、ＳＵＭＩＲＥの証言が役立ちそうにもなかった。

「お力添えになれなくて申し訳ありません」

ＳＵＭＩＲＥが謝罪した。

「そんなことありません。ご協力に感謝しています」

小早川、斉藤の二人の刑事に見送られ、迎えに来たマネージャーの車でＳＵＭＩＲＥは六本木にあるテレビ局に向かった。

大森警察署から浜松南警察署にＳＵＭＩＲＥから聞き出した聴取の内容が送られてきた。山科署長からそれが下田に回された。

「ＳＵＭＩＲＥの父親と思われる外国人が生田目メガテクノで働いていたのは事実のようだ。人質になっている金山と一緒に写っている写真もあるそうだ」

山科署長からの電話を受けながら下田は内心では激しく苛立っていた。

左手首を切り落とされ、生田目メガテクノの元社員武政が殺されていた。その第一発見者のＳＵＭＩＲＥの父親と金山が一緒に写っている写真があったからといって、人質籠城事件とのかかわりがまったく不明だ。

大森南警察署からの情報は人質籠城事件の早期解決には役立ちそうにもなかった。浜松の事件との接点は不明だが、犯人は生田目メガテクノの経営者二人の左手を要求している。大森警察署管内で殺されていた武政は左手首を切断されていた。現段階ではそれだけで、偶然の一致と思われても仕方がない。

大森警察署は情報提供するだけで、浜松南警察署に情報提供を求めるわけでもなく、武政富美男殺人事件の捜査協力を依頼してもこなかった。

下田は大森警察署からの情報を高尾に読んでおけと言うだけで、それほど重要なものだとは思わなかった。警視庁管内の殺人事件に力を貸している余裕などなかった。

スーパー遠州灘の人質籠城事件は混迷を深めるばかりだった。

犯人のアサド・カーンは拝島紗香と勇の二人の解放条件は明確に突き付けているが、金山については何も要求していない。

下田は硬直した状況に揺さぶりをかけるために、金山の解放を要求するメールを拝島浩太郎の携帯電話から紗香の携帯電話に、事件発生から四日目の午後に送信させた。一時間後には返信があった。

「警備員を解放してほしければ、７年ＮＯ２の身元不明遺体について、生田目豪自身が知っている事実をすべて公表すること」

アサドはそれ以外にも要求を出してきた。

「内科医を一人連れてこい」

内科医の要求はすぐに理解できた。人質の中に病人が出たのだろう。拝島紗香なのか、あるいは金山剛なのか。あるいは勇の可能性もある。

下田は最初の要求には何も答えずに、誰が治療を必要としているのかをアサドに質した。返信はなかった。

状況が状況なだけにスーパー遠州灘の屋上に上がり、人質の治療を引き受けてくれる医師がいるかどうか、下田は不安を覚えた。山科署長は浜松医科大学の総長に連絡を取り、若い内科医を派遣する手はずを整えてくれた。

内科医が警備員室内に入れば現在の状況が把握できる。三人とも精神的にも肉体的にも限界に達しているだろう。

夕方には浜松医科大学の鈴木正彦准教授が看護師を伴って、下田が待機する機動隊のバスに乗ってきた。

鈴木がやってきた理由はすぐにわかった。心身を鍛えるために柔道を習い、黒帯四段の実力の持ち主だった。看護師は五十代の女性で、人質の状態が悪ければ医師一人だけでは治療は無理で、看護師の手助けが必要となる。

看護師を屋上に上げたくないというのが下田の本音だった。

「浜松医科大学の内科の看護師長で、場合によっては彼女の手助けが必要になるし、緊急の場合は必要な薬を取りに行ってもらわなければなりません」

鈴木がこう言うと、

「私のことならお気遣いなく。屋上に上がらせて下さい」

と看護師長が下田に言った。

医師と看護師長が着いたと連絡を入れるとエレベーターが降りてきた。鈴木准教授と看護師長はそれぞれ黒い鞄を持ってエレベーターに乗り込んだ。

「あとは待つしかない」

下田は自分に言い聞かせるように言った。

「この間に訳のわからない要求の方を調べてみてくれ」

捜査本部に指示を出した。


二時間もすると鈴木医師と看護師長が戻ってきた。さすがに鈴木医師も看護師長もぐったりとしている。しかし、内部の様子は聞かなければならない。

バスに乗ると鈴木医師が三人の健康状態について説明した。

「まず勇君ですが、長い間極度の緊張状態と恐怖状態に陥っていて、ＰＴＳＤが疑われます。何を話しかけても泣いているばかりでした。届けられている食事はすべて摂っているようなので、その面での健康上のトラブルは今の段階では起きていません。

母親の紗香さんも精神的にかなり追いつめられているようで、食事も十分に摂取できていないと思います。通常の体重がどれくらいなのかわかりませんが、表情から見ると水以外はほとんど摂取していないように思えます」

「紗香さんとは何か話はできたのでしょうか」下田が聞いた。

「犯人はナイフを握り、常に勇君か紗香さんのそばにいました。余計な話をするなと警告されていたので、診察に関する質問以外は何もできませんでした」

「アサド・カーンはバングラデシュ国籍のようですが、鈴木先生が人質二人にした質問内容を理解していたでしょうか」

「理解していたと思います。脈を測るので紗香さんから少し離れてくれと頼むとすぐにスペースを空けました」

鈴木医師は拝島紗香、勇については精神的に追い詰められている状況だと説明した。意外だったのは金山剛だ。

「警備員の衰弱が激しく、すぐにでも入院させる必要があります」

鈴木医師の話では、警備員室の床に身を横たえていて、鈴木医師の質問にも弱々しい声で答えていたようだ。

「あの衰弱ぶりは、この事件も影響していると思いますが、他の病気も疑われます」

「他の病気ですか……」

「ええ、応急処置の方法も変わってくるので、すでに診断を受けた病名があるのか、現在治療中なのかを聞いたのですが、あの方は治療もしていないし、重篤な病にかかっていることもないとそうおっしゃっていました。それにしては衰弱ぶりが異様なんです」

結局、鈴木医師は拝島紗香には水分と栄養液の点滴注射、金山には水分補給の点滴で、それ以外の治療は避けなければならなかった。金山の状況がわからないまま栄養液を点滴すれば、それが内臓に過重な負担をかけて死に至ることもありうる。

勇には経口摂取できる栄養サプリメントを与え、それを飲むように指導してきた。

鈴木医師と看護師長がバスから降りると、生活安全課から送信されてきたメールを開いた。下田はしばらく無言で凝視したままだった。

警視庁、府警、県警、道警のホームページには身元不明遺体情報が公開されている。「7年NO2の身元不明遺体情報」とは平成七年に発見された遺体に関する情報で、それぞれの警察が遺体発見の年号と発見順にファイリングしている。

アサドは都道府県名を明らかにしていないが、高尾は浜松南警察署の生活安全課に静岡県の「7年NO2身元不明遺体情報」を調べさせた。

発見年月日　平成七年八月十日。死亡推定日　平成七年四月から七月ころ。
発見場所　静岡県浜松市天竜区佐久間町大井の山中
身体的特徴　推定年齢　四十五歳から六十五歳　性別　男性
身長　一七〇センチ　体格　小肥
血液型　A型　頭髪　茶髪、短髪
着衣　上衣　青色半袖カーディガン　茶色長袖トレーナー　青色チェック柄半袖Yシャツ

下衣　茶色トレーナーパンツ
下着　白色半袖シャツ　パンツ
履物　白色中国製スニーカー（二六・五センチ）
備考　腐乱状態が著しく白骨化が進んでいた。頭髪はほぼそのままの状態で残され、茶髪でその色からは外国人の可能性もある。着衣等はほぼそのままの状態で現場に残されていた。

二十三年も前に、浜松市とはいえ長野県県境に近い山中で発見された遺体。その遺体について生田目豪から情報を引き出そうとしている。
下田はアサド・カーンの犯行の動機がますますわからなくなってきた。手漕ぎボートで湖に漕ぎ出し、気がついたら周囲は深い霧に覆われていた。少し前まで見えていた陸地がまったく見えない。それどころか方向感覚を失い、どの方向に漕いで行けば陸地なのか、それさえもわからない。そんな不安を下田は覚えた。

11　着衣

浜松南警察署から大森警察署に情報が送られてきた。武政富美男の惨殺遺体の第一発見者となったＳＵＭＩＲＥの聴取内容を浜松南警察署に流した。浜松南警察署も大森警察署に義理を果たした格好になる。

浜松南警察署から送信されてきたメールは、人質籠城事件の犯人、アサド・カーンから生田目豪に出された警備員金山剛の解放条件についてだった。まだマスコミには知られていないが犯人は「７年ＮＯ２身元不明遺体情報」を明らかにするように、静岡県警にではなく生田目豪に要求してきたとだけ書かれていた。

あとは「７年ＮＯ２身元不明遺体情報」の内容と遺体の着衣の写真が添付されていた。

送られてきた情報を斉藤は二部プリントして、一部を小早川に渡した。

何故犯人は金山解放の条件に、二十三年も前の身元不明遺体について、生田目社長に情報を開示しろと要求しているのか。小早川も斉藤もまったく見当がつかない。

「犯人はバングラデシュ国籍ですよね。この身元不明の遺体も外国人のようですが、アサド・カーンの関係者ということは考えられますよね」

斉藤は誰に言うでもなく呟いたが、根拠は何もない。

浜松南警察署も、意味不明の解放条件に戸惑っていることだろう。

遺体は腐乱が進んでいたようだが、死亡から遺体発見までそれほど長い期間があったわけでもなく、着衣はほぼそのままの状態で回収されている。その写真も添付されていた。斉藤はそのデータを印画紙にプリントした。

上下揃いの茶色のトレーナーとパンツは高校生が体育の授業の時に着るようなタイプのものだ。その下にブルーの半袖カーディガンを羽織り、カーディガンの下に、やはりブルーのチェック柄の半袖ワイシャツを着ていた。

小早川は斉藤がプリントしてくれたメールと写真を机の上に放り投げた。しかし、斉藤は遺体が身につけていた衣服の写真を手に取り、呼吸を止めたように見つめている。

「何か気になることでもあるのか」小早川が聞いた。

「この半袖のワイシャツ、どこかで見たような気がするんですが……」

斉藤が自信なさそうに答えた。

「この遺体が発見されたのは二十三年も前のことだぞ」

と、言って小早川は机の上からその写真を手に取り、視線を落とした。

そう言われてみれば小早川にもどこかで見たような記憶がある。しかし、曇りガラス越しに外の風景を見ているようで、いくら思い出そうとしても思い浮かばない。

全国に指名手配されている犯人の顔写真を記憶するように、警察官は日頃から訓練されている。指名手配の犯人が着ていた衣服に同じようなものがなかったか。斉藤は署内に貼られている指名手配犯のポスターを見たが、ブルーのチェック柄の半袖ワイシャツを着ているものはいなかった。

「でもどこかで見たんですよね」

「おい、待てよ」小早川が何かを思いついたように呟く。

「そうですよ、あの写真ですよ」斉藤も思い出したようだ。

しかし、二人とも確信は持てなかった。

「すぐ連絡してみろ」

ＳＵＭＩＲＥから聴取をした時、スマホに保存されていた写真を見せられた。殺されていた武政とＳＵＭＩＲＥの関係、ＳＵＭＩＲＥの父親らしき男よりも一緒に写っていた金山剛に関心が向いてしまい、ＳＵＭＩＲＥが大切に保管していた写真には、二人ともそれほど注意を払っていない。スマホの写真もただ単に見る程度で、データの提供は求めなかった。

しかし、それでも日頃から訓練していたおかげで、ＳＵＭＩＲＥの父親らしき男が着ていた服装はおぼろげだったが記憶していた。

ＳＵＭＩＲＥの父親と思われる男性はグレーのつなぎの作業着を身につけていた。小早川と斉藤の記憶が誤りでなければ、その下にブルーのチェック柄のワイシャツを着ていたのだ。

胸のボタンをかけていなかったので、その隙間からチェック柄のワイシャツが見えていた。同じ柄かどうか判別するにはＳＵＭＩＲＥから写真のデータを提供してもらう必要がある。

斉藤は太田エンターテインメントにすぐに連絡を入れてみた。

一時間も経たずにＳＵＭＩＲＥ本人から大森警察署に連絡が入った。

二十三年前に長野県県境に近い浜松市の山中で発見された遺体の件は伏せて、スマホに保存されている写真を送ってもらうように小早川はＳＵＭＩＲＥに頼んだ。

「あの写真をマスコミに公表されては困るのですが……」

ＳＵＭＩＲＥは自分の出生に関する情報が警察から流れることを警戒していた。

詳細は説明できないが、ＳＵＭＩＲＥの父親の消息を調査する手掛かりになるとだけ小早川は伝えた。現段階ではアサド・カーンが情報開示を要求している身元不明遺体が身につけていたワイシャツと、ＳＵＭＩＲＥの父親だと思われる男性が着ていたワイシャツの柄が似ているというだけだ。

マスコミに出生の秘密が公表されることはないと確約すると、スマホの写真を送信してきた。送られてきた画像データを印画紙にプリントした。浜松南警察署から送られてきた身元不明遺体の着衣と改めて見比べてみた。

「どうやら柄もデザインも同じようですね」斉藤が言った。

それでも身元不明遺体がＳＵＭＩＲＥの父親だという証拠にはならない。ただ気になる点もある。それは身元不明遺体が外国人の可能性もあるとわざわざ記載していることだ。

身元不明遺体のＤＮＡデータが残されているのかどうか、浜松南警察署の生活安全課に問い合わせるように、斉藤に命じた。遺骨はすでに荼毘にふされているはずだ。しかし、記録によれば、当時頭髪はそのままの状態で残されていたと記載されている。すぐに結果はわかった。身元不明遺体のＤＮＡデータはもちろん残されているという返事だった。

あとはＳＵＭＩＲＥがＤＮＡ検査に協力してくれるかどうかだ。ＳＵＭＩＲＥは出生の秘密を太田エンターテインメントの太田社長には話しているようだ。小早川は太田社長の了解を取り付ければ、ＳＵＭＩＲＥの協力は得られるだろうと思った。

スーパー遠州灘の屋上で人質を取っている犯人が、何の目的で「7年ＮＯ2身元不明遺体情報」の開示を生田目豪に求めているのか皆目見当がつかない。

ＳＵＭＩＲＥと身元不明遺体を結びつけるものは、ワイシャツの色、チェック柄とデザインが同じだということしかない。しかし、それらが同一だという点を単なる偶然だと見過ごすことはできない。

太田社長にはまだ公表されていないが、犯人の要求を伝え、その身元不明遺体がSUMIREの父親である可能性がまったくゼロではないことを説明し、SUMIREのDNA検査に協力を求めるしかない。

大森警察署から小早川、斉藤の二人は四谷にある太田エンターテインメントに急いだ。太田社長は小早川の話を聞くとDNA検査に乗り気だった。

「本人にはショッキングな話だが、自分のルーツをはっきりさせたいというのが芸能界デビューの動機だ。たとえどんな結果だったとしても協力するだろう。いや、協力させる」

その日の夜、太田社長から直接小早川に電話が入った。

「本人も了解している。SUMIREは自宅に戻っている」

小早川、斉藤は鑑識課スタッフを連れてSUMIREのマンションに急行した。鑑識課は口腔内の細胞を採取し、髪の毛をSUMIREから数本もらい受けた。

SUMIREは一日も早く両親を見つけ出したいと思って芸能界に入った。しかし、身元不明遺体が父親であってほしくないという思いが当然ある。鑑識課の作業は十分もかからなかった。

「結果が出るまでにどれくらいの時間がかかるのでしょうか」

ＳＵＭＩＲＥは濃霧に覆われた森に一人で分け入っていくような顔をしている。

「正式な結果を出すまでには数日間かかると思いますが、浜松南警察署に残されているＤＮＡデータ次第で、親子鑑定なら二十四時間以内には出せると思います」

鑑識課のスタッフは事務的な口調で答えた。

ＳＵＭＩＲＥにとっては粘着性のオイルが一滴、また一滴と滴り落ちるような長い二十四時間になるだろうと思った。

小早川、斉藤はＳＵＭＩＲＥの協力に礼を述べた。

少し青ざめた表情でＳＵＭＩＲＥが答えた。

「私の方こそお世話になります。なにとぞよろしくお願いします」

深々と頭を下げた。

翌日の午前中には結果が出されていた。身元不明遺体とＳＵＭＩＲＥは九〇パーセント以上の確率で親子であることが判明した。

ＳＵＭＩＲＥのＤＮＡデータが浜松南警察署に送信された。

浜松南警察署に、身元不明遺体と道玄坂すみれがほぼ確実に親子であるという鑑定結果が送られてきた。鑑定結果はスーパー遠州灘前に常駐している下田に伝えられた。

「誰なんだよ、このＳＵＭＩＲＥっていうのは」

下田はバラエティー番組も歌の番組もほとんど見ない。見るのはニュース番組くらいだ。

「今売れているハーフのタレントですよ。彼女が出演する番組は視聴率が上がり、コマーシャルにもひっぱりだこです」

高尾がＳＵＭＩＲＥについて説明してくれた。

大森警察署から寄せられた武政富美男殺人事件の情報は、スーパー遠州灘の人質籠城事件とは無関係だと下田は思った。しかし、大森警察署はどういう経緯かわからないが、「7年ＮＯ２身元不明遺体」と第一発見者のＳＵＭＩＲＥとが父子関係の可能性が大きいと伝えてきた。それに古びた写真に写っているアジア系の男性が着ているワイシャツは、確かに「7年ＮＯ２身元不明遺体」が身につけていたワイシャツと同じ柄、デザインだ。

「写真に写っているアジア系の男だが、国籍はわかっているのか」下田が高尾に聞いた

「国籍どころか名前も書いてありません」

「自分の父親なのに国籍も名前もわからないなんてバカなことがあるわけないだろう」

下田は呆れ果てた。

大森警察署から斉藤という若い刑事が浜松まで来て、武政惨殺事件の報告をして帰っていった。武政惨殺事件と浜松のヤマとの関連性は薄いとみたが、浜松南警察署も仁義を通して犯人が要求している金山解放の条件を大森警察署に伝えた。

大森警察署の方にも話がわかる刑事がいるのだろう。スーパー遠州灘の人質籠城事件に関係していると思われる重要な捜査情報を伝えてきた。

「今度はこっちが仁義を通す番だ。お前、東京まで行って武政殺人の件、SUMIREについて詳しく聞いてこい」

高尾はスーパー遠州灘前からパトカーで浜松駅に直行した。

アサド・カーンから要求された人質の解放条件は三つだった。拝島紗香、勇の二人については、生田目豪、そして拝島浩太郎の左手首を切り落とすこと、そして警備員の金山剛に関しては、「7年NO2身元不明遺体」について生田目豪が知っている情報を明らかにせよと迫っている。

高尾が東京から戻るまではっきりしたことはわからないが、「7年NO2身元不明遺体」の男も生田目メガテクノで働いていた可能性も出てきた。

人質三人の健康状態が心配だが、現状では強行突破には危険が伴う。特にアサド・カーンはトイレまで勇を連れて入っているようだ。強行突破をすればまず勇に危害が加えられる可能性が高い。

アサド・カーンの犯行の動機がどこにあるのか、浜松南警察署はつかみ切れていなかった。

アサド・カーンが来日したのは二〇一四年だった。

「7年NO2身元不明遺体」の男が発見されたのは、一九九五年のことだ。アサド・カーンは外国人登録証によれば、一九八八年生まれになっている。遺体が発見された頃はまだ七歳の少年だ。遺体で発見された男とアサド・カーンとはどんなつながりがあるのだろうか。

生田目豪は社内の末端の人事についてはまったく知らないと下田に答えている。人事について詳しい福島は会社をいまだに休んでいるようだ。アサド・カーンの要求について、生田目豪はどのような情報を把握しているのか、峰岸が生田目の自宅を訪れた。返答は下田が予想した通りだった。

「二十年以上も前のことを聞かれてもわかるはずがない」

峰岸を中心にして浜松南警察署の捜査員が、当時の生田目メガテクノについて知っている退職者を懸命に探しまわっている。その情報が峰岸から下田に伝えられてはいるが、決定的な情報はまだ何も上がってこない。

当時の状況を熟知していると、退職した社員が口を揃えたように挙げるのは金山剛の名前だった。しかし、肝心の金山は屋上の警備員室に人質に取られたままだ。

伊川は解放された直後は無理を押して聴取に応じてくれた。その後、浜松創生会総合病院に入院した。病院で脳梗塞の再発が疑われた。伊川の健康が回復し、面会が可能になった段階で、峰岸が事情聴取することになっていた。

病院側も家族も、症状が安定するまでは事情聴取は控えてほしいと浜松南警察署に要望しているようだ。それだけではなく内部の様子を聞き出そうとマスコミが二十四時間病院に詰めかけ、伊川の自宅にも取材陣が殺到しているらしい。峰岸、他の捜査員からの情報を今は待つしかない。

「7年NO2身元不明遺体」について知っている事実を公表するよう生田目に要求した後、アサド・カーンは沈黙を保ったままだ。

相変わらず犯人側との接触は食事の差し入れだけだった。

人質の一人、金山剛の容体が思わしくないというニュースが報道されると、浜松総合医療センターから浜松南警察署に金山の情報が寄せられた。三ヶ月ほど前、金山剛の健康診断をし、金山は末期の胃がんと診断されていた。一刻も早く金山を救出しないと最悪の事態が予想されるというものだった。

下田は伊川の事情聴取を多少強引ととられても進めるように要請した。伊川の家族に金山の状態を知らせ、協力を求めた。医師と家族が立ち会うことを条件に、事情聴取に応じることになった。

　峰岸の報告を下田は機動隊のバスの中でじっと待ちつづけた。おそらく限られた時間だろう。十分な事情聴取はできない。それでもアサド・カーンについてのどんな些細な情報でもいい。今はそれがほしい。

　下田の携帯電話が鳴った。相手は峰岸だった。

「何か引き出せたか」

　峰岸も病室から出たばかりなのだろう。

「少し待って下さい。今病院の外に出ます」

　峰岸が聴取の内容を語り始めた。

「人質になっている金山とアサド・カーンは、生田目メガテクノで一緒に働いていたようです」

　金山は副工場長を最後に定年退職し、その後しばらくの間、嘱託社員として働いていた。金山の主な仕事は外国人労働者の指導だった。

「伊川はアサド・カーンが生田目メガテクノで、実習生として入社した頃にはすでに退社しています。金山が浜松警備保障で働くようになり、仕事が終わった後、居酒屋で酒を飲みながら金山から聞いた話だそうです」

　アサド・カーンは仕事の呑み込みも早く、技術の習得も他の実習生に比べると早かった。残業も断ったことなど一度もなかったようだ。バングラデシュにはアサド・カーンから送られてくる給与を当てにしている家族がいる。

残業が重なり、疲労と睡眠不足が原因でアサド・カーンは左手首を電動ノコギリに巻き込まれてしまった。

「その事故をめぐって、アサド・カーンと生田目社長との間で争いがあったようです」

事故は完全な労災事故だった。当然労災から保険がおり、障害者年金が支払われるケースだ。しかし、生田目豪は労災の申請を渋ったようだ。生田目メガテクノでは、外国人労働者だけではなく、新人の工員の研修も不十分で、頻繁に事故が起きていた。事故が多発するという情報は日本人には伝わる。新人の日本人従業員は入社、退社が激しく、定着率が極めて低かった。その穴埋めに外国人労働者や実習生が使われていた。

「金山はそうした海外からの従業員を大切にするように工場長を通じて生田目社長に進言したようですが、ほとんど聞き入れてはもらえなかったらしい。アサド・カーンの事故についても、労災を適用し、会社としてもできる限りのことをしてやってほしいと、生田目社長に迫ったようです」

アサド・カーンがその後どうしたのかまでは、伊川は知らなかった。

峰岸の話を聞きながら、疑問が湧いてくる。アサド・カーンにしてみれば、金山は恩人ではないか。その恩人を人質に取って立てこもり、命を危険にさらしている。

「私もその点について伊川に確かめてみましたが、それ以上のことは聞いていないという返事です」

峰岸はそのまま生田目豪の自宅に向かった。伊川の話が事実なら、アサド・カーンは記憶にあるだろうし、金山との諍いも覚えているだろう。

伊川の聴取から三十分も経過していなかった。再び峰岸から報告があった。

「そんな事実はないとの一点張りで、取りつく島もありません。実際、アサド・カーンは労災扱いになっているし、障害者年金も支給されています。生田目メガテクノとしてもそれなりの見舞い金を払ったと生田目社長は主張しています。左手を失ったのは、会社の責任ではなく、アサド・カーンの不注意だと生田目は私に怒鳴りまくる始末で、生田目社長と娘婿の左手首を切り落とせなどと脅迫して、娘と孫が人質になっていなければ、自ら警備員室に乗り込んで行って、犯人の両腕を切り落としてやると息巻いています」

犯行の動機はアサド・カーンの逆恨みからなのだろうか。事故は三年も前の出来事だ。何故今になってそんな復讐を果たす必要があるのか。それにかばってくれた金山を人質に取っている。生田目社長の説明をそのまま鵜のみにするわけにはいかない。

大森警察署に行っていた高尾が戻ってきた。

高尾は大森警察署でＳＵＭＩＲＥが武政産業を訪ねるに至った詳しい経緯を聞いてきた。

「そうするとＳＵＭＩＲＥの持っていた写真に写る工場が、生田目メガテクノの工場だとわかり、ＢＪという男と一緒に武政を訪ねたというのか」

「そうです」

九〇年代から二〇〇〇年代前半の生田目メガテクノの内情を詳しく知っているのは、武政富美男と金山剛の二人だと複数の元従業員が証言していた。

最近十年の状況については福島次郎という名前が多数の退職者から出てきた。その福島も欠勤がつづき、捜索願が生田目メガテクノから出されている。

「ＳＵＭＩＲＥの母親については何の情報もないのか」

「戸籍の父と母の欄は空白だそうです」高尾が答えた。

しかし、人質籠城事件を契機に、写真から生田目メガテクノの工場が判明し、父親と思われる男性の隣に写っていたのが金山剛とわかった。

アサド・カーンが生田目豪に知っている事実を明らかにせよと迫った「7年ＮＯ2身元不明遺体」のＤＮＡから、ＳＵＭＩＲＥとの父子関係が判明した。

アサド・カーンが人質を取る動機が明確にわかったわけではない。生田目豪とアサド・カーンの間には、深い遺恨が横たわっているのは間違いないだろう。その一方で金山はアサド・カーンを救済すべきだと生田目豪に進言している。

　これだけの事実が判明したのだ。下田は山科署長に連絡を入れ、アサド・カーンと直接交渉したいと許可を求めた。屋上まで上がり、犯人を刺激すればどのような行動に出るか予想できない。これまではメールでやりとりをしていたが、下田は電話でまず金山の解放を交渉したいと山科署長の許可を取った。

　下田は拝島紗香の携帯電話を呼んでみた。呼び出し音は確実に鳴っている。七回目に相手が出た。

「助けて」

　泣き叫ぶ声が聞こえてきた。出たのは拝島紗香だった。

「奥さん落ち着いてください」

　下田が語りかける。

　拝島紗香は泣いているばかりで話が進展しない。

「用件を言え」

　アサド・カーンの声が聞こえた。

　拝島紗香の携帯電話はスピーカーに設定されているようだ。それなら話が早い。

「アサド・カーン、君と話したいことがある」

「警察よりも　死体について、社長と話がしたい」

アサド・カーンは生田目豪と直接話がしたい様子だ。

「ここに生田目社長はいない」

下田が答えると、アサド・カーンの反応は早かった。

「話すことは何もない」

「待ってくれ。生田目社長と話したいのなら、そうできるように警察も努力する。その代わりこちらの要求も聞いてほしい」

アサド・カーンは沈黙し、何も言ってこない。下田が伝えた。

「金山さんは重い病気にかかっている。すぐにでも病院に連れて行かなければ生命にかかわる。だから金山さんだけでも解放してやってほしい」

それでもアサド・カーンからは何の応答もない。

「左手を失った事故について、君も何か言いたいことがあるのだろう。でも金山さんは君のために生田目社長と交渉してくれた人だ。そんな恩人を君は死なせてもかまわないのか」

下田は金山を一刻も早く病院に連れていきたいと訴えたが、その途中で電話は切られてしまった。

12　発見

浜松市天竜区佐久間町の山中から一一〇番通報があった。山菜採りに来た老夫婦が車の中に監禁されている男を発見したのだ。天竜警察署の警察官が現場に向かっている。天竜警察署から浜松南警察署に連絡が入った。峰岸がその対応にあたった。

老夫婦からの通報によると、車の中に監禁されていた男は、生田目メガテクノの福島次郎と名乗ったらしい。福島の捜索願が浜松南警察署に提出されていたため、浜松南警察署に一報が寄せられた。

「これからすぐに現場に向かいます。何か新しい情報が入ればそちらに連絡をします」

スーパー遠州灘の前に常駐する下田に告げて、峰岸はパトカーを現場に向かわせた。国道一五二号線を水窪川に沿って長野県に向かって北上した。周囲は絵の具のチューブから絞り出したような緑で覆われている。途中から雑草を踏み倒して山林の中に分け入った跡が見られた。車が通った部分は雑草がなぎ倒されていたが、周囲の雑草は伸び放題で、地元の人間でなければそこが林道だとは気がつかないだろう。現場はそこから数百メートル進んだ林道の行き止まりだ。

林道に入ると警察車両、救急車が非常灯を点滅させながら止まっていた。峰岸は警察車両の最後尾にパトカーを止めさせた。車を降りると同時に異臭が鼻をつく。排泄物の臭いだ。思わずハンカチを取り出し、鼻と口を塞いだ。

行き止まりに向かって歩いて行くと、天竜警察署の警察官が老夫婦から事情聴取をしていた。

救急隊員も救急車に乗り込み、外には出ていなかった。

林道の一番奥に止められていたのはホンダフィットだった。強烈な異臭はその周辺から漂ってきていた。天竜警察署の警察官も、福島の無事を確認したためなのか、フィットから七、八メートル離れたところで、福島に話しかけ、状況を天竜警察署に報告している。

フィットに近づき、異臭の原因がわかった。運転席ドアの周囲には人間の排泄物が散乱していた。周辺には無数の銀蠅が飛び交っている。

「救出できないのか」

峰岸が天竜警察署の警察官に質した。

「手錠をかけられていて、今外せる業者を呼んでいるところです」

峰岸はさらにフィットに近づいた。

福島は峰岸を鍵の業者だと思ったらしく、

「早くこいつを外してくれ」

と、左手を突き上げた。

左手首は手錠がかけられ、片方の輪には鎖が結ばれ、その鎖の先端はさらにハンドルにつながれ南京錠で頑丈に施錠されていた。

「もう少し待ってみてくれ、業者がこちらに向かっている」

「早く助けてくれ」

鎖の長さは一メートルほどで、運転席ドアの近くで排泄したために汚物がうずたかく積もってしまったのだ。その近くには空になったペットボトルと、菓子、パンなどを梱包していた段ボールや袋が散乱していた。

雑草のその先には杉木立だ。直射日光を受ける時間は少なかっただろうが、それでも日中の車内は四十度を超えただろう。水がなければ脱水症、あるいは熱中症で間違いなく死亡していたはずだ。

フィットの後部座席にはあと二週間分以上の食料と水が積み込まれていた。

峰岸にも銀蠅がたかり、蚊が寄ってくる。福島の顔や首、皮膚が露出している部分は蚊や毒虫に刺されたのか、糜爛(びらん)状態になっている。すでに化膿し膿が滲み出ている傷口には、右手で追い払ってもすぐに銀蠅が群がった。

一週間もこんな状態でよく持ちこたえたものだと、峰岸も感心するくらいだ。

フィットから五、六メートル離れた所から、福島に問いかけた。ハンカチで口を塞いでいないと、銀蠅が口の中に飛び込んできそうだ。

「誰にこんなひどいことをやられたんだ」

「部下だ」

「部下って、生田目メガテクノの社員のことを言っているのか」

「そうだ。渡部宏に薬を飲まされて、気がついた時には、こんな山ん中に手錠をはめられ放置されていたんだ」

「生田目メガテクノからあなたの捜索願が出されているが、拉致監禁したのは間違いなく同じ職場の人間なのか」

　峰岸には福島の言うことが信じられなかった。

「そうだよ。早くなんとかしてくれ。もう限界だ」

　福島は左手を突き上げて振ってみせた。鎖が重そうに揺れた。

　しばらくすると警察官に導かれて鍵の業者が現場にやってきた。業者の手には鑑識課スタッフと同じようにビニールの手袋がはめられていた。峰岸の隣にやはりハンカチで鼻と口を塞ぎながら業者が並んだ。

「もう一度手を挙げてくれ」

　峰岸が福島に言うと、重そうに左手を挙げた。

「あの手錠を外せばいいんですね」

業者は峰岸に聞いた。

「外せるか?」

「それほど時間はかからないと思います」

業者には大した仕事ではないのだろう。

警察官が業者を助手席側の方に導いた。助手席のドアをあけると、業者は車内のシートやコンソールボックス、どの部分にも触れないようにして助手席に座った。

「手錠を見せてくれますか」

業者が頼むと、福島は助手席の業者に左手を差し出した。業者はビニール手袋をはめた手で、手錠を観察し、鍵穴に懐中電灯を当てて中の様子を見た。すぐにフィットから降りてきて、外に置いた道具箱から針金の先端を曲げたような道具を持ち出してきて、再び助手席に座った。

業者はその針金のようなものを手錠のカギ穴に差し込んだ。二、三度ほどその針金を鍵穴の中で回転させると、手錠は簡単にはずれた。福島は運転席から降りて、汚物の山を飛び越えるようにして峰岸のところにやってきた。

一週間、窮屈なところに閉じ込められ、足腰の筋肉が萎えていたのだろう。思わずつまずきそうになった。救急隊員が駆け寄ってきて担架に乗せた。

手錠を外そうと思って強引に引っ張ったのだろう、青痣が福島の左手首を一周していた。

待機していた鑑識課がフィットの中に乗り込み、車内に残る指紋を検出し始めた。

救急隊は現場から最も近い市立天竜病院に福島を搬送することになった。福島は一週間汗のかきっぱなしで、彼から発散される臭いも強烈だった。

市立天竜病院に搬送されても、すぐに治療には取りかかれないだろう。全身を洗い流すなり、アルコールで消毒しない限りは膿んだ傷口は治療できない。

病院は現場から二十分ほど離れた場所にある。病院に着くと救急車から降りた福島はしっかりした足取りで病院の玄関を入った。

救急外来で緊急の診察を受けたが、体中のあちこちにできた傷以外に、大きな疾病はなさそうだった。本人の強い希望もあり、バスルームに入って全身の汚れを落とすことになった。その後膿んだ傷口の治療が行われた。

体の健康チェックが始まる前に、峰岸は拉致監禁されるまでの経緯を福島から聴取しようと思った。福島の方も、一刻も早く犯人を逮捕してほしいのだろう。診察が始まる前に、聴取に応じたいと病院側に伝えたようだ。

福島は個室に入院した。病院から提供された入院用の衣服を身につけていた。顔と言わず手と言わず、いたるところにガーゼが貼られていた。

「化膿した傷のせいで熱があるようだけど、そのくらいなので何でも聞いてください」

峰岸は福島を監禁した犯人について尋ねた。

「さっきは渡部という名前を出していたけど」

フィットの車内は鑑識課が捜査を進めているだろう。福島を車内に閉じ込めた犯人について捜査する必要はあるが、峰岸が知りたいのは監禁した犯人よりも、アサド・カーンについての情報なのだ。

フィットの車内には、十分な食料と水が積まれていた。犯人は福島を恨んでいるのだろうが、殺すつもりはなかったのではないか。

福島は愛人のマンションから現場に連れて来られるまでの状況を語った。

工場で働く女性の実習生を愛人にし、市内のマンションに囲っていた。その女性と恋愛関係に陥っていたのが、部下の渡部宏だった。

「愛人のマンションで酒を飲んでいたら、いつの間にか意識を失ってしまった」

意識が戻ったら山の中だった。愛人の横に渡部宏がいた。

愛人はハリーナ・カーンでバングラデシュ国籍。峰岸は自分の耳を疑った。

「もう一度女の名前を言ってくれるか」

「ハリーナ・カーンというバングラデシュ国籍の女性です。会社が寮として借り切った安いアパートではなく、マンションを借りて住まわせてやった上に、会社からもらう給与より多くの金も与えていた。それなのに男を作って、罠にはめこんなひどいことをする」

福島は自分が弱みにつけ込んで、金で女性を自由にしていることについて何の後ろめたさも感じている様子はなかった。七〇年代後半、日本人は金ですべてを解決するとして、エコノミックアニマルと呼ばれた。福島はそのエコノミックアニマルそのものだった。

「あなたが山中に放り出された直後、生田目社長の娘紗香とその長男勇がスーパー遠州灘の屋上で人質に取られ、今もって解放されていない。犯人はアサド・カーンだと判明しているが、生田目社長も、元職員もアサド・カーンについて詳しく知っているのはあなただと言っている。犯人について知っていることがあれば教えてほしい」

福島は枕元にナイフを突然突き立てられたような顔に変わった。

「それはほんとうの話ですか刑事さん」

「俺がウソを言って、得することでもあると思っているのか」

まだ十二時になっていない。峰岸は枕元に置かれているテレビのリモコンを操作してスイッチを入れた。どの局もワイドショーでスーパー遠州灘の人質籠城事件を毎日トップニュースで流している。くどくど説明するよりもニュースを見せた方が福島にも理解しやすいだろう。

どの局もスーパー遠州灘の映像を映し出していた。番組冒頭にキャスターが事件のこれまでの経緯を簡単に解説した。

「俺も左手首を狙われていたのか」

福島が映像を見つめながら、驚いたように言った。

「何だって」峰岸が聞き返した。

「あいつらがあの場所に俺を残して立ち去る時、カッターナイフを渡された。助かりたければ左手首を切り落とすことだと、あの女から言われた」

あの女とはハリーナ・カーンだ。

「愛人の女は立てこもっているアサド・カーンと、どんな関係なんだ」

峰岸がアサドについて聞き始めると、福島は首を横に振り、何も答えようとはしなかった。そこから先は峰岸が何を聞いても、福島は「知らない」という返事を繰り返すばかりだった。

スーパー遠州灘の状況は刻々と変化する。いつまでも聴取を拒む福島を相手にしているわけにはいかなかった。

峰岸は個室を出ると、すぐに下田に連絡を入れた。

浜松南警察署は天竜警察署の鑑識結果を待っているわけにはいかなかった。渡部宏の名前が挙がった段階で、任意で同行を求め聴取しようとしたが、三日前から欠勤がつづいていた。それだけではない。ハリーナ・カーンも工場には出勤していなかった。

ハリーナ・カーンの外国人登録証がすぐに調べられた。バングラデシュのダッカ出身で、住所はアサド・カーンと同じだった。

「二人の外国人登録証から判断すると、兄妹だと思われます」

ハリーナ・カーンの素性を下田に伝えた。

「そうすると兄妹二人揃って、生田目メガテクノ関係者の三人の左手首を狙っていたというわけか」

下田の声が携帯電話から流れてきた。


スーパー遠州灘の屋上警備員室に人質を取っているアサド・カーンは、どうやら単独犯ではなさそうだ。妹のハリーナ・カーン、そして生田目メガテクノの社員渡部宏も犯行に加わっている可能性が出てきた。

アサド・カーンはテレビから情報を得るだけではなく、妹、渡部宏から外部の情報を得ている可能性もある。二人の身柄を早急に確保する必要がある。峰岸たちが二人の行方を懸命に捜索している。

天竜区の山中で福島次郎が発見されたというニュースがテレビでも流れた。それと同時にアサド・カーンから新たな要求が、拝島浩太郎の携帯電話に送信されてきた。

「二十四時間以内に生田目豪、拝島浩太郎が左手首を切り落とさないのであれば、拝島紗香、勇の左手首を切り落とす」

生田目豪はアサド・カーンからのメールを読むと、自宅から外に飛び出して張り込んでいるマスコミにメールの内容もすべて明かしてしまった。それだけではなく警察が伏せていた「7年NO2身元不明遺体」について情報開示しろという犯人側の要求についても、記者に発表してしまった。

生田目社長は、テレビカメラの前で真っ青な顔をして犯人グループに訴えた。

「娘と孫には指一本触れないでくれ。君が負ったケガについて、会社の配慮が足りなかったのであれば、その償いはいくらでもさせてもらう。二人は君の事故とは無関係だ。二人を自由にしてやってほしい。それと二十三年も前に山奥に放置されていた遺体について、俺は何も知らない」

相変わらず金で解決しようとする姿勢は変わっていない。いくら金を積んだところで、アサド・カーンにはまったく意味がないということが生田目社長には理解できていないようだ。人質を解放してしまえば、いくら身代金を受け取っても逃亡は不可能だ。人質籠城事件は金銭目当てでないことは当初から明らかだ。

「7年NO2身元不明遺体」に関しても、マスコミには絶対に漏らすなと言っておいたがその指示もむだだった。生田目社長は冷静さを完全に失っている。テレビで話したことはアサド・カーンの怒りを増幅させるだけだ。

下田は二十四時間以内に、人質を救出するか、あるいは強行突破するか、その決断を迫られた。事態を打開する方法は見当たらない。拝島母子も心配だが、金山の安否も気になるところだ。下田は再び医師を送りたいとアサド・カーンにメールを送った。

返信は金山本人からあった。

「私は大丈夫です。アサド・カーンは本気です」

拝島浩太郎の携帯電話に返信があった。メールには写真が添付されていた。

明らかに警備員室で撮影された写真で、部屋の中央に置かれた机の上に電動ノコギリが写っていた。

本当に二人の手首を切り落とすと改めて生田目社長に警告をしたのだろう。現場を高尾に任せ、浜松南警察署で緊急の捜査会議が開かれることになった。山科署長は突入に備えて、県警本部からＳＩＴをすでに招集していた。

会議というより山科署長の方針を現場に周知徹底するための会合だった。時間切れ三時間前にＳＩＴを現場に投入し、機を見て強行突破させるという方針はすでにできあがっていた。

これ以上事件を長期化させれば、警察への不信と批判が高まる。人質を解放するにしても条件があまりにも現実離れしていて、犯人の要求に応えることは到底無理だ。

唯一可能性があるのは、金山を解放する条件だが、生田目社長が何もわからないと言っている以上、どうすることもできない。

山科署長はSITを現場に投入する前に、事件を解決しろと改めて命令を下した。SITを現場に突入させれば、犠牲者が予想される。しかし、このままこう着状態をつづけていてもやはり犠牲者が出るだろう。

犯人の要求は理不尽そのもので、犠牲者が出たとしても、世論の警察への非難はそれほど強いものではないだろうと、上層部が判断したのかもしれない。山科署長の顔には、既定方針に批判、反論はいっさい許さないといった強い決意が滲み出ていた。

マスコミはアサド・カーンが生田目メガテクノの工場で、左手を失う大きな事故に遭っていることがわかると、当時の事故について知っている実習生、あるいは同じ現場で働いていた日系ブラジル人を探し出した。

当時の実習生はアサド・カーン以外バングラデシュに帰国していた。しかし、日系ブラジル人の多くが、アサド・カーンの事故について記憶していた。マスコミは事故を目撃した日系ブラジル人から証言を集め、生田目メガテクノで頻発していた労災事故を徹底的に取材し、それらをモザイク入りで各社が報道した。

「シャチョウ、あまりいい人ではないよ。平気でザンギョー代、ごまかす」

「ハケンはケガとベントー、自分持ちって言われた。最初意味わからなかった」

派遣労働者は日勤の昼食、夜勤の夜食は持参し、工場内での事故の治療費は自己負担だと外国人労働者には説明していたようだ。

「ケンシュウセー、かわいそうだよ。給料安いし、休みもない」

日系ブラジル人には実習生の働く姿はそう見えていたのだろう。

または日系ブラジル人は金山について、言葉のわからない実習生だけではなく、日系ブラジル人にも親身になって仕事を教えてくれたと証言した。

「ケンシュウセーの事故、ケンシュウセーが悪い、だからシャチョーお金出さないって。そんなの誰が考えてもオカシー」

こう証言した日系ブラジル人もいた。

生田目メガテクノのずさんな労務管理が次々に暴かれていった。

下田も現場に戻り、機動隊のバスに乗り込み事態の推移を見守るしかなかった。

あふれ出るニュースに、世間の関心はいつ警察が強行突破し、人質を無事に救出できるかに集まった。犯人の本当の動機は何なのか。まるでサスペンス映画を観ているような感覚でテレビにくぎ付けになっているのだろう。

強行突破の前に、せめて子供だけは解放させたいと思うが、犯人にしてみれば一番扱いやすいのは勇だ。その勇を簡単に解放するとは思えなかった。

外国人技能実習制度、日系人労働者に世間の注目が集まり、そうした社会的問題に自分の意見を述べられるタレントはそう多くない。ＳＵＭＩＲＥは夕方のニュース番組のコメンテーターとしてスタジオに呼ばれた。

呼ばれた理由はそれだけではないだろう。武政産業を訪ね、武政富美男の第一発見者にもなっていた。武政は生田目メガテクノの元社員であり、東京支社としての役割を担っていた。スーパー遠州灘で今も籠城を続けるアサド・カーンについてのコメントを求められるのは必至だった。

控室に入り、プロデューサーとの打ち合わせを待っていた。ＳＵＭＩＲＥがスタジオ入りした情報がプロデューサーに伝わったのだろう。五分もしないでプロデューサーがドアをノックした。

「スーパー遠州灘の事件を取り上げます。犯人の要求はあまりにも残忍なものです。一刻も早く事件が解決してほしいと思っていますが、外国人労働者、特に外国人技能実習制度にはいくつかの問題点があります。その点についてＳＵＭＩＲＥさんのコメントを番組中で述べてほしいと思います。基本的にはどんなコメントでもかまいませんが、放送前にどんな意見をお持ちか聞かせていただけますか」

プロデューサーは放送中にＳＵＭＩＲＥが的外れなことを言ったり、外国人労働者に対して極端な排外主義的意見を述べたりしないか、事前にチェックしておきたかったのだろう。

日本は移民をいくら受け入れないと政府が表明しても、実際には入管法を改正して以降日本に入ってきた日系人は半数以上が定着の傾向を見せている。外国人技能実習制度で入国した東南アジアの人々も、日本で暮らすうちに日本人のパートナーを見つけ、二人に子供が生まれる。結局、どんな形で受け入れようとも、一定程度の割合で外国人労働者は日本で働きつづけ、日本で暮らすようになる。

「日本に定着し、永住する。期間労働者のような扱いではなく、日本の一市民として処遇する体制を整えるべきだと思います」

ＳＵＭＩＲＥは日頃思っていることをプロデューサーに告げた。それを聞いてプロデューサーも安心したのだろう。

「浜松の人質籠城事件は、通常よりも長い時間割いて放送する予定です。犯人が事故で左手を失っているのは事実のようです。だからと言って二人の人間の左手首を切り落としてしまえという要求はあまりにも残忍です。犯人に一刻も早く人質を解放し投降するよう呼びかけるようなコメントをどこかで出していただけると、ニュースが引き締まると思います」

プロデューサーの話を聞きながら、ＳＵＭＩＲＥが呼ばれた理由がはっきりした。それならば話は早い。ＳＵＭＩＲＥはスマホを取り出し、問題の写真を画面に映し出した。

「この写真を見て父は以前生田目メガテクノで働いていたと確信を持ちました」

「そうですね。背後に写っているのは生田目メガテクノの工場のようですね。こちらの方がお父さんなのですか」

ＳＵＭＩＲＥは自分の両親についてはいっさい情報を公開していなかった。テレビ局側も、他のメディアも親のプライバシーを守るためにそうしていると思っているようだ。しかし、実際は公表するにもＳＵＭＩＲＥは親について何も知らなかった。

やはり写真に写る南アジア系の男性の目鼻立ちは、ＳＵＭＩＲＥの容貌にそっくりだ。

「もう一人の方は……」

プロデューサーの声がしりすぼみになる。父親と一緒に写っている男性が人質に取られている金山だと気づいたのだろう。プロデューサーはまじまじとＳＵＭＩＲＥを見つめた。ＳＵＭＩＲＥもプロデューサーの瞳を瞬きもせずに見つめながら言った。

「番組の中で、私は訴えたいことがあるのですが……」

驚きと訝る表情を浮かべながらプロデューサーが聞いた。

「どんなことを訴えたいとおっしゃるのでしょうか」

出演時間までにはまだ十分時間がある。ＳＵＭＩＲＥはそのプロデューサーに自分の思いを伝えた。

13　ＴＶ出演

ＳＵＭＩＲＥはチャンスだと思った。写真集を出したが、自分が思い描いていたような情報は得られなかった。ＢＪが母親についての情報と数枚の写真を持って太田エンターテインメントに来てくれたのが、唯一大きな収穫だった。

そんなＳＵＭＩＲＥには、スーパー遠州灘の人質籠城事件は自分のルーツを手繰り寄せる最大のチャンスのように思えた。人質となっている金山剛は、父親と一緒に写真に収まっている。すぐにでも会って父親について聞きたいが、金山が解放される見込みは立っていない。しかも体調が悪いようだ。

ＳＵＭＩＲＥはプロデューサーに、日赤乳児院の前に捨てられていた事実とその時に毛布にくるまれていた写真を公表し、一刻も早く人質を解放することを望んでいるとテレビで訴えたいと持ちかけたのだ。

プロデューサーは乗り気だったが、太田エンターテインメント側の了解を取り付けたいとＳＵＭＩＲＥに申し出た。ＳＵＭＩＲＥはその場で太田社長に連絡を入れ、了解を取り付けた。

「本人がそう望んでいるんだったら、太田エンターテインメントとしては口をはさむつもりはない」

太田社長はプロデューサーにそう告げた。

ＮＥＷＳ・Ａの放送は午後六時からだ。プロデューサーは番組の内容を大幅に変更することを決意、放送前の一時間でニュース映像を再編させた。どんな映像なのかＳＵＭＩＲＥも見る時間的余裕はなかった。本番の流れで自分の思いを前面に押し出すしかない。

六時からのＮＥＷＳ・Ａの出演者は、Ａ放送系列のＡ新聞論説委員、乾キャスターと、Ａ放送の女性アナウンサー宮川だった。

スタジオ正面に右からＳＵＭＩＲＥ、乾キャスター、宮川アナウンサーが並んだ。

芸能界にデビューしたばかりの頃、テレビ収録でもＳＵＭＩＲＥの表情は硬く、緊張しているのが視聴者にはすぐに伝わった。回を重ねるごとに緊張することもなくリラックスして番組に出演できるようになった。

しかし、生番組の上、ＳＵＭＩＲＥは自分の出生にかかわるカミングアウトをする。緊張しているのが乾キャスターにも伝わったのだろう。

「ＳＵＭＩＲＥさん、大丈夫ですか」

緊張を解きほぐそうと乾キャスターが声をかけてくれた。

「ご両親について、何か新しい手がかりがつかめるといいですね」

四十代の宮川アナウンサーもＳＵＭＩＲＥのカミングアウトに共感してくれているのだろう。宮川は三十代、四十代の働く女性から支持されているＡ局を代表するアナウンサーだ。

本番が始まった。宮川アナウンサーが冒頭でＳＵＭＩＲＥを紹介した。

「今日はゲストにＳＵＭＩＲＥさんをお呼びしています。よろしくお願いします」

と言うと、ＳＵＭＩＲＥにカメラが向けられた。

「よろしくお願いします」ＳＵＭＩＲＥも宮川アナウンサーに答えた。

「さて、今日もたくさんのニュースがありますが、番組の内容を一部変更して放送します。浜松市のスーパー遠州灘の人質籠城事件は五日目を迎えますが、ここにきて新たな進展を迎えます。ＮＥＷＳ・Ａの独占スクープです」

宮川アナウンサーはスクープの内容については何も説明せず、スーパー遠州灘の前で取材にあたっている記者を呼んだ。

「現在の状況はどうなっているでしょうか」

耳にイヤホンを差し込み、タブレットを持った記者が状況を説明するというよりも、すでに入力された原稿を読み上げた。展開はほとんどなく、その日差し入れられた食事のメニューが報告されるだけだった。

その後人質籠城事件発生から現在までの様子が映像で流れた。

「浜松市の人質籠城事件が発生した直後、今度は大田区大森にある武政産業で、生田目メガテクノの元工場長だった武政富美男さんが、左手首を切り落とされた状態で亡くなっているのが発見されました。その第一発見者となったのが今日ゲストとしてお越しいただいているＳＵＭＩＲＥさんです」

宮川アナウンサーの振りに、乾キャスターがＳＵＭＩＲＥに質問を投げかけた。

「どうしてＳＵＭＩＲＥさんは大田区の武政産業に行ってみようと思ったのでしょうか。どのような経緯から遺体を発見するに至ったのか。まずそのあたりからお話をお聞きしたいと思います」

ＳＵＭＩＲＥの目の前に置かれているモニター画面に、自分のアップの映像が映った。緊張しているのが、その映像からもわかる。

「そうですね」とＳＵＭＩＲＥはひとこと言って、二、三秒の間が空いた。宮川アナウンサーがＳＵＭＩＲＥに証言を促そうとしているのをＳＵＭＩＲＥは感じ取った。

「実は私には両親の記憶がまったくありません」

日赤乳児院の前に捨てられていた事実を明かすことに、いざとなるとＳＵＭＩＲＥは不安を覚えた。切り立った断崖に足を一歩踏み出すような怖れを感じた。

「大切にしている一枚の写真があります。父を知る手がかりはその写真しかありません」

写真がテレビに映し出された。

「右側の方がお父さまでいらっしゃいますか」

「そうです。私は子供の頃から何度もこの写真を見てきました」

ＳＵＭＩＲＥはスーパー遠州灘の人質籠城事件の報道を見て、大切にしている写真の背景に写っている建物と、生田目メガテクノの工場とがそっくりだということに気がついた。そこで友人に依頼して生田目メガテクノの工場を見に行ってもらった。

「写真の背景に写っているのは、生田目メガテクノの第一工場に間違いないというのがわかりました」

浜松に急遽行ってくれたのはＢＪだ。生田目メガテクノには日系ブラジル人、外国人技能実習制度を利用して来日した東南アジアの実習生が多数働いていた。

「父について生田目メガテクノの関係者なら何かを知っているのではないかと思いました」

しかし、経営者の家族が人質に取られている状況で、二十三年も前の写真を見せて、ＳＵＭＩＲＥの父親について聞いて回るわけにはいかなかった。

「友人が工場で働く日系ブラジル人から聞かされたのは、前工場長の武政さんなら古いことを知っているだろうということでした」

日系ブラジル人が大量に入国してきたのは一九九〇年以降だ。

「何人かの人から話を聞いて、武政さんが東京でご自分の工場を設立したというのを友人が突きとめてくれました」

「それで武政産業を訪ねたということですね」

乾キャスターが確認を求めてきた。

「その通りです」

「その武政産業ですが、亡くなった武政富美男さんが設立した会社で、武政産業という名前になっていますが、実態は生田目メガテクノの東京事務所といった性格の工場です。武政産業でも生田目メガテクノの部品を下請け工場として製造していたようですが、多くは大田区にある中小零細企業の製造工場に、生田目メガテクノの部品製造を発注する役割を担っていたようです」

宮川アナウンサーが武政産業の実態を報告した。

武政産業から部品製造の発注を受けた大田区の中小零細企業の関係者が、モザイク入りで証言する映像が流された。武政の遺体が発見された時の取材映像のようだ。

「武政さんは横暴だったよ。中小零細企業に、いくら何でもそんな価格で部品製造を依頼してくるなんて、と言いたくなるような安い価格を押し付けてきた。人件費の安い中国、あるいはベトナムに進出していって、生産の拠点を海外に移したいと思ったこともあるが、それだけの資力はわれわれにはない。それを見越したうえで安い値段を押し付けてくるのだからたちが悪い」

　同じような意見を述べる中小零細の経営者は他にもいた。

「以前のように直接取引をしたいと生田目社長に直に頼んでみたこともあった。生田目社長も容赦ない価格を押し付けてきたが、武政よりもまだましだった。生田目社長は東京での取引はすべて武政に任せているので、そちらで交渉してくれと、われわれの声に耳を貸そうともしなかった」

　宮川アナウンサーは再びＳＵＭＩＲＥにコメントを求めた。

「武政さんは何者かによって殺されていました。ＳＵＭＩＲＥさんは殺人事件に巻き込まれる結果になってしまいました」

「大森警察署に呼ばれ事情聴取を受け、発見した時の状況をお伝えしました」

「ＳＵＭＩＲＥさんの父親探しはそれで終わりませんでしたね」

　乾キャスターが誘い水を向けた。

「そうです。アサド・カーンという方が人質三人を取って警備室にこもっています。犯人は人質解放の条件として、生田目メガテクノの役員二人の左手首を切り落とせと無理難題を要求しています」

「ＳＵＭＩＲＥさんが発見した遺体も左手首が切り落とされ、司法解剖の結果、死因は失血死とされています。さらに犯人のアサド・カーンも左手を事故で失っています」

「左手首にまつわる犯人の異様な恨みを感じないわけにはいきません」ＳＵＭＩＲＥが自分の感想を述べた。

「ＳＵＭＩＲＥさんがスーパー遠州灘の人質籠城事件に深い関心を寄せるのは、それだけが理由ですか」

乾キャスターが核心に触れる質問をＳＵＭＩＲＥに投げかけた。

ＳＵＭＩＲＥは自分を落ち着かせるように大きく息を吸い込み、静かに吐いた。

「人質になっている金山剛さんの報道が流れ、私は今すぐにでも金山さんにお会いしたいと思いました。いや、会わなければなりません」

「それはまたどうしてですか」

ＳＵＭＩＲＥは金山剛の写真や映像が様々なメディアに流れ、それらを見てすぐに気づいた。

「父と一緒に写っているもう一人の男性ですが……」

ＳＵＭＩＲＥが真剣にコメントする姿から、テレビ画面はまた一枚の写真に切り替わり、父親の隣に写る男性の姿だけが切り取られ、拡大された。

ＮＥＷＳ・Ａが取材で集めた金山剛の写真が、ＳＵＭＩＲＥが保管していた写真の周囲にちりばめられた。

「お父さんの隣に写っているのは金山剛さんに間違いないようですね」

宮川アナウンサーが念を押すようにつづけた。

「私自身のことを少しお話しさせてもらってもよろしいでしょうか」

宮川アナウンサーも乾キャスターも無言で頷いた。

「私は父がどのような人だったのか、知る術がありません。唯一の手がかりはこの写真一枚だけです」

ＳＵＭＩＲＥは思わず声を詰まらせた。

「その写真はどのようにして保管されていたのでしょうか」乾キャスターが聞いた。

「私の本名は道玄坂すみれと言います。名付けの親は、当時の渋谷区の区長です。何故なら、生まれたばかりの私は毛布にくるまれて、日赤医療センター内の乳児院の前に放置されていたからです。私の戸籍の両親の欄は空欄になっています」

「生まれたばかりのＳＵＭＩＲＥさんは日赤乳児院に保護された、ということでしょうか」

宮川アナウンサーが少し声を震わせながら聞いた。視聴者にはＳＵＭＩＲＥが捨て子だとわかったはずだ。

「そうです。その毛布の中に一緒にくるまれていたのがこの写真です」

「ＳＵＭＩＲＥさんにとっては自分のルーツを確かめるための貴重な一枚の写真であり、一緒に写っている金山さんから何としてもお父さんの情報を聞き出したいところですね」

宮川アナウンサーが同意を求めてきた。

「それだけではありません」

「というと？」乾キャスターがその先を促す。

「アサド・カーンは、二十三年前に浜松市天竜区の山中で遺体となって発見された男性の身元情報を生田目社長に明かすように求めています。その情報開示を条件に金山さんを解放すると言っています」

全国では毎年八万人以上の人が行方不明になっている。しかし、大半は生存と所在先が確認される。それでも身元不明の遺体は現在、全国で二万人に達し、その多くは所持品もなく、あえて自分の身元がわからないようにして死亡している。

ＳＵＭＩＲＥはそうした知識がないわけではない。父親が誰だかわかっていれば、身元不明死亡者リストの中に自分の父がいないかどうか確認することはできる。しかし、父親についての情報はまったくないのだ。これでは問い合わせのしようがない。

自分のＤＮＡ情報を警察庁に提供し、二万人以上もいる身元不明の遺体のＤＮＡと照合してほしいといったところで相手にされるはずもない。

しかし、ＤＮＡ検査によって天竜区の山中で発見された遺体とＳＵＭＩＲＥの父子関係はすでに立証されている。ここでその事実を明かしてしまえば、警察の捜査に支障をきたすだろう。

「犯人のアサド・カーンにお願いしたいのは、左手首を切り落とせなどという残酷な要求をせずに、即刻お母さんと子供さんを解放してやってほしいということです。金山さんの体調も心配されるところです。私の父親についてお話しを聞きたいということもありますが、どうか一分でも一秒でも早く自由の身にしてやってください」

ＳＵＭＩＲＥはアサド・カーンに呼びかけた。

「金山さんを解放してほしければ、その遺体の情報を開示しろと迫っています。生田目社長についてはどう思われますか」

乾キャスターが核心をつく質問をＳＵＭＩＲＥに向けた。

「もし何かを知っているのなら、どんな些細なことでもいいから情報を犯人に伝えてやってほしいと思います。金山さんを診察した医師の話では、何か重篤な病気を抱えているように見えたとおっしゃっています。一刻も早く金山さんが解放されるように、生田目社長が努力されることを望みます」

「アサド・カーンの犯行動機はまだ解明されていませんが、事故で左手首を失ったことが背景にあるのではとみられています。日本には現在、百二十八万人の外国人労働者が働いています。海外からの労働者の受け入れについてＳＵＭＩＲＥさんはどのようにお考えですか」

宮川アナウンサーが、その日のニューステーマに話の流れをもっていった。

「私の親は、写真を見るとわかりますが、生田目メガテクノの作業着を着ています。金山さんに聞いてみないことにははっきりしたことはわかりませんが、おそらくは生田目メガテクノの工場で働いていたのではないかと思います。

こうした事件を起こせば、現在日本で働いている外国人労働者全体に批判の目が向けられると思います。ですから主張したいことがあるのであれば、事実を明らかにして裁判を起こすなりして、自分の主張を訴えるべきだと思います。

先ほどの宮川アナウンサーのご質問ですが、これだけ多くの外国人労働者がいろんな職場で働いています。ケガをしたから戦力外通告をするといった対応ではなく、同じ人間として対応していくことが求められるのではないでしょうか。

私が日本でこうして生きているように、外国にルーツを持つ子供たちがこれからたくさん生まれてくると思います。そうした人たちを排斥するのではなく、共に生きるルール作りを皆でしていかなければならないと思います。そうすることが今回のような事件を防止することにもつながるし、欧米で起きている移民を排斥する極端な排外主義を抑制することになると思います。今回の事件をうやむやにせず、真実がどこにあるのか、明らかにすべきだと思います」

ＳＵＭＩＲＥは自分の思いを込めて宮川アナウンサーの質問に答えた。

「犯人のアサド・カーン、安否が気遣われる金山さんに、最後にメッセージがあればどうぞ」

宮川アナウンサーがわずかだが残された時間をＳＵＭＩＲＥに与えた。

「人質を取っているアサド・カーン、あなたが起こした事件はもはやあなた一人の問題ではありません。日本で暮らす外国人労働者すべての生活にかかわってくる問題です。そのことを理解して一刻も早く人質を解放してください。金山さん、どうか事件が解決するまでお元気でいてください。私の父について、どんなことでもかまいません。ご記憶にあれば教えていただきたいと思います」

番組はここで終了した。

心配して太田社長がテレビ局に駆けつけてくれた。ＳＵＭＩＲＥの控室で番組終了を待っていた。プロデューサーと一緒に控室に戻ると、

「よく頑張った。いい結果が出るといいな」

と労をねぎらってくれた。

「局の電話が鳴りやまないそうです、激励の電話で」

プロデューサーが反響の大きさに驚いている。

その晩は太田社長の車で四谷のマンションまで送ってもらった。

「身元不明遺体とオヤジさんのＤＮＡが一緒だったというのは、伏せて正解だ。あそ

こで口を滑らせたらどうしようかとハラハラしてみていたよ」

「話してしまえば、大森警察署、浜松南警察署にご迷惑がかかると思って……」

「テレビ局にしてみれば、それこそ大スクープなんで、飛びついてきたと思うが、公表していたら、警察との信頼関係が断たれ、身元不明遺体の情報が入って来なくなっただろう」

その通りだとＳＵＭＩＲＥも思った。

その晩、ＳＵＭＩＲＥはすぐに寝つけなかった。アサド・カーンを刺激したのではないか、金山はどうしているのか、そんなことを思っていると、頭はさえてくるばかりだった。ベッドにノートパソコンを持ち込み、エゴサーチをしてみた。おびただしい検索ヒット数だ。反響を知りたいと思う反面、共感よりも反感、非難、中傷が多かったらどうしたらいいのか。ＳＵＭＩＲＥはすぐにノートパソコンを閉じ、静かに目を閉じた。

下田も高尾も、捜査本部からの情報で、ＳＵＭＩＲＥが出演したＮＥＷＳ・Ａを食い入るように見つめた。

「ＳＵＭＩＲＥのいうことを聞いて、おとなしく投降してくれるといいのですが……」

高尾もＳＵＭＩＲＥの訴えに共感しながらも、その効果にはあまり期待していない様子だった。ただ金山にはＳＵＭＩＲＥの思いが届いたような気がする。それに身元不明の遺体だ。何故アサド・カーンが二十三年も前の遺体について情報開示を求めているのか、今になってもさっぱり見当がつかない。

しかし、身元不明の遺体とＳＵＭＩＲＥが父子であることは、ＤＮＡ鑑定によって明らかだ。下田にはゴールが間近に迫っているような気もするが、その一方で深い沼に足を取られ一歩も進めなくなってしまったような苛立ちも覚えた。

翌朝、エレベーターでいつものように朝食を届けた。大学ノートを引きちぎったページにアサド・カーンが書きなぐったメッセージが戻ってきた。

〈ＳＵＭＩＲＥを屋上に上げれば、拝島紗香と勇を交換に解放する〉

覚えたばかりの漢字を小学生が書いたような字だが、誤字はない。アサド・カーンが書いたメッセージなのだろう。

下田はすぐに山科署長に報告した。しかし、売れっ子のタレントが身代わりになるとも思えなかった。山科署長は交換条件をすぐに大森警察署に伝えた。

インターホンがつづけざまに何度も鳴らされた。ＳＵＭＩＲＥはまだまどろんでいた。寝室の壁に掛けられている時計を見た。午前九時少し前だ。ベッドから起き出し、インターホンの受話器を取ると、太田社長が顔をカメラに押しつけるようにして言った。

「俺だ、すぐドアを開けてくれ」

太田社長の背後には小早川と斉藤、二人の刑事もいた。緊急事態でも起きたのだろうか。エントランスのドアを解錠した。ＳＵＭＩＲＥはパジャマの上にガウンを羽織ると玄関に出てドアを開いて三人を待った。

エレベーターから三人が走ってＳＵＭＩＲＥの部屋に向かってくる。

部屋に入るなり太田社長が言った。

「とんでもないことになっている」

普段はどんなトラブルが起きてもにこやかに、平常心で対応にあたる太田だが、この時ばかりは青ざめていた。

「どうしたんですか」

ＳＵＭＩＲＥもこわばった表情に変わる。

「浜松南警察署から緊急連絡があり、あなたがスーパー遠州灘の屋上に来れば、拝島母子を解放するとアサド・カーンが言ってきました」

小早川刑事が太田社長に代わって言った。

「それって、私が人質になれということですか」

「そうです」

「そんな無謀なことをＳＵＭＩＲＥにさせるわけにはいかない」

太田社長が小早川に拒否の意思を伝える。

小早川も斉藤も黙りこくっている。浜松南警察署も犯人からの要求を無視するわけにもいかず、ＳＵＭＩＲＥに打診するように大森警察署に言ってきたのだろう。二人も無理難題を突きつけているのはわかっている。

ＳＵＭＩＲＥの昨晩のテレビ出演をアサド・カーンも見ていたのだろう。何故犯人がＳＵＭＩＲＥの父親に関心を持っているのか、何故生田目社長に情報開示を求めているのか、アサド・カーンに会えばその謎がきっと解けるだろう。

それと父親と一緒に写っていた金山にも会える。自分のルーツを確かめる絶好のチャンスであることには間違いない。しかし、犯人は電動ノコギリを警備員室にまで持ち込んでいる。恐怖心はある。

ＳＵＭＩＲＥの表情を見ていて、太田社長はＳＵＭＩＲＥが迷っているというのがわかったようだ。

「スケジュールがびっしり詰まっているんだ。穴を空けるわけにはいかないぞ」

ＳＵＭＩＲＥはしばらく無言のままだった。

「少しだけ一人にさせてくれますか」

「まさか、お前……」

太田社長の話を聞かずに、ＳＵＭＩＲＥは自分の寝室に入った。

携帯電話でＢＪを呼び出した。アサド・カーンからの新たな人質解放条件が出たことを告げた。

「それで俺にどうしろと……」

「一人では怖いの」

「わかった。犯人が条件を受け入れるのなら、俺も一緒に人質になってやる。相手にそう伝えろ」

ＳＵＭＩＲＥはＢＪの協力を取り付けると部屋を出た。

「私が人質になるのはかまいません。でも私にも一つだけ条件があります。私の父親代わりになってくれているＢＪにも同行してもらいます。その条件を犯人が受け入れてくれるのなら、私はスーパー遠州灘に行きます」

「お前、本気なのか」

太田社長は全身の力が抜けおちたように床に座り込んでしまった。

「わかってください。この機会を逃したら、私、一生後悔するような気がするんです」

小早川刑事はその場で浜松南警察署に、ＳＵＭＩＲＥの意向を伝えた。

14　解放

浜松南警察署はアサド・カーンと連絡を取り、ＳＵＭＩＲＥはＢＪと一緒という条件を認めるのであれば、スーパー遠州灘の屋上に向かうと伝えた。アサド・カーンはＢＪが警察官でないことを証明できるのなら、承諾すると言ってきた。

証明するといってもミュージシャンに特別な身分証明書があるわけではない。六本木のジャズバー、「スイング」のＨＰにはＢＪが演奏する写真や動画がＵＰされている。アサド・カーンがインターネットに接続できるツールを所持しているかどうかはわからないが、「スイング」のＨＰにアクセスしてくれというしかなかった。

三十分もしない内にＳＵＭＩＲＥとＢＪを受け入れると、アサド・カーンは浜松南警察署に連絡してきた。

太田社長は収録や出演が予定されている番組にスケジュールのキャンセルを伝えなければならなかった。急病を理由にするのが最も手っ取り早い方法だが、スーパー遠州灘に入るところをテレビ各局、新聞各社の記者に目撃されればウソがばれてしまう。

太田社長は大森警察署と打ち合わせし、スーパー遠州灘の前にＳＵＭＩＲＥが到着した時点で記者発表すると決めた。

ＳＵＭＩＲＥが新幹線を使って浜松駅に着いたのは午後一時少し前だった。浜松駅からスーパー遠州灘まで浜松南警察署のパトカーで急行した。非常線が張られ、報道関係者は現場には近づけないようになっていたが、周辺のビルの一室、マンションのベランダを借りてスーパー遠州灘になるべく近いところで取材を進めていた。

やはりＳＵＭＩＲＥの映像は撮られてしまった。その頃太田エンターテインメントから報道各社に、拝島紗香と勇の解放を交換条件にＳＵＭＩＲＥが人質となったとファックスが一斉に流された。

スーパー遠州灘の正面入口を入ったところで、浜松南警察署の下田と高尾という刑事が待っていた。下田が現場での責任者のようだ。

「あんた、本気なのか」

下田が驚いているというより、呆れ果てているといった顔でＳＵＭＩＲＥに聞いた。

「冗談でこんなことできると思いますか」

ＳＵＭＩＲＥの方が聞き返した。

「人気取り商売も大変なんだ」

下田は売名行為で人質になろうとしていると思ったようだ。ＳＵＭＩＲＥにはそこで言い争っている余裕などなかった。

「早く犯人に私が来たことを伝えてください」

下田が高尾に目配せをした。高尾が携帯電話でどこかに電話を入れた。三基あるうち真ん中のエレベーターが一階に下りてきた。

「あんたは柔道かなにか、格闘技の経験はあるのか」

エレベーターに乗ろうとするＢＪに下田が尋ねた。

「争いごとは嫌いなんだ」

ＢＪはそう答えてＲのボタンを押した。

屋上に着くと両側二基のエレベーターのドアは開きっぱなしの状態で停止していた。真正面に人質が捕らわれている警備員室があった。

右手には三階へ通じる階段があり、踊り場のところでシャッターが閉まっている。左手には屋上駐車場が広がり、駐車場にはポツンと一台だけベンツが止まっていた。

「行こう」ＢＪがＳＵＭＩＲＥの背中を押すように言った。

ドアの前まで来るとＢＪがドアを叩いた。

「来たぞ。開けてくれ」ＢＪがひと際大きな声で言った。

すぐにドアが開いた。

アサド・カーンは右手でドアノブを握り、白い手袋をはめた左手はだらりと垂れ下がっていて、そばで見ると義手であるのは明らかだ。二人が警備員室の中に入ると、ＳＵＭＩＲＥが予想していた状況とはずいぶん異なっていた。

部屋の中央に机が向き合うように二つ置かれている。その机の上に置かれた電動ノコギリの写真が犯人から拝島浩太郎の携帯電話に送信されてきたが、電動ノコギリは机の上にはなかった。その代わりサバイバルナイフが机の上に無造作に置かれていた。

警備員室のいちばん奥まった所に置かれたソファに拝島紗香と勇が座っていた。

紗香はやせ細ってはいるが手錠などははめられていない。その横には勇がいて肩を寄せ合うようにして座っていた。睡眠不足のためなのか、二人はまどろんでいるように見えた。

壁際に並べられたロッカーの前の空いたスペース。そこに拝島紗香は後ろ手に手錠をかけられ、寝転がっている姿がテレビで報道された。しかし、その場所には仮眠用の毛布が敷かれ、その毛布の上に金山が寝かされていた。最初に解放された伊川がマスコミの取材を受け、答えていた内容とは大きく違っていた。

ＢＪが金山に気づき枕許に足早に進んでいった。

「私はジョージといいますが、金山さんですね」

金山の衰弱ぶりは異常だ。金山は眠っているのか、目を開けようともしない。ＳＵＭＩＲＥは声もかけられなかった。ＢＪは金山の口元に指を置いて呼吸を確かめた。

「そこの二人と一緒に、金山さんも解放してもらうわけにはいかないのですか」

ＳＵＭＩＲＥはドアに背を向けて立つアサド・カーンに険しい表情で言った。

アサド・カーンは首を横に振った。

何故ＳＵＭＩＲＥとＢＪが警備員室に突然はいって来たのか、理由がわからず拝島紗香はおどおどし、それでも勇を守ろうと抱きかかえた。

「あなたたちは誰なんですか……」

と言いかけて拝島紗香はＳＵＭＩＲＥに気づいたようだ。

「ＳＵＭＩＲＥさんですね」拝島紗香が聞いた。

「そうです。もうすぐお家に戻れますからね」

「この二人と一緒に金山さんを解放してやってくれ。衰弱がひどい」

ＢＪがアサド・カーンに執拗に金山の解放を求めた。眠っていると思われた金山が毛布から上半身を起こした。

「私のことならいいんです」

微かに聞き取れる声で金山が言った。

部屋の中央に置かれた机の上の固定電話が鳴った。その電話をアサド・カーンが取った。

アサド・カーンは相手の言うことを聞いているだけで、返事はあまり返さなかった。

最後にひとことだけ言った。

「これから二人をエレベーターで下ろす」

そう答え受話器を置くと、アサド・カーンは拝島紗香と勇に声をかけた。

「長い間申し訳ありませんでした」

こう言って、アサド・カーンは拝島紗香に深々と頭を下げた。

ＳＵＭＩＲＥには異様な光景に見えた。それはＢＪにとっても同じだったのだろう。奥のソファから立ち上がり、ドアに向かって歩いて行く二人に声をかけることもできず茫然と見送った。

「一緒に来て下さい」

アサド・カーンは机の上に放り投げてあったサバイバルナイフを握ると、ＳＵＭＩＲＥに声をかけた。

「俺も行く」

ＢＪが言うと、アサド・カーンは来るなとも言わず、好きなようにさせた。ドアを出ると拝島紗香と勇が並んでエレベーターに向かい、その後ろにＢＪとＳＵＭＩＲＥ、さらにその後ろからアサド・カーンがついてくる。

「おかしいぞ、これは」

後ろからアサド・カーンがついてくるのに、ＢＪがそっと耳打ちする。

「何が」

「あいつが持っているサバイバルナイフは模造品だ」

ＳＵＭＩＲＥにはそれが信じられなかった。ＢＪはナイフや拳銃で脅迫されたことも一度や二度ではなかった。それで本物か偽物かすぐわかるのだろう。

エレベーターホールに来ると、アサド・カーンは真っ先に乗り込み、停止ボタンを解除した。拝島紗香と勇が乗り込むと、一階のボタンを押し、エレベーターから降りた。

ドアが閉まり、エレベーターが降下していく。一階に下りたエレベーターはすぐに屋上に戻ってきた。

警察側は人気上昇中のＳＵＭＩＲＥに、万が一のことがあってはならないとより慎重になるだろう。アサド・カーンはそのことを十分に予期しているからなのか、あるいはまったく警戒していないのか、模造品のサバイバルナイフをＳＵＭＩＲＥに突きつけようともしない。戻ってくるエレベーターに警察官が乗っていれば、事件はすぐにでも解決しただろう。

しかし、屋上に戻ってきたエレベーターは無人だった。アサド・カーンはエレベーターの停止ボタンを押し、一人でさっさと警備員室に戻っていった。その後を二人が追った。

「やはり変ね」

ＳＵＭＩＲＥもそっとＢＪに言った。アサド・カーンは拝島紗香、勇を解放してしまった。この二人がいたからこそ、生田目社長に異常とも思える要求を突き付けることができたのだ。ＳＵＭＩＲＥとＢＪが身代わりになったが、二人を解放するから生田目社長と拝島浩太郎の左手首を切り落とせと要求したところで、無視されるに決まっている。

警備員室に戻ると、金山は毛布の上で胡坐をかいて座っていた。

「帰ったか」

金山がアサド・カーンに聞いた。

「はい、今帰りました」

金山とアサド・カーンはまるで親子のような会話をした。驚いているＳＵＭＩＲＥとＢＪに金山が言った。

「二人を返した以上、いつ警察が踏み込んでくるかわかりません。その前にすべてをＳＵＭＩＲＥさんにお話ししておきたい」

立ち上がろうとする金山をアサド・カーンが支え、ソファに座らせた。警備員室にはパイプ椅子が五脚ほど置かれ、アサド・カーンはその二つを持ってくると、金山の前に置いた。

「どうぞお座りください」

アサド・カーンは流暢な日本語で言った。

「私もこうした事態に発展するとは予想もしていませんでした」

金山は苦しそうに喘ぎながら話し始めた。

「アサド・カーンさんと金山さんのご関係がどのようなものかわかりませんが、体調が思わしくありません。私が人質に残りますから、どうか病院で手当てを受けられたらいかがでしょうか」

ＳＵＭＩＲＥは金山に医師の診察を受けるように促した。しかし、金山は言葉を発するのが苦しいのか、首を大きく横に振って拒絶の意思を示した。

「私の命はもうそれほど長くありません。その前にどうしてもやっておかなければならないことがあって、実はここにいるアサド・カーンに協力してもらい、このような事件を起こしました」

ＳＵＭＩＲＥとＢＪは思わず顔を見合わせた。金山は人質などではなく、人質籠城事件の首謀者のようだ。

金山はあと数時間で死んでしまうのではないかと思えるほど衰弱が激しかった。

「まさかイクバル・アフマドのお嬢さんが現れるとは思ってもみませんでした」

ＳＵＭＩＲＥの父親の名前はイクバル・アフマドというようだ。

金山はそれから二時間ほどイクバル・アフマド、武政富美男惨殺事件、スーパー遠州灘人質籠城事件の全貌について語った。

「娘の紗香、孫の勇を人質に取れば、生田目豪も真実を明らかにするだろうと私は考えていました。しかし、それは大きな誤りでした。彼はすべての責任を武政富美男に負わせるでしょう。でも、この中にすべての証拠が収められています」

金山はズボンのポケットからＵＳＢメモリーを、さらに後ろポケットから財布を取り、中から一枚のキャッシュカードを引き抜いた。その二つを金山はＳＵＭＩＲＥに渡した。

「今回の事件を起こし、生田目豪を追い詰めるために、アサドの妹ハリーナ、そして彼女の恋人の渡部宏君まで巻き込んでしまいました。裁判の判決が出るまでは私は生きていられません。口座に入っているお金はＳＵＭＩＲＥさんに任せますから、どうか三人の罪が軽くなるように、優秀な弁護士を付けてやってください」

ここまで一気に話をすると、金山は疲れたのか、「少し横になります」と再び毛布の上に身を横たえた。

金山が静かな寝息を立てて眠り始めた。先ほどまでの表情とは打って変わって、穏やかな顔をしている。

ＳＵＭＩＲＥはこのまま金山が目を覚まさないのではないかと思った。

「金山さんがゆっくり寝るのは、今日が初めてなんです」

アサド・カーンが毛布を掛け直しながら言った。

「いずれ警察が踏み込んできます。その前に私と妹の件も話しておきたいと思います」

アサド・カーンの話が終わったのは日付が変わるころだった。

その間にも浜松南警察署から食事を届けたいという申し出があったが、ＳＵＭＩＲＥもＢＪも食事を摂る気分にはならなかった。空腹も感じなかった。警備員室にあった水を飲みながら、二人はアサド・カーンの話に耳を傾けた。

ＳＵＭＩＲＥは金山とアサド・カーンの話を聞き終えて、自分の中にいいしれぬ怒りが込み上げてくるのを感じた。

カーテンを開け、外の様子を見ると白々と夜が明けていた。

ＳＵＭＩＲＥは携帯電話でＮＥＷＳ・Ａのプロデューサーに電話をかけた。午前四時を回ったばかりで、熟睡している頃だろうと思った。しかし、プロデューサーは呼び出し音が一回鳴っただけで出た。

「大丈夫ですか、いつ解放されたんですか」

プロデューサーはＳＵＭＩＲＥが解放されたと思ったようだ。

ＳＵＭＩＲＥが人質となってスーパー遠州灘に入った後、マスコミ各社は必死に安否を探ろうとしたが、警察発表もなく、太田社長も沈黙を守ったようだ。

「朝のニュースで、私の声を流してもらえるでしょうか」

「今、ＳＵＭＩＥさんは警備員室の中で人質となっているんですよね」

「そうです。この電話は犯人了解のもとにかけています。ですからこの電話によって私が被害をこうむるということもありません」

「それならよかった。では、私がインタビューする形式で、ＳＵＭＩＲＥさんとの会話内容を録音するようにします。それでよろしいでしょうか」

「かまいません」

三十秒ほどの間があった。

「お願いします。ＳＵＭＩＲＥさんの声は録音されます。ではＳＵＭＩＲＥさん、現在の警備員室の中の様子を伝えてください」

「私も、そしていっしょに人質になってくれたジョージさんも、犯人から危害を加えられることもなく、手錠などもかけられていません」

「何故ＳＵＭＩＲＥさんは自ら進んで人質になろうと思ったのでしょうか」

「先日、ＮＥＷＳ・Ａでお話しした通り、私の父と人質になっている金山さんが一緒に写っている写真があります。金山さんからどうしても父親の話を聞きたかったのです。犯人が何故私を人質として要求したかわかりませんが、私は金山さんに会いたい一心で人質になることに同意しました」

「金山さんとはお話ができたのでしょうか」

「父親の名前は聞くことができました。しかし、金山さんの衰弱が激しく、現在のところは十分なお話を聞くに至っていません」

「犯人の目的は一体どこにあるのでしょうか」

「拝島紗香さんと息子さんを解放した通り、アサド・カーンの目的はお金ではないのははっきりしています」

「犯人の目的はどういうことなのでしょうか」

「アサド・カーンから言われたのは、前回の要求と同じです。二十三年前に天竜区の山中で発見された遺体について、生田目豪社長が詳しく知っている。だからその情報を世間に発表しろというものです」

「二十三年前の遺体について、生田目豪社長は何かを知っている、ということなのでしょうか」

「その通りです」

「現在マスコミ各社がその遺体について取材をしています」

「二十三年前に何があったのか知りませんが、生田目社長の知っている事実を明かせば、私もＢＪも解放するそうです。その事実を知っている人は、もう一人いました。先日私が第一発見者となった武政富美男さんです」

「つまり遺体について知っているのは今や生田目社長だけということですね」

「そのようです」

ＳＵＭＩＲＥのインタビューは五分程度のものだったが、インタビューから十分後には、Ａ局の臨時ニュースとしてＳＵＭＩＲＥの声が流れていた。

解放された拝島紗香と勇は、救急車で浜松医科大学病院に搬送された。当然面会謝絶となった。しかし、内部の状況を知っているのは拝島紗香たちだけだ。現場を峰岸らに任せ、下田と高尾は浜松医科大学病院に急行した。

二人は個室に入院していた。応急手当てが済むと、拝島浩太郎と医師が同席することを条件に、事情聴取を受けることに同意した。

拝島紗香は警察が差し入れた食事にはほとんど手をつけていなかったようだ。ベッドで点滴を受けていた。

「早く犯人を逮捕してください」

病室に入るなり拝島紗香は下田、高尾の二人の刑事に訴えた。

「今まで何をやってきたんですか。税金をふんだくるように取っているくせに」

拝島紗香は頬の肉は削げ落ちて、目は落ちくぼみ、栄養失調の難民のように不気味なほど顔の骨格が浮かび上がっていた。それでも眼光鋭く怒りを二人の刑事にぶつけてきた。

「犯人はあの恩知らずの外国人労働者です。さっさと行って、犯人を撃ち殺してくればいい」

もう一つのベッドには勇が横たわり、拝島浩太郎と静かに話をしている。父と子は母親の怒りの声などまったく聞こえていないかのように、話に夢中だ。廊下にまで響くような妻のヒステリックな声にも、夫は何一つ注意を与えようとはしなかった。

「奥さん、もう少し冷静になってくれませんか」下田が注意した。

「私はあの凶悪犯を早く逮捕しなさいと言ってるだけよ」

拝島紗香は壁に突き刺さるような声で言い放った。

高尾も腹立たしく思っているのだろう。

「逮捕しろと言っても、警備員室の中にはあなたたち母子の身代わりになった人質もいます」

ＳＵＭＩＲＥが人質になるまでの経緯を説明した。

「いいのよ、タレントは。ＳＵＭＩＲＥだって、今回の事件で人気がもっと出てくるんだから」

拝島紗香には身代わりになったＳＵＭＩＲＥに対する感謝の気持ちはまったくないようだ。

なだめすかしながら一時間ほどかけて拝島紗香から事情聴取を行った。

警備員室にはアサド・カーンしかいない。金山は体調が悪く、事件発生直後から床の上に敷いた毛布の上で休んでいる。アサド・カーンは電話で、どこの国の言葉だかわからないが、時折外部の人間と連絡を取っていた。

アサド・カーンが所有している武器はサバイバルナイフ一本だけ。警備員室に拉致監禁されている間、サバイバルナイフで脅かされても、暴力を振るわれたことはなかった。

下田が不思議に思ったのは、電動ノコギリについてだった。

「電動ノコギリで手首を切り落とすと、脅されたことはなかったのですか」

下田が問い質した。

「電動ノコギリって何をおっしゃっているんですか」

拝島紗香は、アサド・カーンが生田目豪に要求した解放条件についてまったく知らなかった。

「犯人はあなた方お二人の解放条件に、生田目社長と拝島浩太郎さんの左手首を切り落とすように求めてきたのです」

それを聞いて拝島紗香は金切り声をあげて夫に聞いた。

「あなた、それ本当なの」

不意をつかれた拝島浩太郎は、勇との会話を中断し、視線を妻に向けて答えた。

「その件か、それは本当だ」

まるで他人事のような口調だ。それに苛立ちを増幅させたのか、さらに鋭い声で聞き返した。

「それでパパはあなたになんて言ってた？」

「どうせ脅しだから放っておけばいいって、私にはそう言ってた」

拝島夫婦の会話のから、二人の婚姻関係はすでに破綻しているのがうかがえる。

「その要求を呑まないのなら、あなたと息子さんの手首を切り落とすと、犯人は警備員室の机の上に置かれた電動ノコギリの画像を送ってきました。その電動ノコギリを見なかったのですか」

下田が確かめたが、拝島紗香はサバイバルナイフしか見ていないと答えた。

15　疑惑

　生田目豪は拝島紗香と勇が解放されるのと同時に、浜松医科大学病院に駆け付けた。二人の無事を自分の目で確認すると、すぐに自宅に帰っていった。

　下田と高尾が拝島紗香の事情聴取を終えてスーパー遠州灘の前に止めてある機動隊のバスに戻った頃、生田目豪は下田が思っていた通り、自宅周辺で張り込んでいた記者を集め、拝島紗香から聞いた話を記者に伝え、浜松南警察署の捜査を激しく非難した。その様子が各テレビ局の最終ニュースとして流れた。

「さっきまでは金ならいくらでも出すと言ってたのに、今度は早く逮捕しろと息巻いている。このクソオヤジはさすがにあの娘の父親ですね」

　テレビに目をやりながら高尾が吐き捨てる。生田目豪の口から漏れてくるコメントには、身代わりになったＳＵＭＩＲＥたちに対する一片の思いも感じられない。

　それから数時間後、ＳＵＭＩＲＥの声で改めて生田目社長に対して、二十三年前、天竜区山中で発見された遺体について情報開示せよという犯人側の要求がＡ局から伝えられた。ＳＵＭＩＲＥはその情報さえ開示されれば、事件は全面解決に向かうと自分の意見を述べていた。

それまではインターネット上は、犯人に対する怒りの声であふれていた。人手不足だからといって、外国人労働者を導入するからこうした凶悪犯罪が生まれると、犯人だけではなく外国人労働者に対する非難の声がボルテージを上げていた。

しかし、ＳＵＭＩＲＥが自ら人質となり、改めて二十三年前の身元不明遺体に触れる発言をすると、インターネット上には、生田目社長に対する非難の声が急激に増えた。

〈知っているなら、答えてやればいい〉〈何か都合の悪いことでもあるのかしら〉

こういった書き込みがあふれてくるようになった。生田目豪の報道陣への対応に疑問を感じるものが出てきたからだろう。生田目豪の口からはＳＵＭＩＲＥに対する感謝の言葉が一言も出てこなかった。それどころか、ＳＵＭＩＲＥが人質となったことについて、

「これで好感度が跳ね上がったと思う。事件が解決した後、生田目メガテクノのＣＭに起用することも考える」

と、平然と言ってのけたのだ。

これに多くの視聴者が反応した。生田目メガテクノのホームページに非難する書き込みが殺到した。

一連の流れを見ながら高尾が呆れたように呟く。

「娘が娘なら、親も親だ。金を儲けたのはいいが、いちばん大切なものがあの一家にはありませんね。こんな人間のために捜査するというか、警察が動くなんてそれこそ税金の無駄遣いだ」

そう言いたくなる高尾の気持ちもわかるが、それでも事件解決に向けて全力を注ぐのが警察官としての仕事なのだ。

しかし、それにしてもアサド・カーンは何故二十三年前の身元不明の遺体に執拗にこだわるのだろうか。

武政富美男殺人の捜査はなかなか進展していなかった。武政産業の建物自体が古く、検出された指紋も少なくなかった。腐乱が進行するまで遺体は放置されていた。大田区にある中小零細の下請け工場で、武政は極端に嫌われていた。その傲慢さと、採算に合わない製造価格を押し付けるやり方が敬遠された。

武政産業から生田目メガテクノの仕事を受注できると評判になった頃は、武政産業にアポイントを取って訪れる製造業の経営者は多かった。しかし、武政のやり口がわかると、しだいに足が遠のいていった。死体の発見が遅れたのもそのためだ。

武政産業が発足した当時、武政を訪ねた経営者を一人ひとりあたった。一度事情聴取をした経営者でも、二度三度と聴取を重ねていると忘れていた事実を思い出すこともある。

武政産業から八百メートルほど離れたところに残間工業がある。残間社長は武政産業の仕事は採算に合わないと、早々と撤退していた。大森警察署の小早川と斉藤が残間工業を訪れたのは三回目だった。残間は気さくな性格なのか、小早川と斉藤の顔を見ると、すぐ立ち上がり応接室に通した。応接室といっても二階にある経理室の一角をパーテーションで区切っただけのものだ。

経理室の隅には小さなキッチンが設けられ、そこには小さな冷蔵庫があり、缶コーヒー三つを手にして応接室に残間はやってきた。

「冷たいうちに飲んでください」

こう言って残間はプルトップを引き抜いて一気にコーヒーを飲んでしまった。

「何か進展はありましたか」

残間が小早川に尋ねた。進展が何も見られないから、何度も武政と交流のあった経営者から話を聞いているのだ。経理室はエアコンがそれほど効いていないのか蒸し暑い。それに小早川も斉藤も、朝からずっと聞き込みに回っているのだ。遠慮なくコーヒーを飲みほした。

「テレビをずっと見ているんだが、あのＳＵＭＩＲＥとかいうタレントさん、浜松の事件現場に行って人質になっているんだね。えらいもんだよ」

残間はＳＵＭＩＲＥに感心しきっていた。

「事件が何事もなく解決してくれるといいのだが……。何とかならないんですか」

残間が身を乗り出して、問い詰めるような口調で小早川に尋ねた。

「ご承知の通り、武政の評判は最悪で、武政産業に近づく会社経営者はほとんどいませんでした。浜松から出てきてそれほど長い年月、大田区で仕事をしていたわけではないので、武政を最後に目撃した人さえ見つからないというのが現状なのです」

武政産業を最後に訪問したのが誰なのかも大森警察署は把握していなかった。

「この辺りはモノ造りのメッカとされ、町工場が集中していて、経営者は大体顔見知りだ。だから風邪をひいただの、派手に夫婦喧嘩をしただのって情報はすぐに伝わる。武政さんだけは例外で、誰とも付き合いがなかった。だけど確か六月の初めの頃だったと思うんだ」

残間は遠くを見るような視線で天井を見つめた。

「何か思い出したことでもあるのでしょうか」今度は小早川が身を乗り出した。

「はっきりと自信を持って言えるような話ではないのだが……」

と、断ってから残間がつづけた。

「いま屋上で人質になっている金山さんという人だっけ」

「そうです。金山剛さんという元生田目メガテクノの社員で、退職した後、浜松警備保障に再就職し、今回の事件に巻き込まれています」

斉藤が金山について説明した。

「金山さんなんだが、あっちこっちのテレビや週刊誌にいろんな写真が掲載された。その金山さんに似た人が、武政産業の前でタクシーから降りるのを見たような気がするんだ」

「いつ頃のことだか覚えていますか」

小早川はおもむろに手帳を取り出した。

「ちょっと待っててくれ」

残間は自分の席に戻り、Ｂ５判の黒のダイアリーを持ってきた。

「六月八日の夕方っていうより、もう暗くなっていた頃だったと思うんだ」

「金山らしき人物を目撃したのは六月八日の夜ということですか」

小早川が念を押すように聞いた。

「確か病院で診察を受け、血圧の薬をもらって戻った日だったから八日のような気がするんだ。ちょっと待ってな。女房に確かめさせる」

残間はその場で自宅に連絡を入れた。

「俺だけどさ、俺の机に行ってみてくれないか」

少し間があって残間が妻に依頼した。

「机のいちばん上の引き出しに『おくすり手帳』が入っているんだが」

妻が「おくすり手帳」を見つけたようだ。

「大森薬局でいつもの降圧剤を出してもらったんだが、最後に出してもらったのはいつだったのかみてくれないか」

妻がその日付を残間に伝えた。電話を切ると小早川に言った。

「やはり六月八日だった」

その日、残間は診療時間の終わる直前にかかりつけのクリニックを訪れた。診察を終えて、近くの大森薬局で降圧剤をもらった。

「それからここにきて、残していた仕事を片付けた。だから武政産業の前を通ったのは六時半から七時頃までの間ではなかったかと思うんだ」

「どこのタクシー会社だったかわかりますか」斉藤が聞いた。

「いや、通りがかっただけだから、そこまではわからんよ」

タクシーを降りた男は外階段の方に向かって歩いていった。残間自身も車を運転をしていた。武政産業の前で止まったタクシーを追い抜いた瞬間、車から降りた男を目撃したに過ぎない。

金山らしき男を乗せたタクシーを割り出すのが先決だ。

大森警察署の捜査員を動員して、武政産業前で金山に似ている男を降ろしたタクシーの割り出しが進められた。タクシーを特定することはそれほど手間がかからなかった。大森駅で客待ちをしているのは三社で、大森交通のドライバーが大森駅から武政産業まで乗せていた。降車時間は残間が記憶していた通りで、午後六時四十五分と日誌には記されていた。

ドライバーに金山の写真を見せて確認すると、確証はないが「この人だったような気がする」と答えた。断言できない理由を捜査員が聞くと、ドライバーが答えた。

「この写真よりずいぶん痩せていて、病人というような印象だったから」

金山が武政産業を訪れていた可能性がある。武政産業二階のドアノブからは複数の指紋が検出されている。金山が武政産業を訪れたかどうかを調べるには、浜松南警察署から金山の指紋を送ってもらうことだ。

大森警察署は浜松南警察署に金山剛の指紋検出を依頼した。

浜松南警察署は金山剛の自宅の家宅捜索令状を取り付けた。金山は一人暮らしで、指紋の検出は簡単だったようで、すぐに結果が送られてきた。

やはりドアノブには金山の指紋があり、武政が左手首を切り落とされて、死んでいた机からも多数検出された。

かつての同僚だったわけだから金山の指紋が出てきても不思議ではない。しかし、二階のオフィスの中で金山の指紋が検出されたのは、武政が死んでいた机の上からだ。

こうした状況を考えると金山が武政産業を訪れていたのは間違いない。しかし、金山が武政の手首を切り落としたとも思えない。そうしたことをしなければならないほど金山が武政を恨む理由が見当たらない。

しかし、指紋が検出された事実を浜松南警察署に伝えた。

大森警察署は金山の足取りを徹底的に調べ上げた。大森駅の改札口を午後六時二十分に出る金山の姿が防犯カメラにとらえられている。金山はそのままタクシー乗り場に向かい、タクシーを拾って武政産業に向かったと思われる。

帰りはどのようにしたか不明だが、午後八時五分、大森駅の券売機付近と改札口を入る金山がやはり防犯カメラに映っていた。ではこの間に金山が何らかの事情で、武政を殺したのだろうか。それも違う。金山は武政殺人の犯人ではないことは明らかだ。

大田区の中小零細企業の経営者は、生田目メガテクノの名前を出せばいくらでも仕事欲しさに寄ってくると武政は考えていたふしがある。しかし、中小零細企業とはいえ、大田区の工場経営者は世界に通用する技術を持った会社が多い。武政はそれに気づかず、横暴極まりない方法で仕事を発注しようとした。結局、武政産業は大田区では総スカンを食っていた。

慌てた武政は、土曜日の夕方からは大田区の中小零細企業の経営者に電話をかけまくり、営業に必死だった。武政産業の固定電話の履歴を調べたが、六月十一日午前十一時十五分までは、武政は生きていたのだ。最後の電話はやはり大田区の工場経営者が武政からの電話を受けていた。電話を受けた工場経営者は武政を罵倒した。

「あの人は大企業で長年働いてきたというだけで、われわれのように独自の技術を持っているわけではない。生田目メガテクノは、それは世界的に通用するビッグネームかもしれない。だからと言って赤字が出るような仕事を俺たちに押し付けたって、そんなもんには誰も手なんか出しゃしないよ。甘く見るなっていうんだ」

武政産業の一階には、生田目メガテクノから発注された製品を製作できるだけの電動工具は揃っている。しかし、工員を採用しているわけではない。

「年季の入った建物とは言え、武政さんは土地から建物まで一切合財を購入したようだ。自分一人ででも生田目メガテクノの製品を造らなければ、食っていくのも大変だったと思う。どうやって生活していたのかは知らないが、結構いい生活をしていたようだ」

生田目メガテクノから仕事の発注を受けても、武政自身はその注文に応じられるだけの技術もなければ、会社の体制も整っていなかった。その上、外部に発注しても武政を嫌った中小零細の会社経営者から仕事を断られているような状況だった。

しかし、カネ回りが良かったのは事実で、武政の机の中からはキャバクラ嬢の名刺、高級クラブの領収書、何日間も放置されたゴミ箱からはずれ馬券、舟券が山ほど出てきた。ギャンブルに相当熱を上げていたことがうかがえれる。

一階の工場が稼働している様子はない。おそらく半年は仕事らしい仕事はしていかなかったと思われる。工場の電気代の支払い額がほぼ基本料金なのだ。

金の出所を調べてみる必要があるだろう。


大森警察署からの連絡で、浜松南警察署はさらに混乱した。金山と武政に接点があっても不思議ではない。しかし、金山が何故独立した武政を訪ねて行かなければならないのか、その理由がまったく見当もつかない。

下田は大森警察署からの報告書を読み終えると、機動隊のバスを降りて、しばらく周辺をすることもなく歩いてみた。非常線の外側には報道陣が詰めかけて、相変わらずラッシュアワーの電車の車内のようだ。

金山が武政産業を訪れていたという事実をどう考えればいいのか。大切な何かを見落としているような、置き忘れたような気分だ。海外旅行に行く時、パスポート、航空チケット、トランクの中身を確認して空港に向かい、チェックインカウンターでトランクの鍵を家に置き忘れたのか、どこにしまったのかがわからなくなった時のような恐れがずっとつきまとっている。

アサド・カーンが人質籠城事件の犯人だとわかり、事件の根底には左手を事故で失った恨みが潜んでいるのではないかと下田は考えた。そう考えればアサド・カーンが人質解放条件に生田目豪、拝島浩太郎の左手首を切り落とせと要求したのも頷ける。

スーパー遠州灘の屋上人質籠城事件が発生してから二日後に、武政富美男の惨殺死体が発見された。その遺体は左手首が電動ノコギリによって切り落とされ、死因は手首から大量の血が流れ出した失血死だった。

左手首切断という事実にばかり目が向いてしまい、武政とアサド・カーンの接点を必死になって大森警察署も探し出そうとした。しかし、そもそもアサド・カーンと武政の接点はなかったのではないか。

どのような理由があったのかわからないが、金山は武政産業を訪れている。その時にはまだ武政は生きていた。

六月八日以降、事件発生まで金山はスーパー遠州灘の屋上駐車場に出勤している。勤務後、浜松と東京の間を車で往復し、武政を殺害することは可能だろう。しかし、殺すつもりがあれば六月八日の時点で殺害していたはずだ。それに金山には武政を殺さなければならない動機が存在しない。

武政の左手首切断と、スーパー遠州灘の人質籠城事件とはやはり関係ないのではないだろうか。

人質となった拝島紗香と勇、アサド・カーン、金山、そして殺されていた武政は生田目メガテクノというグローバル企業とのつながりがある。

事件をさらに複雑なものにしているのは、ここに二十三年前に天竜区の山中で発見された身元不明の遺体が関係してくるからだ。アサド・カーンはこの遺体について生田目社長が知っている事実を公表せよと迫った。

しかし、アサド・カーンと二十三年前の山中の遺体と接点があったとは到底思えない。アサド・カーンの妹のハリーナ、そして生田目メガテクノの社員、渡部宏の行方は依然つかめていない。アサド・カーンの協力者であることに間違いないだろうが、この二人も身元不明遺体と関係しているとは思えない。

スーパー遠州灘屋上人質籠城事件、武政富美男惨殺事件、そして天竜区山中の身元不明遺体、これらは一本の線でつながっているように見えるが、事件はそれぞれ別個のものではないか。

この三つの事件いずれにも関与してくるのは生田目豪ただ一人だ。

人質籠城事件は生田目豪に対する怒りと恨みをいだくアサド・カーンの犯行であるのは確かだ。

身元不明遺体はＳＵＭＩＲＥの父親と判明した。彼の遺体は司法解剖されたが、死亡から時間が経過しすぎていたために明確に死因を特定するには至らなかった。

ＳＵＭＩＲＥの父親と判明したのは事件発生後で、ＳＵＭＩＲＥが人質籠城事件、武政惨殺事件に関与するのは事実上不可能だ。

武政の左手首を切り落とし、死に追いやったのは誰なのか。

生田目メガテクノに恨みを抱くアサド・カーンが武政殺しの犯人である可能性は考えられる。しかし、それも不自然だ。左手を失ったアサド・カーン一人で実行できる犯罪ではない。腕力に優れた協力者がいなければ、ロープで縛りつけたとはいえ、電動ノコギリで左手首を切断するなどという無残な犯行は難しいだろう。

左手首切断という残忍な方法に目がどうしても向いてしまうが、それを度外視して、武政を殺したいと思うほど憎んでいるものはいるのだろうか。その視点でもう一度武政惨殺事件を見直す必要があるようだ。下田は冷静さを取り戻し、バスに帰った。

武政の惨殺遺体が発見され、大森警察署は二階のオフィス、三階の自宅をくまなく捜査した。不思議なことに、公共料金、税金、生命保険などの引き落とし口座となっている銀行通帳は出てきたが、入金口座に使われている通帳は出てこなかった。

捜査員が地元の信用金庫、地銀、大手銀行に武政産業の口座の有無を確認した。M銀行に毎月生田目メガテクノから決まって二百万円が振り込まれてきていた。聞き込みでは武政産業は下請け企業に仕事を発注もしていなければ、自分の工場で製品を生産している様子もなかった。それにもかかわらず二百万円が月末になると振り込まれていた。

「部品製造、納品した報酬にしては毎月定額というのがひっかかりますね」

斉藤も小早川と同じ疑問を抱いた。

いくら古い建物とはいえ大田区で鉄筋三階建てのビル、敷地面積もその辺の町工場よりも広い。おそらく数億円の物件だろう。

土地建物の名義は武政富美男になっている。それ以前の所有者は中平健一になっていた。中平は今でも大田区のマンションに夫婦二人で暮らしていた。中平に子供はなく、後継者も見つからなかった。一人で仕事をしていたが、高齢で体力的にも限界を感じ工場を手放すことを考えた。

その情報がどのようなルートを辿ったのかは不明だが、生田目メガテクノに伝わったようだ。小早川と斉藤は中平から売却までの経緯を聴取した。

中平は九十歳になるが、毎朝一時間程度の散歩を日課としていた。認知症とは程遠く記憶は鮮明だった。

「生田目さんは誰から聞いたのかは言わなかったけれど、大田区の以前付き合いがあった工場経営者から聞いた様子だった。金額は相場よりもかなり安い価格を提示してきたが、私も年だし、子供もいない。欲張ったところで、これから先使い道もない。大田区の製造業の隆盛に貢献するというから、生田目さんのいう価格で売却したよ」

「購入資金は生田目メガテクノから支払われたのでしょうか」

「そうですよ。相場より安い値段で売却したもう一つの理由は、全額を一度に支払うということを先方から申し出てきたので、それでこちらも細かいことを言わずに売却したというわけです」

「名義が生田目メガテクノではなく、武政富美男という個人名になっているのはどういうわけでしょうか」小早川が尋ねた。

「そのあたりのことは私も詳しくは聞いていませんが、あの工場は生田目メガテクノの東京出張所としての機能を持たせ、自分のところでも部品を生産していくが、大田区の下請け工場にも生田目メガテクノの仕事を、武政産業を通じて発注していきたいと、生田目社長はそんな説明をしていたと思う」

しかし、武政産業は自分の工場はほとんど稼働していなかった。武政の評判は最悪で、仕事を受注する工場もなかった。それなのに二百万円も毎月Ｍ銀行には振り込まれていた。

「ひとり暮らしで、何もしていない。それなのに毎月二百万円の報酬。いざとなったら工場を売却すれば数億円が転がり込んでくる。最高のシチュエーションですね」

斉藤は本当に羨ましそうな顔で言った。

「その結果、何があったか知らないが、電動ノコギリで左手首を切り落とされて、失血死で死んでも、お前、羨ましいと思うのかよ」

小早川が真剣な顔をして問い詰めた。

「私だってそんな死に方はしたくないですよ。愚直に生きなければならないと思うから、安月給でも刑事をしているんです」

斉藤も真面目な顔をして答えた。

「だったら武政の報告書を一時間以内にまとめて浜松南警察署に送ってくれ」

それから一時間もしないうちに斉藤はまとめた報告書を小早川のところに持ってきた。それに目を通して「これでいい」と答えた。

斉藤は浜松南警察署の下田刑事に、武政に関する報告書をこれから送信すると連絡した。

16　謎の報酬

元工場長の武政富美男と生田目メガテクノとは密接な関係があったようだ。生田目メガテクノの東京営業所のような意味合いで武政産業は設立されていた。古い建物とはいえ、土地家屋の買収資金は生田目メガテクノから出資されていた。しかし、名義はすべて武政富美男になっていた。

「通常ではありえないですよね」

高尾が大森警察署から送られてきた報告書を読みながら言った。何億円という金を武政にくれてやったようなものだ。いくらワンマン企業とはいえ、こんな強引なことができるのだろうか。裏に何かが隠されているのだろう。しかし、汚れた池を水面から眺めているようで、下田には水底に何が沈殿しているのかまったく見えない。

それに気になるのは毎月二百万円もの大金が、武政産業の口座に振り込まれていることだ。仕事を受注、製品を納入したその報酬であれば問題ない。しかし、武政産業はほとんど仕事をしていない状態で、毎月定期的に生田目メガテクノから振り込まれてきている。

スーパー遠州灘の屋上人質籠城事件はＳＵＭＩＲＥともう一人ＢＪと呼ばれるミュ

ージシャンが、拝島紗香と勇と入れ替わってから新たな展開をみせている。

ＳＵＭＩＲＥとＢＪが人質になった翌朝、アサド・カーンは四人分の朝食を要求してきた。金山の健康状態が心配だ。下田は警備員室の固定電話に連絡を入れ、金山の診察、治療をしたいと提案してみることにした。

アサド・カーンが出た。

「医者はいらない」

電話はすぐに切られた。

ＳＩＴは待機中でいつでも強行突入できる状態だ。しかし、ＳＵＭＩＲＥが人質になり、事件は全国民が注視する事態に発展した。ＳＵＭＩＲＥが負傷するような強引な作戦は控えざるをえない。

しかし、金山を診察した医師、そして拝島紗香らの証言を総合すれば、金山の体力が限界に来ているのは明らかだ。これ以上、事件を引き延ばすことは許されない。山科署長からは、いつ突入するか、その判断をいつ下すのか、福島次郎を聴取している峰岸の報告が上がった段階で決めると連絡があった。いずれにしても一両日中に大きな動きがあるのは確かだ。

峰岸は健康チェックが終わった福島からアサド・カーンが左手を失った経緯、そしてその後のトラブルについて事情聴取を開始していた。

天竜区にある浜松市立天竜病院に福島次郎は入院していた。蚊や毒虫に刺され、その部分が化膿し、いくつもの傷から膿が滲み出ていた。しかし、それ以外は、何の問題もなかった。

アサド・カーンの事故については労災申請し、労災と認定されている。しかし、労災申請を生田目社長は嫌ったふしがある。福島はそうした生田目社長の意向をくんで、申請に消極的だったと想像される。

薬によって痒みと膿んだ傷の痛みから解放された福島は、峰岸が来るのを待っていた。拘束され、山中に一週間も放置されていた恨みを晴らしたいのだろう。

峰岸の顔を見るなり言った。

「ハリーナと渡部は、逮捕できたんですか」

「全力を挙げて行方を追っています」

峰岸はそう答えたが、実際には捜査に着手はしていなかった。浜松南警察署の捜査員の数にも限界がある。ハリーナと渡部の行方を追うより、スーパー遠州灘の人質籠城事件を解決することの方が先決だ。

「アサド・カーンが左手首を切断した時、労災申請するなって、社長が周囲にあたり散らしたという話があるが、労務担当のあなたはそれにどう対応したんだ」

「確かに社長からそう言われた。工場内で起きた事故全部を労災扱いにしてもいいのかという思いは、俺にもずっとあった。どう考えても事故というよりも、事故に見せかけてわざとやったようなケースもあるんだ」

「アサド・カーンもそうしたケースに当てはまるということか」

「少なくとも生田目社長はそう考えたから、労災申請は慎重にやってくれと言ってきたんだろうと思うよ」

しかし、福島に捜査権があるわけではない。労災であるかどうかの最終認定は、労働基準監督署の仕事だ。

「それであなたはアサド・カーンの労災申請を怠ったというわけか」

「そんな言い方をするのは止めてもらえるか。俺はただ社長の指示に従っただけだ」

「では聞こう、生田目社長からはどんな指示があったんだ」

「最終的には社長に聞いてほしいが、俺には労災扱いにしないで、内々に処理しとけと指示があった」

「それでアサド・カーンの事故を単なるケガ程度にして、見舞い金で済まそうとしたわけだ」

「あんたたちは外国人労働者の働く現場を知らないから、そんな能天気なことを言っていられるんだ。実際、故意に起こした事故はたくさんあるんだ」

「それならそれで、偽装事故として労働基準監督署に事実を伝えることもできるし、詐欺事件として告発することだってできただろう」

生田目メガテクノが労働基準監督署に事実を伝えたこともなければ、警察に詐欺事件として告発したことなど、一度もなかった。

「アサド・カーンの件は明らかに事故なのに、生田目社長の意向とはいえ、労災申請しなかったことが、今回の人質籠城事件の発端ではないのか。第一、アサド・カーンは来日して二年目に事故に遭遇している。あと二年間働けるのに、わざわざ自分で事故を起こす必要性はないだろう」

それ以前からも生田目メガテクノでは労災事故が多発していた。改善命令が出されていたが生田目社長はまったく無視してきた。これ以上放置しておくと社会問題化し、労働基準監督署の責任さえ追及されかねない。そうした時にアサド・カーンの事故が起きたのではないか。

「どうしてアサド・カーンは労災扱いになったんだ」

「あのウルセージいさんが社長に労災申請するように、脅しをかけたんだよ」

「誰だ、そのウルセージいさんとは」峰岸が聞いた。

「金山のオッサンのことだ。あのじいさんが出しゃばってきたんだ」

「金山が何をしたというんだ」

すでに定年退職し、嘱託として働いていた金山には何の権限もなかったはずだ。

「そんな細かい事情は俺にだってわからない。あのオッサンが社長に労災申請をして、きちんとした対応してやらなければだめだと進言したんだ」

「それで？」

「そうしたら、悪いのは俺だということになり、生田目社長から怒鳴られまくり、すぐに労災申請をしたよ」

その結果、アサド・カーンは労災の認定が下りた。しかし、片手で働ける場が生田目メガテクノにはなかった。アサド・カーンは社長に生田目メガテクノで働きたいと訴えた。生田目社長は、日本語がもう少し上達すれば、外国人技能実習生の新人研修のスタッフとして迎え入れることは可能だと答えた。

「生田目社長は、そう答えたことなど忘れていたと思うよ。アサド・カーンは一年間必死になって勉強し、日本語検定二級試験に合格して戻ってきた」

どんな対応を生田目がしたのか想像がつく。けんもほろろに追い返されたのだろう。

「社長も俺も、アサド・カーンはバングラデシュに帰国したとばかり思っていた」

アサド・カーンが在留期限が切れているにもかかわらず、日本に不法滞在しているとわかったのは、今年に入ってからだった。

生田目メガテクノは毎年決まった人数の実習生を採用していた。新たに採用した実習生の中にハリーナ・カーンがいた。

「しばらくして彼女がアサド・カーンの妹だとわかった」

「あんたはアサド・カーンの妹だとわかって、彼女を愛人にしたのか」

福島のろくでもなさに胃液が逆流してくるようだ。

「大人の関係だ。実習生を愛人にしたっていうが、すべて合意の上だ。法律的に問題になるわけでもなかろう」

殴りかかりたくなるような衝動を峰岸は懸命に抑えた。

「どうして妹だとわかったんだ」

「兄がバングラデシュに戻ってこない。生田目メガテクノにくれば、兄に会えると思って来日したという説明だった」

「それであんたはなんて答えたんだ」

「俺は会社に残っている記録の通り答えたよ」

アサド・カーンは来日一年後に大きなケガをして左手首を失った。労災認定され、労災保険が下りている。会社としても可能な限りの見舞い金を支払った。その後、退社し、もう一度働かせてほしいと一年後にアサド・カーンは姿を見せた。しかし、アサド・カーンに働いてもらえる職場が生田目メガテクノにはなかった。

その後、アサド・カーンの姿を見たことはない。故郷のバングラデシュに帰国したと思っていた。

福島が事実を語っているとは思えないが、問い質したところで事実を証言するようなタマではない。

「本題に入ろう」

峰岸は天竜区の山中に置き去りにされるまでの経過を聞いた。

「あんた、ハリーナにマンションを借りてやり、給料以上のお手当てを出していたんだろう。それなのに何故あんなひどい裏切りに遭うんだ」

「刑事さんもそう思うだろう。タチの悪い外国人の女にひっかかったとしか俺には思えない。運が悪かったんだ」

福島には皮肉というものが理解できないらしい。兄を探しに来日した妹を、何の抵抗もなく愛人にしている。妹も来日するためにチケット代など大きな代償を払っているはずだ。そうした実習生の頬を札びらで叩くような真似をしている。恨まれるのは当然だろう。

「ひっかかったのはわかったよ。でもどうしてあんな山奥に手錠でつながれていたんだ。もし殺すつもりだったら、食料も水も用意しておかなかったはずだ。あんたを生かしておいたのは、何故なんだ」

「あの女は助かりたければ、自分で手首を切り落とせとカッターナイフを置いていきやがった。東京の武政さんと同じような死に方をすればいいと思ったんだろうよ。自分で手首を切れば殺人にはならないからな」

「他人が事故で手を失っても平気だが、あんたは自分で手首を切り落とすなんて最初からできないと思っていたから、あれだけの水と食料を積んでいたのと違うか」

「あの狭い車の中で昼間は暑さに苦しみ、夜は蚊と虫に襲われて眠れない。水と食料が尽きるまで苦しめばいいと思っていたんだろうよ。それが尽きれば餓死だ」

「あんた、自分が憎まれているくらいはわかっているんだろう。俺が聞きたいのは何でそんなに憎まれているのか、その理由だ」

福島は擦れ違いざまに横っ面を突然叩かれたような顔に変わった。それからは峰岸が何を聞いても「わからない」としか答えなかった。


娘の拝島紗香、孫の勇が解放され、生田目豪は世間の批判などまったく気にしていないのか、警察の捜査を激しく批判するようになった。自宅前に詰めている記者に、拝島紗香と勇の二人がＰＴＳＤに苦しんでいる状況を明らかにし、何故もっと早く解放にこぎ着けることができなかったのか、警察の手ぬるさを詰(なじ)った。下田は生田目の発言にうんざりしていた。

生田目豪が急に活気づいたのは二人の解放もあるが、天竜区の山中に監禁されていた福島次郎が、山菜採りにやってきた老夫婦によって発見されたことも大きく影響しているようだ。

福島はアサド・カーンの妹ハリーナ、そしてその恋人の渡部宏によって拉致された。渡部がハリーナに思いを寄せていたのは、社内ではほとんどのスタッフが知っていたようだ。渡部は純朴な青年で、ハリーナに操られて犯行に及んだと、社内ではそう思われていた。

福島には左手首を切り落とせとカッターナイフがハリーナから与えられた。犯行の動機は、アサド・カーンが事故で左手を失ったことに対する恨みで、その恨みを晴らすために兄と妹の二人で拝島紗香と勇を誘拐し、福島を山中に監禁した。生田目メガテクノの社員も、そして世論もそう考えているのだろう。

その世論を背景に生田目豪は警察に対する恨み辛みを報道陣に言いたい放題だ。

「遠巻きにしていても事件は解決しない。金山さんの健康状態も心配だ。紗香の話では、ずっと寝たきりになっているようだし、事件をこれ以上放置しておくのは法治国家としては許されない。少々強引でも突入して、全面解決をはかるべきだ」

拝島紗香、勇の二人を解放するためにＳＵＭＩＲＥとＢＪの二人が自ら進んで人質になっている事実を、生田目豪はまったく考えもしないで好き勝手にマスコミにしゃべりまくっていた。

報道陣もあまりにも身勝手な生田目の発言に、ニュースで流すのを控えるようになってきた。それでも生田目は時折自宅から出てきて、警察を煽るような発言を繰り返した。こうした生田目の発言に怒りを覚える記者も少なくないのだろう。

「生田目社長、あなたは口を開けば突入しろ、早期解決だとおっしゃるが、あなたのお嬢さんや孫の代わりに人質になったＳＵＭＩＲＥや、彼女のミュージシャン仲間に危害が加えられたり、あるいは負傷したりする事態になったらと思うことはないのですか」

記者の質問には明らかに非難の思いが込められている。

「あの二人には感謝していないわけではない。事件が解決すれば、それなりの対応をさせてもらうつもりだ。だがよく考えてみてくれ、人質になってくれと俺たちが頼んだわけではないからな。自己責任ということだってあるだろう。それに今回の事件でＳＵＭＩＲＥは好感度が増しただろうし、もう一人の無名のベース奏者だって知名度が上がったはずだ。それなりにメリットがあるから、人質になったのと違うか」

こうした趣旨の発言を生田目豪は平然と報道陣に繰り返した。生田目メガテクノという小型船舶の部品を製造する会社で、一般には馴染みの薄い会社だ。そうしたことから生田目は世論の動向などほとんど気にしていないのだろう。生田目の発言に、生田目メガテクノのホームページには非難のメールが殺到し、ホームページは閉鎖に追い込まれていた。

事件発生から一週間。生田目豪の警察批判に煽られたわけではないだろうが、山科署長から現場で指揮を執る下田に連絡が入った。

山科署長からの指示は、下田が屋上に上がり、犯人と一度直接交渉し、投降を呼びかけるというものだった。

アサド・カーンがその交渉に応じなければ、県警はＳＩＴを投入し、強行突入を実行するという決断を下したのだろう。そうなれば負傷者が出るのは確実だ。現段階では精神的なダメージを拝島紗香と勇が負った可能性はあるが、それ以外の負傷者は出ていない。

浜松南警察署は一人も負傷者を出さずに、粘り強い捜査を進めてきた。このまま負傷者を出さずに事件を解決に導きたい。その重大な責務を下田が負ったことになる。

交渉は夕飯の差し入れ時に試みるしかない。それまではメールでやりとりをしていたが、その晩は固定電話に下田が電話を直接入れた。

午後七時過ぎ、いつもメールを送信している時間に下田は警備員室の固定電話に電話した。すぐにアサド・カーンが出た。

相手から特別なメニューを要求されたことはない。警察側がメニューを提示すると、それでいいという返信があるだけだった。

「晩飯を差し入れたい。ＳＵＭＩＲＥさんの希望を聞いてくれないか」

　下田の声に「ちょっと待って」と返事があり、「代わりました」とＳＵＭＩＲＥが直接電話口に出た。下田は夕飯の希望を聞いた。

「私は何でもかまいません。金山さんがかなり衰弱しているので、おかゆを用意してもらうわけにはいきませんか。それと水分補給用のスポーツドリンク、氷、解熱用の冷却材もお願いします」

「わかりました」

　金山の衰弱がかなり進行しているのだろう。

　ＳＵＭＩＲＥから要求のあったものは三十分で用意できた。下田は再び固定電話を呼んだ。

「ＳＵＭＩＲＥさんから要望されたものは用意できた。エレベーターを下げてほしい」

「わかった」

　と、答えてアサド・カーンは電話を切ろうとした。

「待ってくれ、話したいことがある」

　下田はアサド・カーンに電話を切らないように頼み込んだ。

「話すことない」

「そちらにはなくても、こちらにはあるんだ。武器も持たないし、私一人で行くから……」


ここまで説明すると、アサド・カーンは「少し待って」と言った。

誰かと話をしているようだ。待たされたのは二、三分ほどだった。

「わかった。一人で来るなら会うことにする。もし約束が破られれば、まずSUMIREを刺す」

「約束は守る。エレベーターを下げてくれ。食事を持って屋上に上がる」

下田にはアサド・カーンが警察の提案を簡単に受け入れたのが意外だった。それは山科署長も同じで、想定外のようだった。

「SITを使わないで解決できればそれに越したことはない。うまく説得できるかどうか、頑張ってみてくれ」

山科署長からそう激励された。運ばれてきた食事は四つのトレイに載せられ、その他にもスポーツ飲料、ジュースのペットボトルが五本あった。それに氷、解熱冷却材もその横に置かれていた。

屋上に着き、エレベーターの扉が開くと目の前にアサド・カーンとSUMIREが立っていた。アサド・カーンが持っていたのはサバイバルナイフではなく缶ビールだった。

「ご心配をおかけします」

真っ先にＳＵＭＩＲＥが頭を下げ下田を迎えた。アサド・カーンは下田には目もくれず、エレベーターに乗り込むと停止ボタンを押し、ドアレールの上に缶ビールを置いた。下田が武器を持っているかどうかなど、調べようともしない。

ＳＵＭＩＲＥはおかゆが運ばれてきたことにすぐに気付いた。

「ありがとうございます」

ＳＵＭＩＲＥが下田に礼を述べると、おかゆが載ったトレイを持って警備員室に運んだ。アサド・カーンはスポーツドリンク、氷、解熱冷却材を持って警備員室に走り込んだ。下田はまったく予期していない事態に、エレベーターを降りたところで立ちすくんでいるしかなかった。

警備員室からＢＪも出てきた。エレベーター内にはトレイが三つ、ジュースがまだ残っていた。

「刑事さんも運ぶのを手伝ってよ」

ＢＪがトレイを持ち、同じように下田もトレイを一つ持ち、後につづいた。警備員室からアサド・カーンが出てきて言った。

「残りは私が運びます」

下田は警備員室の中に入った。警備員室の中はエアコンが効いているが、下田には蒸し暑く感じられた。奥まったところに毛布が敷かれ、その上に金山が横になり、毛布が掛けられていた。額には濡れたタオルが置かれていた。スポーツドリンクは脱水症状が出ている金山に飲ませるためのものであり、氷、解熱冷却材は金山の体温を下げるためのものだったようだ。

サバイバルナイフが机の上に放り投げてあった。すぐに模造品だと下田にはわかった。

金山の衰弱ぶりは想像以上に進んでいた。まどろんでいたようだが食事が運ばれてきたのがわかったのか目を開け、上半身を起こした。

「これなら少し食べることができるでしょう」

ＳＵＭＩＲＥはおかゆの載ったトレイを金山の横に置き、土鍋から茶碗におかゆを移し、金山に食べさせた。金山はおかゆと冷たいスポーツドリンクを交互に口に運んだ。しかし、おかゆは茶碗の半分も食べなかった。

「話って、なんだ」

アサド・カーンが下田に尋ねた。

「話は後でゆっくりしよう。冷めないうちに食事を摂ってくれ」

下田は食事をするようにアサド・カーンに勧めた。

アサド・カーンは下田をまったく警戒していないのか、その晩のメニューの焼き魚定食をあっという間にたいらげた。

「俺もいただくことにする」

ＢＪも食事を始めた。ＳＵＭＩＲＥもＢＪも、アサド・カーンに対して恐怖感を抱いているようには思えない。むしろ数年来の友人のような雰囲気さえ漂わせている。いったい何が起きているのか、下田にも判断がつかなかった。

食事を終え、アサド・カーンが言った。

「話を聞こう」

「いつまでもこうして人質を取って籠城していても、何の解決にもならないのは君自身にもよくわかっただろう」

「解決はしないが生田目メガテクノがひどい会社だというのはみんなにわかった」

「それで君の目的は達成されたのか。達成されたのなら、人質を解放し、自首してくれないか」

「それはできない」

「どうしてだ」

「目的がまだ達成されていないからだ」

「二十三年前の遺体のことか」

「そうだ。生田目社長が事実を話せば人質を解放するし、私も自首する」

「天竜区で発見された遺体だが、君とどんな関係があるんだ。遺体が発見された当時、君はまだ子供で、バングラデシュにいたはずだ」

「実習生や日系人を使う会社の社長、全部が悪い人ではない。いい日本人もたくさんいる。生田目社長、本当に悪い人。天竜区の遺体はすべてを知っている」

「生田目社長は何も知らないと言っている」

「それは大嘘です。生田目社長と武政、この二人がすべてを知っています。だから武政が殺されました」

アサド・カーンが武政の名前を出したことは驚きだった。

「殺されたって、誰に殺されたというのか」

「それも生田目社長が知っている。私は二十三年前の出来事を生田目社長がすべて明らかにしない限り、屋上から出るつもりはない。話はこれくらいでいいでしょう」

アサド・カーンは話し合いを打ち切ろうとした。

「では金山さんだけでも解放してくれないか」

アサド・カーンは何も答えず沈黙した。響きのない重苦しい沈黙がつづいた。

眠っていたと思っていた金山が寝たままの状態で、下田に話しかけた。

「私のことなら心配しなくてもかまいません。二十三年前の天竜区の遺体について、もう一度捜査をしてみてください。何か新しい事実が見つかるかもしれません」

金山の声はかすかに聞き取れる程度で、今にも消え入りそうだ。

「一刻も早く解放して、病院で治療を受けさせるべきだ」

下田は怒鳴るような声でアサド・カーンに言った。

「今アサドさんが言ったように、生田目社長が知っている事実を語ってくれれば事件は解決すると思います。どうかこの場はこのまま引き下がって、生田目社長を説得していただくわけにはいかないでしょうか」

ＳＵＭＩＲＥが下田に言った。

「俺もＳＵＭＩＲＥも、こんなところで事件に巻き込まれてケガなど負いたくない。ここにきてからずっと刑事さんが今言ったようなことをアサド・カーンに言いつづけてきた。金山さんの症状が思わしくないのはアサド・カーンも十分わかっている。何とか説得して、このまま静かに事件を解決したいと思っている。だから荒っぽいことなどくれぐれもしないように」

ＢＪが下田の胸の内を見透かしているように言った。

17　殺人容疑

浜松南警察署からの連絡によれば、金山剛の衰弱がかなり進んでいるようだ。しかし、金山は六月八日夜に武政産業を訪れている。その後、スーパー遠州灘の屋上駐車場にはローテーション通りに出勤している。人質になったことで急激に体力が落ちていることが想像できる。

だからと言って、金山にかけられた武政殺人の容疑がすべて払拭できたわけではない。スーパー遠州灘人質籠城事件で金山が警備員室に監禁されるまでの六日間、金山が何らかの方法で上京していないか確認を取る必要がある。

浜松警備保障から金山の勤務日誌を送らせ、六日間の勤務終了時間を調べた。午後四時から午後十一時までの夜間勤務だった。勤務が終わった頃には、最終の新幹線は出てしまっている。車の可能性もある。夜間なら車で浜松と東京の間を往復することは可能だ。しかし、金山は妻の死後、車で思い出の地を訪ね歩いたようだが、かえってつらくなると車を手放していた。だがレンタカーを利用した可能性もある。

勤務前に昼間、ＪＲを使って東京に出てくるなら、前回同様大森駅で降りてタクシーに乗るだろう。

始発から午後三時までの大森駅改札口と駅前タクシー乗り場の防犯カメラがチェックされた。武政産業近辺のコンビニ、コインパーキングの防犯映像も調べる必要がある。

防犯ビデオを見るのは小早川と斉藤に割り振られた。他の捜査員は武政産業に出入りした人間がいないか、梅雨時の蒸し暑い中、周辺工場で働く従業員一人ひとりに聞いて回っていた。武政は周囲の町工場経営者を根っから馬鹿にしていたせいか、交流らしい交流を持っている経営者は皆無だった。当然、それらの工場で働く従業員と交流があるはずがない。それでも捜査員は重い足をひきずりながら丹念に聞き込みを行っていた。

靴底を擦り減らし、二足一万円のウォーキングシューズもすぐにビーチサンダルのようになってしまう。聞き込み捜査は体力勝負だが、防犯カメラが捉えた映像のチェックは忍耐勝負だ。

防犯カメラに金山の映像があるとすれば、大森駅改札口とタクシー乗り場が濃厚だ。小早川と斉藤はまずその二箇所の防犯ビデオをチェックしてみることにした。小早川は大森駅改札口の映像を、斉藤はタクシー乗り場を見ることにした。

持ち込まれた映像を通常の再生スピードで見ている余裕などない。金山の写真や動画がインターネット上には流れている。その姿を頭に刻み込み、動画を早送りで見ていく。少しでも似ているような人間を見つけると、停止ボタン、巻き戻し、そして再生ボタンを押した。そうしながら金山と思われる人間を探し出すのだ。

小早川も斉藤もリモコンスイッチを握りしめながら映像を見ていく。しかし、六月八日以降、浜松から上京したという形跡はなく、金山が武政殺しに関与していないという確証を得るために、膨大な時間の防犯映像に目を通しているに過ぎない。

ずっとモニター画面を見つめていると、ドライアイになるのか涙が自然と出てくる。目薬をさしては、再び映像を見つめるという、気の遠くなるような同じ作業の連続だ。無駄な時間を過ごしているような気分になるが、金山が再度上京していないということが明確になれば、武政殺しの容疑者から金山を外すことができる。こうした一見無意味、無駄と思われる作業の繰り返しによって、犯人は絞り込まれていく。

朝からほとんど休憩もせずに防犯映像を見つづけた。梅雨空の中を、武政産業周辺の工場やその近辺に住む住民の聞き込み捜査に比べれば、はるかに楽な仕事だ。休憩などしていたら、他の捜査員に申し訳ないような気分になってくる。

昼過ぎ、さすがに空腹を覚えた。

「少し休みませんか」

斉藤がリモコンの停止ボタンを押して、小早川に話しかけてきた。

「昼飯にでもするか」小早川が答えた。

警察署から出て、外で食事を摂りたい。しかし、のんびりと昼食を摂っている時間はない。二人は大森警察署の近くにあるラーメン屋に向かった。仕事が終わった後、時々立ち寄ってギョーザをさかなにビールを飲む店だ。

二人はここでラーメンを注文し、食べるというよりも胃に流し込むようにしてあっという間にたいらげた。大森警察署に戻るとすぐに防犯映像の再生に取りかかった。

それからは休むことなく夕方の六時頃までモニターを見つづけた。目薬をいくらさしても、二人の目は夕方には真っ赤に充血していた。聞き込みに回っている捜査員はまだ大森警察署に誰一人として戻ってきていない。

映像チェックを適当に切り上げて、帰宅するわけにはいかない。さらに映像を再生した。捜査員が戻り始めたのは夜の八時過ぎだった。トイレに立つ以外はずっとモニターの前に座りつづけた。

隣に座る斉藤が頻繁にリモコンをいじくり回している。

「先輩、私の思い違いでしょうかね」

「なんだ」小早川はモニター画面を見ながら返事をした。

「そっちの映像を停止してこちらを見てくれませんか」

タクシー乗り場に設置された防犯カメラに映る人間の数は、大森駅改札口の防犯カメラに捉えられた乗降客数よりはるかに少ない。斉藤は巻き戻しながら六月十一日午後八時七分の映像を出した。

「違いますかね」斉藤には確信が持てなかったのだろう。

小早川が席を立ち、斉藤の背後に立つと、斉藤は映像をさらに三十秒ほど巻き戻した。濃い茶系統のズボンとジャケット、その下には濃紺のポロシャツを着込んでいる。顔を半分覆うマスクをかけていた。

その男の前には二人並んでいるだけで、次から次に入ってくるタクシーに乗り込んでいく。三人目の男が似ている。

「巻き戻してもう一度見せてくれ」小早川が斉藤に言った。

「わかりました」

斉藤が巻き戻し、再生した。

「やはり似ているでしょう」

顔はマスクで確認できない。しかし、小早川も似ていると思った。マスクした男の体形は生田目豪にそっくりだ。

小早川はさらに再生させた。

「タクシー会社がわかるところで止めてくれ」

タクシーのルーフに取り付けてある社名表示灯が映ったところで斉藤が停止ボタンを押した。

「平和島交通ですね」

小早川は大森駅改札口の防犯映像を早送りにして、十一日午後七時五十分から再生した。同じ人物が八時二分に改札口を出てくるのが確認できた。

「行くぞ」

小早川は駐車場へと走った。日付と時間はわかっている。大森駅前から乗せた乗客をどこまで運んだのか、平和島交通の営業所にいけばすぐに判明する。

平和島交通の営業所は京浜運河沿いにあった。それほど広い敷地ではなく、立体式の駐車場になっていたが、ほとんどの車が出払っていた。営業所には客からの電話に対応するスタッフが三人ほどいて、窓際に置かれた机でパソコンに向かいながらしきりにキーボードを叩いていたのが、その晩の責任者の宮越だった。

小早川は六月十一日午後八時七分に大森駅前から乗せた客をどこまで運んだかを知りたいと伝えた。緊急を要することがわかると、宮越はやりかけの仕事を中断し、パソコンのキーボードを叩き始めた。

「乗務の開始及び終了の地点及び日時、並びに主な経過地点及び乗務距離」などを記載した乗務記録は一年間の保存義務がある。

記録はデジタル化されているようで、大森駅前で客を乗せたタクシーはさほど時間をかけずに特定することができた。

「八時八分に実車になっていますね」宮越がモニターを見ながら答えた。

「下車したのは、大森二丁目交差点付近で、時刻は八時二十二分になっています」

町工場が密集している地域だ。武政産業もこの地域にある。

運転手もすぐに判明した。

「大熊は明朝の勤務に備えて今頃熟睡しています。業務連絡を残しておきますので、できることなら聴取は明日勤務に入ってからにしてもらえますか」

小早川は明朝午前五時に平和島タクシーの営業所にくるので、事情聴取に応じるように伝えておいてほしいと宮越に言い残して、大森警察署に引き上げた。

翌朝、午前四時半には平和島交通の営業所に二人は着いていた。勤務を終えたタクシーが午前三時頃から続々と営業所に帰ってくる。ドライバーたちは車内の清掃をして、洗車。交代のドライバーにタクシーを引き継げるような状態にしてから、営業所事務所でその日の売上を精算し、乗務記録を提出する。

小早川、斉藤が営業所に着いた時、大熊は車で出勤してきたばかりだった。すでに宮越から連絡を受けていたようで、タクシー乗務前に事情聴取を受けることに同意してくれた。宮越が営業所内に設けられた小さな会議室を用意した。

大熊は五十代半ばのベテラン運転手だった。

「お役に立てるかどうかわかりませんが、覚えていることはお話しします」

物腰の柔らかい印象を受ける。ドライバー歴も長く客の扱いもうまいのだろう。刑事が早朝に事情聴取にやって来たのだ。どんな事件がらみなのか、興味を抱いて普通なら聞いてくるが大熊はそうした質問はいっさいしてこなかった。ベテランドライバーはそんな質問をしても刑事が答えるはずがないというのを十分知っているようだ。

小早川が六月十一日午後八時過ぎに、大森駅前から大森二丁目交差点付近まで運んだ客について覚えていることがあったら教えてほしいと伝えた。

「あの恐いお客さんのことですよね」

大熊が確かめるように小早川に尋ねた。大熊は客のことを記憶している様子だ。小早川はそれには答えず、乗せた客の格好を記憶しているかを確かめた。

「着ていたものまでは覚えていませんが、大きなマスクをかけていたことだけは覚えています」

大熊の証言は信憑性があると判断した。

「先ほど恐いとおっしゃっていましたが、何かそれらしい出来事があったのでしょうか」

「恐いというほどではありませんが、目的地を聞いた時の答え方が乱暴でした」

「というと……」

「お客様がご乗車になれば、当然行先をおうかがいします。マスクをかけたお客様は大森二丁目の交差点と言っただけで、それ以上の説明はありませんでした。それで二丁目交差点でいいのか、その付近のお家を訪ねられるのか、それを聞いただけなのですが、マスクのお客様は黙って交差点まで行けばいいんだと、大きな声で怒鳴ってきたので、それで覚えているんです。マスクをした上、低くくぐもった声なので、迫力があって……」

「実際にはどこで降ろされたんですか」

「大森駅方面から行くと、大森二丁目の交差点を渡り切って、五十メートルほど行ったところです」

「車の中でマスクを外すことはなかったのでしょうか」

「バックミラー越しに、お客様の姿を見ていますが、乗車時間も十五分程度で、マスクを外すことはなかったと思います」

大熊はマスクの男の素顔までは確認していなかった。

早々と大熊の聴取を終え、二人はそのまま品川駅に直行した。マスクの男が生田目豪なら新幹線を使った可能性はある。浜松から品川まで新幹線を使い、品川から京浜東北線を使って大森に行った可能性が濃厚だ。東京駅に降りた可能性もあるが、最初に品川駅の防犯カメラをチェックする必要がある。

品川に着いた時間は不明だが、大森駅で八時二分に姿が捉えられていることを考えれば、午後七時台の新幹線で品川駅に降り立ったと思われる。

　捜査員を増やして東京駅、品川駅の防犯カメラを同時にチェックしたいが、それだけの余裕はない。小早川と斉藤は品川駅の新幹線上りホームを撮影した防犯カメラをチェックした。

　上り線のホーム、階段と設置個所はいくつもあったが、見るのは七時台の一時間だけで、大森駅改札口とタクシー乗り場の二箇所の防犯映像チェックほど困難ではなかった。すでに生田目と思われる人物の姿はタクシー乗り場の防犯映像で確認済みである。小早川と斉藤は大きなマスクをかけている乗降客を重点的にチェックした。

　マスクをかけた人物を発見したのは小早川だった。プラットホームから階段を早足で降りてくるマスクの男が確認された。防犯映像のカウンターは午後七時三十六分を指している。

　ひかり四七六号東京行きが午後七時三十三分に品川に到着している。

「ひかり四七六号で、生田目が大森駅までは確実に来ていることははっきりしましたね」

　斉藤が驚きの声を上げた。

　防犯映像に映っている男が生田目豪と証明されたわけではないが、体形、歩き方から判断すると本人であることは間違いないだろう。

生田目が武政産業を訪れていたかどうかまではっきりしていない。たとえ生田目が武政産業を訪れていたとしても、生田目が犯行に及んだとは言えない。第一、生田目には武政を殺さなければならない動機が見当たらない。土地家屋の買収は生田目メガテクノが資金を提供している。生田目メガテクノから一時期は仕事が発注されていた。生田目豪が夜遅く武政産業を訪れたとしても不自然さはない。

生田目がその日、武政産業を訪れていたかどうか。防犯映像に映っている男が本当に生田目かどうかの確認は、浜松南警察署に依頼するしかない。

アサド・カーンに人質の解放と投降を呼びかけたが、下田はその説得に失敗した。警備員室の内部の様子は詳細に見ることはできた。ＳＩＴを投入しなくても、捜査員五、六人がなだれ込めば、現場は制圧できるだろう。サバイバルナイフも模造品だったし、机の上には電動ノコギリもなかった。金山の症状は重篤で、現場から連れ出すには担架が必要だろう。

屋上から戻り機動隊のバスに帰ってくると、山科署長が待っていた。下田の報告を聞いた上で、山科署長はＳＩＴを投入するつもりなのだろう。下田はやはり犠牲者を出さないで事件を解決に導きたいと思っていた。警備員室の状況を詳細に説明した。

下田は自分が覚えた現場の違和感を山科署長に伝えた。

下田はＳＩＴ投入の決定を山科署長から告げられるとばかり思っていた。

「ＳＩＴ投入はしばらくの間控える」

山科署長の口からは予期していない言葉が漏れてきた。

「これを再生してくれ」

バス車内に待機していた高尾に山科署長はＤＶＤを渡した。高尾はバスの中に置かれているパソコンにＤＶＤを挿入して再生した。

「何ですかそれは」下田は訝る思いを抑えながら聞いた。

「私もまさかと思ったのだが、この映像を見てＳＩＴを投入する作戦は待った方がいいと思い直したんだ。大森警察署から送ってきた映像で、生田目社長が武政産業を訪れているのがわかった」

山科署長は大森警察署からの情報を下田に説明し、浜松駅新幹線乗り場に設置された防犯カメラの映像をすでに集めていた。

「結論から先に言うと、そんな格好をした乗客が浜松駅から上りの新幹線に乗車した映像は見つけられなかった。しかし、浜松駅での防犯映像を調べられると前もって認識していれば、違う駅から乗車したことも考えられる」

「武政殺しに生田目社長が絡んでいるとお考えですか」下田が尋ねた。

「大森警察署はそう見ている」

「殺しの動機は？」

「武政産業設立の経緯は極めて不自然で、工場買収の資金は生田目が全額出している。しかし、不動産の名義は武政、しかも毎月二百万円もの大金が武政の口座に振り込まれている。カネがらみで何らかのトラブルがあったのではないかと、大森警察署は踏んでいるようだ」

天竜区の遺体、スーパー遠州灘屋上の人質籠城事件、そして武政富美男惨殺事件、さらに福島次郎の誘拐監禁、何本もの糸が複雑に絡みこんでしまい、どこから解きほぐしていったらいいのか、下田は必死に考えているのだが、何も浮かんでこない。

「十一日夜の生田目のアリバイはどうなっているんですか」

「それを君に確かめてほしい」

これまでの経緯を考えれば、マスクの男は自分だと生田目豪が簡単に認めるとは思えない。マスクの男が本人だとするなら、十一日のアリバイはなおさら隠そうとするはずだ。

「大森警察署は何と言ってきてるんですか」

「警視庁の科学捜査研究所に映像の分析を依頼して、マスクの男が生田目と同一人物だと割り出すまでに数日かかるようだ。そんな時間はないので、生田目の指紋をパクッてくれと……」

「随分乱暴なことを要求してきますね」

非合法の指紋採取など裁判になれば証拠として採用されない。しかし、今は裁判のことよりも、一刻も早く事件の背後に潜む謎を解き明かす必要性に迫られている。

現場は山科署長に任せ、下田と高尾は生田目の家に急いだ。

二人が来たことがわかると、生田目家のお手伝いさんに前回と同じ応接室に通された。廊下から相撲取りが走ってくるような音がした。生田目がドアをノックもせずに入ってきた。

「事件は解決したか」

下田と高尾の疲れ切った顔を見て、察したのだろう。

「まだなのかよ」と吐き捨てた。

応接室のドアを閉める前に大声でお手伝いさんに言った。

「冷たいものを持って来てくれ」

すぐにお手伝いさんが缶ビール三つ、ミネラルウォーターのペットボトル三本、コップ六つをトレイに載せて運んできた。

生田目は記者の取材を受ける時、飲み物を提供しながら取材に応じているのだろう。

「どれがいい」生田目が聞いた。

「では水をいただきます」下田が答えた。

「君はどれがいい」生田目が高尾に確かめた。

「私も水をいただきます」

生田目はペットボトルの上部を左右の手で握ると、一本ずつセンターテーブルの上に置いた。下田も高尾もペットボトルの蓋を開け、喉を鳴らしながら半分ほど飲んでセンターテーブルの上に置いた。

目の前の生田目はプルトップを引き抜き、冷たいビールを一気に飲んでしまった。

「今日、おうかがいしたのはスーパー遠州灘の事件ではなく、大森警察署の方からの照会事項があって、その件でお邪魔しました」

「大森警察署?」

意外だといった表情を浮かべ、生田目は二本目の缶ビールのプルトップを引き抜いた。

「ご承知だと思うのですが、前工場長の武政さんが残忍な方法で殺されていました。大森警察署が捜査に当たっていますが、六月十一日の夜、生田目社長に似た人を武政産業の近くで見かけたという人が複数いたこともあって、それで当日の行動を聞いてほしいと連絡がありました」

下田は手の内をそっくり生田目に見せた。

「十一日の夜か、少し待っててくれ。書斎から手帳持ってくる」

生田目は廊下に足音を響かせながら書斎に走っていった。手帳を手にして戻ってきた。

「えーっといつだっけ」改めて生田目が聞き返した。

「六月十一日の夜です」

生田目が手帳を開いた。

「この日は大阪の取引き先と今後の打ち合わせがあり、夜は新大阪駅前のMホテルに宿泊しているぞ」

「二時間もあれば浜松に帰ってこられるのに大阪のホテルに宿泊されたのですね」

隣にいる高尾が念を押すように聞いた。

「打ち合わせを済ませ、夜は接待を受けることになっていたが、俺も年だし、その晩はあまり体調も良くなかったので早々とホテルに戻ってきた」

「新大阪のホテルに泊まられたということですね」

「そうだ」

下田はソファから半分腰を上げながら言った。

「わかりました。お手数をおかけしました。せっかくなんでこの水いただいていきますね」

下田は飲みかけのペットボトルに蓋をして手に持った。

「私も遠慮なく」高尾もペットボトルを持って立ち上がった。

事情聴取が簡単に済んだので、生田目はかえって不安を感じたのだろうか。

「大森警察署に言っておいてくれ。あの晩は間違いなく大阪のホテルに泊まっていたと」

「わかりました、そう伝えておきます」下田が答えた。

「武政も夢がかなって独立したのに、残念だった、あんな結果になってしまって。あいつを殺した犯人の目星はついているだろうか」

「警察組織の悪いところで、実際のところどんな捜査が進められているのか、我々にも情報はあまり伝わってこないんですよ」

「いろいろと大変なんだろうけど、スーパー遠州灘の事件、早くなんとかしてくれ」

下田の答えに、納得したように生田目が二人の労をねぎらった。

「そうなんですよ。我々の仕事は浜松の事件を解決することで、大森警察署管轄の事件にまで首を突っ込み、助けてやる余裕なんてまったくありません」

二人は玄関を出ると待機しているパトカーに乗った。同時にビニール袋を取り出すとペットボトルをその中にしまった。

浜松南警察署に戻ると、ペットボトルを鑑識課に回した。下田、高尾が持ち帰った

「私のアイデンティティにかかわる問題です。父のためにもすべてを明らかにします」

「それに金山さんに託された証拠がある。これだけ揃っていれば、彼らに逃げ場はなくなる」

ＢＪがアサド・カーンに決断を迫った。

「わかりました」

アサド・カーンは金山の枕もとに近づき言った。「あとはこのお二人にすべてをお任せします。それでいいですね」

金山は頷くこともできないほど衰弱していたが、涙を流した。

結論は出た。ＳＵＭＩＲＥは警備員室の固定電話からスーパー遠州灘の前に常駐している下田刑事を呼び出した。

下田は着信音が鳴ったと同時に電話に出た。

「ＳＵＭＩＲＥです」

「大丈夫か」

「これから四人で一階に降ります。アサド・カーンは自首します。金山さんの衰弱が激しいので、救急車と病院の手配をお願いします」

「わかった」

ＳＵＭＩＲＥは太田エンターテインメントの太田社長に連絡を入れた。ＳＵＭＩＲ

ＥもＢＪも健康に問題はなく、警察の事情聴取が終わった段階で共同記者会見を開きたいと伝えた。

「さあ、行こうか」

ＢＪが金山を抱き起こした。金山はＢＪとアサド・カーンの肩につかまり、おぼつかない足取りで警備員室を出た。

「金山さんの逮捕まではしばらく時間がかかるだろう。君は厳しい取調べを受けると思うが、事実をすべて話したらいい。弁護士は私とＳＵＭＩＲＥですぐに手配するから心配するな」

「アサドさんには心から感謝します。これで終わりではなく、今から真実に向かって一歩を踏み出すのです。私とＢＪがそばにいることを忘れないでください」

ＳＵＭＩＲＥが言うと、

「お世話になります。それとこの事件に協力してくれた妹のハリーナと、恋人の渡部さんの二人の件、よろしくお願いします」

ＳＵＭＩＲＥが先頭に立って歩いた。その後ろに三人がつづいた。警備員室から四人が出てきたことを最初に察知したのは、上空を旋回しているテレビ局のヘリコプターだった。ヘリコプターが急降下してきてスーパー遠州灘の上空でホバーリングを始めた。四人はエレベーターに乗り込んだ。

ＢＪが缶ビールを外に蹴り出した。アサド・カーンが停止ボタンを解除し、一階のボタンを押した。エレベーターが降下を開始した。

「暗闇でも歩みを止めてはいけません。愚直に生きていると、自分でも気づかないうちに絶望が希望に変わっていることもあります。絶望を知ったからこそ、本当の希望が見えるようになるのかもしれません」ＳＵＭＩＲＥが言った。

「すでにたくさんの希望を見せていただきました」アサド・カーンが答えた。

一階に着いた。膝に軽い衝撃があった。金山は自分の体重を支えきれず、操り人形の糸が切れたように膝を折り曲げた。金山をＢＪとアサド・カーンが支えた。

ドアが開いた。正面に下田ともう一人若い刑事が立っていた。その後には盾をかざして横一列になった機動隊が整列していた。

機動隊が下田と若い刑事の前に出て、エレベーターに雪崩れ込もうとした。

一階フロアに響き渡る声だった。

「待て」

叫んだのは下田刑事だった。

「救急隊を呼べ」

機動隊を脇によけ、担架を持った救急隊員が前に出てきた。

下田が救急隊を連れて四人のところに歩み寄った。

「すぐ病院に搬送してくれ」

下田が救急隊員に言った。

救急隊員が金山を抱きかかえるようにして担架に寝かせた。救急隊員は救急車に運び、サイレンの音がスーパー遠州灘の前の路上に響き渡った。

「あなた方二人は病院に行かなくてもいいのか」

「大丈夫です」ＳＵＭＩＲＥが答えた。

「俺も問題ない」

若い刑事が手錠をかけようとアサド・カーンに近づいた。アサド・カーンは複雑な思いがあるのだろう。左手一本だけを差し出した。若い刑事は一瞬たじろいだように見えたが、両方の手首に手錠をかけた。

アサド・カーンは逮捕され、パトカーに乗せられ浜松南警察署に連行された。

「お二人からも話を聞かせてほしいのですが、このまま警察署の方に同行していただけますか」

下田がＳＵＭＩＲＥとＢＪに確かめた。

「これから何時間も拘束されては困りますが、できる範囲でご協力させていただきます」

ＳＵＭＩＲＥとＢＪは別々のパトカーに乗せられ、浜松南警察署に向かった。ＳＵ

ＭＩＲＥの聴取を担当したのは下田刑事で、ＢＪを担当したのは若い方の高尾刑事だった。

ＳＵＭＩＲＥは取調室に入った。人質になってからの状況を話す前に、病院に搬送された金山の様子を聞いた。下田の話では、衰弱は激しいが、すぐに生命の危機を迎えるといった状況だけは回避できそうだ。それを聞き、ＳＵＭＩＲＥは少し安堵した。

アサド・カーンが自首、金山が病院に救急搬送、ＳＵＭＩＲＥとＢＪが解放されたというニュースは全局が報道した。

下田からはアサド・カーンが警備員室でどんな話をしていたのか、詳しく知りたいと言われたが、ＳＵＭＩＲＥはアサド・カーンと会話らしい会話はほとんどしていないと答えた。おそらくＢＪも同じように答えているだろう。

アサド・カーンへの取調べは、下田と高尾が当たるようだが、その前にＳＵＭＩＲＥとＢＪから話を聞いておく必要があったのだろう。いずれ真実はアサド・カーンの口から語られる。

下田の聴取を受けてから二時間もすると、太田社長が浜松南警察署に着いたらしく、ＳＵＭＩＲＥとの面会を求めてきた。下田はすぐに太田社長を取調室に招き入れた。

太田社長はＳＵＭＩＲＥの顔を見るまでは安心できないと、面会を強く求めたようだ。

「病院に行かなくても大丈夫なのか」

太田社長はＳＵＭＩＲＥの健康状態を心配した。

「二日間くらい狭い部屋に閉じ込められたくらいでは、私がへこたれないのは社長もわかっているでしょう」

それでも太田社長の顔を見ると、思わず涙がこぼれた。

「それはそうだが、ケガをしたことを逆恨みして人質を取って籠城するような人間だ。サバイバルナイフを持っているし、どんな危害を加えられるかもわかったもんじゃない」

そう言ってから太田社長は、視線を下田刑事に向けた。

「こんな大事件なので、警察にはもちろんできる限りの協力はさせます。すでに解放のニュースが流れ、記者会見を開けとマスコミ各社から要望が出されています。今日のところはなるべく早く切り上げて、マスコミに対応してひと段落してから、事情聴取に応じるようにしたいのですが……」

ＳＵＭＩＲＥへの聴取が一時間や二時間で終了しないのは明白だ。太田エンターテインメントの太田社長から聴取に協力するという約束が得られた。浜松南警察署もこのままＳＵＭＩＲＥとＢＪの聴取を続行することは困難だ。

浜松南警察署が事情聴取をしなければならないのはアサド・カーンなのだ。

ＳＵＭＩＲＥとＢＪは浜松南警察署から出て、太田社長の車で東京に戻ることになただしく動いていた。

共同記者会見は赤坂にあるホテルＯＴで午後五時三十分から開かれることになった。太田社長は警備員室の中でどんな話が行われたのかまだ何も知らない。

「警察にもまだ話していないことです」

ＳＵＭＩＲＥはこう前置きしてから、スーパー遠州灘人質籠城事件の真相を太田社長に語り始めた。太田社長はハンドルを握りながら前方を見ているが、ＳＵＭＩＲＥの話に驚き、後部座席に座るＳＵＭＩＲＥに目をやる。

「お前、それ、本当の話なのか」

「私は真実だと思っています」

ＳＵＭＩＲＥは金山から手渡されたＵＳＢメモリーをそっと握りしめた。この中に保存されているデータは東京に戻ってから確かめるしかない。金山が説明したことが事実であれば、天竜区で発見された二十三年前の遺体も、武政殺人、スーパー遠州灘人質籠城事件、福島次郎監禁事件、これらすべてが一本の太い糸でつながることになる。

すべての話を聞き終えて、

「事件の主犯は金山ということになるが……」

「そうです。最初から計画の青写真を描いたのは金山さんなんです」

ＳＵＭＩＲＥもＢＪもその点については浜松南警察署では何も答えていない。

「今頃アサド・カーンが籠城事件の目的を、一切合財自白していると思う。浜松南警察署は上を下への大騒動になっているだろう」

ＢＪは愉快そうな表情で言った。大騒ぎになるのは間違いないだろうとＳＵＭＩＲＥも思った。

少しでも休んだ方がいいと太田社長はホテルＯＴのスイートルームを借りてくれた。しかし、三人で記者会見の進め方を打ち合わせしていると、休憩している時間などなかった。

ホテルＯＴのパーティー会場を記者会見場にした。マスコミは午後四時過ぎから集まり始めた。ＳＵＭＩＲＥもＢＪも警備員室を出た時のままの格好だ。ＳＵＭＩＲＥは自分の出生から事件の真相すべて明らかにするつもりだった。太田社長は着替え、メイクをして記者会見に出た方がいいのではないかとアドバイスしたが、ＳＵＭＩＲＥはいっさい化粧せずに記者会見に臨むつもりだ。

ＳＵＭＩＲＥのマネージャーが会見場の様子を伝えてくれる。

「後列はテレビ局のカメラで完全に埋まっています。先着順に椅子に座っていただいていますが、すでに座れない記者も出てきています」

それだけ世間の関心を集めているのだろう。

打ち合わせというより、複雑に絡み合った事件をどう紐解いていくのか、それをBJと詳細に話し合った。武政富美男惨殺事件、スーパー遠州灘人質籠城事件、そして二十三年前の天竜区の身元不明遺体が一本の線でつながった時、すべての真実が白日の下にさらされる。それは同時にSUMIREの出生の秘密が明らかになることでもある。

二人で交わされる話を聞いていて、太田社長が不安な表情でSUMIREに聞いた。

「SUMIREの話を聞いていると、ジグソーパズルが最後の一枚まできれいに埋め込まれて全体像が鮮明に見えるが、それを裏付けるだけの証拠はあるのか。もしその証拠がなければ、タレント生命は失われるし、それなりの債務を背負うことになるぞ」

「わかっています」

SUMIREは冷徹な口調で答えた。

スイートルームのドアがノックされた。マネージャーがSUMIREたちを迎えに来た。記者会見場は四階にあるアクエリアスの間だった。

BJ、SUMIRE、そして太田社長の順で記者会見席に座った。一斉にストロボが光り、カメラが向けられた。

マネージャーが部屋の隅に立つマイクに向かって言った。

「皆様、本日はＳＵＭＩＲＥの記者会見に多数お集まりいただきまして、誠にありがとうございます。本日の記者会見ですが、非常に複雑な内容を含んでおります。そこで司会進行は、太田エンターテインメントの太田社長が務めさせてもらうことになりました。なにとぞよろしくお願いいたします」

こう言って太田社長に進行を委ねた。

太田が自分の席の前に置かれたワイヤレスマイクを握った。

「今から数時間前に浜松から東京に戻りました。二人に少しでも休憩を取ってから記者会見に応じるように説得したのですが、一刻も早く真実を伝えたいとＳＵＭＩＲＥのたっての希望もあり、こうして記者会見を開くことになりました。これから本人の話があると思いますが、ＳＵＭＩＲＥの出生、父親の死、そしてその死を隠ぺいしてきた犯罪集団、それらが明らかになります。ただ本人にもまだ明確にわからない部分も多々あります。その点を十分にお含みおきください。ではまずＳＵＭＩＲＥから直接話を聞いてください」

ＳＵＭＩＲＥがマイクを持とうとすると、再び一斉にストロボが光った。マイクをそっと握り正面を見据えた。これほどのカメラを向けられたのは初めてだった。自分を落ち着かせようとＳＵＭＩＲＥは大きく息を吸い込み、肺の空気をすべて吐き出すような大きな深呼吸を一つした。

「何からお話ししていけばいいのか。あまりにもたくさんのことがあって、自分の中でもまだきちんと整理されていません。でも、一つだけはっきりしているのは拝島紗香さんと勇君との人質交換で警備員室に入る決断をしたことは誤っていなかったということです」

ＳＵＭＩＲＥが話を始めると、会場は静まり返り、ＳＵＭＩＲＥの耳にも前列で記者がパソコンのキーボードを叩く音が届いた。記者はＳＵＭＩＲＥの一言一句を聞き逃すまいと、鋭い視線を向けてくる。

「皆さんもすでにご承知かと思いますが、私は渋谷区広尾にある日赤医療センター付属乳児院の前に捨てられていました」

キーボードを叩く記者、手書きでメモを取る記者が顔を上げ、ＳＵＭＩＲＥを凝視した。

「両親についての情報はなにもなく、唯一の手がかりは私がくるまれていた毛布の中にあった写真一枚だけです」

ＳＵＭＩＲＥは両親を何としても突きとめたいと思い、写真集を出版した。ベストショットといわれるバストのホクロを見せた写真を掲載したのも、それを見て両親が名乗り出てくるのではないかと淡い期待を抱いたからだ。

ＮＥＷＳ・Ａで大切にしていた写真が放送された。それを金山が見ていた。

「かつての同僚の娘がテレビに出て、父親を捜している。それで私が人質になるなら、拝島紗香さんと勇君を解放するというアイデアを金山さんがアサド・カーンさんに提案させたようです」

ここまでＳＵＭＩＲＥが説明すると、記者席から突然声が上がった。

「ちょっと待って下さい。中断させて申し訳ありません。この記者会見の幹事社のＴテレビの田崎と言いますが、今のＳＵＭＩＲＥさんのお話ですと、人質の金山さんがＳＵＭＩＲＥさんを人質に要求したように聞こえるのですが……」

ＳＵＭＩＲＥは太田社長の方に視線を向けた。太田社長が再びマイクを取って説明した。

「疑問に思われるのは当然ですが、どうかこのままＳＵＭＩＲＥの思うように話をさせてやってください。左手を事故で失った被害者が、経営者を恨んで人質を取り籠城したというような簡単な構図の事件ではありません。スーパー遠州灘人質籠城事件、武政富美男惨殺事件、天竜区の身元不明遺体、これらはすべて一本の線でつながっているのです」

「わかりました。つづけてください」

田崎が着席した。

「二十三年前、天竜区で発見された遺体は白骨化していましたが、髪の毛がほぼそのままの状態で残されていたようです。それと亡くなってからそれほど期間が経っていなかったために着衣も傷んでない状態で回収できたようです」

ＳＵＭＩＲＥが保管していた写真に写る父親は、生田目メガテクノの上下ツナギの制服で、その下はブルーのチェック柄の半袖ワイシャツ姿だった。

「私の父は、生田目メガテクノで金山さんたちと一緒に働いていました。天竜区で発見された遺体は、着衣から父親ではないかと思いました。父だと確信を持つに至ったのは金山さんの証言と着衣だけではありません。警察の方で遺体と私のＤＮＡ鑑定をしていただき、科学的にも親子関係は証明されています」

一瞬だったが、記者席から重いどよめきが湧き起こった。

「金山さんのお話では、父はバングラデシュ国籍ですが、インドの大学で流体力学を学んだそうです。しかし、貧しいバングラデシュを少しでも豊かにしようと政治運動にかかわり亡命同然に日本に逃げて来たそうです」

父親のイクバル・アフマドが来日した頃は、入管法改正前で不法滞在の外国人が製造業で数多く働いていた。イクバル・アフマドもその一人だった。どのようにして浜松にたどり着いたかはわからない。イクバル・アフマドは生田目メガテクノの工場で働くようになった。

小型船舶のエンジン部品を製造する流れ作業に日本人の工員と並んで就いた。しばらくするとイクバル・アフマドは日本語会話を習得した。日本人従業員とも親しく付き合うようになった。その一人が金山剛だった。

「二年もすると生田目メガテクノはイクバル・アフマドがバングラデシュ国内でも指折りの流体力学の権威だということがわかったようです」

イクバル・アフマドは金山の取り立てもあり、流れ作業からスクリューの設計にかかわる部署へ異動になった。異動になったといってもイクバル・アフマドが不法滞在している外国人であることには変わりはなかった。八〇年代後半には改造テレホンカードを売り歩く不法滞在の外国人が社会問題化していた。

九〇年に入管法が改正され中南米から日系人労働者が大量に入国してきた。不法就労の外国人は働く場を失っていった。改正された入管法では、不法滞在の外国人を雇用した経営者側も罰せられることになった。しかし、イクバル・アフマドが生田目メガテクノを追われることはなかった。

「生田目メガテクノは父を強制送還させたくなかった。何故なら父が持っている流体力学の知識が欲しかったからです」

イクバル・アフマドは滞在期限が切れたまま、新型スクリューの開発設計に携わった。開発資金はもちろん生田目メガテクノから出され、研究設備も生田目豪が整えた。

「父は生田目社長の期待に応え、エンジンの回転数を効率よくスクリューに伝え、推進力を従来のものよりも二〇パーセント高めるシステムを開発したそうです」

生田目メガテクノはその新技術を特許として国内外に申請した。生田目メガテクノの技術力が評価され、グローバル企業として成長してきたのも新型スクリューの開発に成功したからだ。イクバル・アフマドは生田目メガテクノの名前によって特許の申請がなされたことについては、いっさい抗議はしていない。

「父は生田目豪社長とある約束を交わしていたそうです」

その約束とは、技術開発に成功した暁には、生田目メガテクノが保証人となり、会社の顧問弁護士を使って、イクバル・アフマドの永住査証の取得に全面的に協力するというものだった。

特許が認められるまでは、生田目社長は難民申請に強い弁護士を見つけてやるとか、必ず君の功績に見合う対応をさせてもらうと、口癖のようにイクバル・アフマドに言っていたようだ。

しかし、新技術が特許として認可された瞬間、生田目社長は手のひらを返した。生田目社長は数百万円の功労金を用意し、それでイクバル・アフマドをバングラデシュに追い返そうとした。

生田目社長の手となり足となってイクバル・アフマドを強制送還させようと動いた

のが、殺された武政富美男だった。

イクバル・アフマドは特許取得に関してはいっさい不満を申し立てない、だから永住査証取得に協力してほしいと懇願した。

「生田目社長は不法就労の外国人を雇用していた罪に問われるのを警戒し、会社を支える新技術は、実はイクバル・アフマドが開発したものだと知られるのを恐れた。それで父を何としても強制送還させたかったようです」

バングラデシュに強制送還されれば、イクバル・アフマドは政治犯として身柄を拘束され、命をも奪われかねない。強制送還という事態だけは何としても避けなければならなかった。

しかし、イクバル・アフマドの頼みは聞き入れてはもらえなかった。イクバル・アフマドは追い込まれ、最後の手段を取るしかなかった。

「父が開発した技術は日本国内だけではなく、アメリカやヨーロッパでも特許を取っていました。そのすべての関係当局に事実を公表すると生田目社長に伝えたのです」

イクバル・アフマドは生田目メガテクノにとっては、もはや邪魔者以外の何ものでもなかった。

「父はどんなことをしてでも日本に残りたかった。日本で暮らしたかった。何故なら間もなく私が生まれるのがわかっていたからです」

ＳＵＭＩＲＥは重苦しい事実を、一つひとつ言葉を選びながら慎重に話した。

19 合同捜査本部

大森警察署の小早川と斉藤は、武政富美男の左手首を切断した凶器を懸命に探した。血の飛び散り具合から円盤型の電動ノコギリを使ったのではないかと思われた。しかし、凶器となった電動ノコギリは発見できなかった。

犯行後、持ち去って処分した可能性もある。しかし、おびただしい血にまみれた電動ノコギリだ。処分も簡単にはできないはずだ。それだけの時間的な余裕が生田目にはなかったと思われる。

「生田目本人が持ち帰ったということは考えられませんか」

斉藤が思いついたように言った。

どうやってそんなものを持ち帰るのか。重量もある。まだ血で濡れている電動ノコギリをカバンに入れ、持ち運ぶわけにはいかないだろう。

武政産業の一階工場の隅には、生田目メガテクノが加工依頼した部品を梱包した段ボールが平たく折りたたまれ、積み重ねられていた。細かい部品になると、厚めのビニール袋に詰められ、それが段ボールに梱包され、武政産業に宅配荷物として輸送されてきた。

部品の加工が終わると、今度は武政産業から同じ宅配業者に荷物が預けられ、生田目メガテクノに送り返されていた。しかし、そうした部品加工の受注は武政産業が設立されてから一、二年の間だけだった。

加工した部品はその量にもよるだろうが、人間の力で宅配業者の営業所まで持ち運べるほどの軽さではない。武政産業から依頼され集荷に訪れていた宅配業者にも聞き込みに回っていた。

一年ほど前から集荷に武政産業を訪れる機会が減り始め、武政が殺される半年前には集荷はまったくなくなっていた。

「生田目メガテクノ本社から武政産業に部品が送られ、加工されてまた本社に送り返されてくる。そのことを生田目なら十分知っていますよね」

電動ノコギリは生田目メガテクノが運搬に使っている小型の段ボールに十分収まる。血が流れ出ないようにするビニール袋も武政産業にはいくらでもあった。

「近くのコンビニをとりあえずあたってみよう」

六月十一日午後八時過ぎから、二、三時間の間に、生田目メガテクノかあるいは生田目の自宅あてに荷物を預けた客がいるかどうか、同時に防犯カメラがチェックされた。武政産業から歩いて三分ほどの距離のところにコンビニFがあり、宅配会社K社の荷物を受け付けていた。防犯カメラ映像には大きめのマスクをかけた男が映っていた。映像は午後九時五分を刻んでいた。

　マスクの男は段ボール箱を持ってそのままレジに直行し、荷物を預けている。宅配会社K社には依頼主と届け先が保管され、届けられた時間も記録されていた。依頼主も届け先も同じ生田目メガテクノの福島次郎になっていた。

　宅配会社K社によると、翌々日には福島次郎宅あてに配達が行われているが、本人不在のために荷物は、K社浜松営業所の倉庫に現在保管されているという。福島は荷物が配達される三日前に、天竜区の山中に拉致監禁された。荷物を受け取れるはずがない。

　コンビニFの防犯カメラに映り込んでいるマスクの男は生田目豪に見える。荷物の送り先は福島次郎宅で、生田目が証拠隠滅を福島に託した可能性が強い。

　小早川は福島次郎宅の家宅捜索の令状を取り付けた。大森警察署が福島次郎の家宅捜索を行うという情報は浜松南警察署にも伝えられた。

　大森警察署は家宅捜索に入る一方、福島はまだ入院していたが、K社本社に浜松営業所に保管してある福島あての荷物を届けるように要請した。K社も浜松営業所に家宅捜索に入られるよりは、その方が大事件に巻き込まれることなく荷物を処理することができる。

　大森警察署は浜松南警察署の協力を得て、福島次郎の自宅マンションに家宅捜索に入った。浜松南警察署はアサド・カーンが自首した上、ＳＵＭＩＲＥとＢＪへの事情聴取もあり、福島次郎宅の家宅捜索にまで付き合っている余裕などなかった。

家宅捜索に入った大森警察署は、福島のパソコンやメモ類を押収した。捜索に入ってから三十分もしないでＫ社の業者が、武政産業近くのコンビニＦで受け付けた荷物を配達してきた。

大森警察署の目的は福島のパソコンやメモ類ではない。運ばれてきた荷物を押収した。荷物の内容は電動工具と記載されていた。

押収物は東京に持ち帰った。その日のうちに鑑識課に回された。中から出てきたのは予想通り血が付着した円盤型の電動ノコギリだった。しかし、血にまみれたというほどの量ではない。

電動ノコギリは機械オイルで血を拭き取ったかのようにハンドル、モーター、メインスイッチ、ノコ刃、安全カバー、ブレードケースが油の被膜で覆われていた。鑑識課の説明では、微量でも血痕が残されているので、血が武政富美男のものかどうかは検査可能ということだった。しかし、電動ノコギリをオイルの中につけ、洗うようにこすられてしまうと指紋の検出は困難だと言われた。

浜松から戻った深夜、鑑識結果が出た。

二時間ほどの聴取でＳＵＭＩＲＥとＢＪは東京に戻っていった。二人もしばらくは取材攻勢で落ち着く暇はないだろう。アサド・カーンの取調べは下田と高尾が担当する。アサド・カーンは籠城から自首までの間、一日数時間の睡眠で過ごしてきている。本人は体調には問題ないと言っているが、念のために浜松医科大学で診察を受けさせた。

軽い脱水症状と睡眠不足による体調の不良は見られるが、入院して治療をしなければならないほどの状態ではないということだった。自首したその日は、アサド・カーンの出身国、来日年月日、生田目メガテクノで働くようになった経緯を聞く程度で終えた。

アサド・カーンは厳しい取調べを想像していたらしく、拍子抜けした表情をしている。下田は本格的な取調べは明日から始まると告げた。

「今晩はゆっくり寝ておくように」

アサド・カーンはその日の取調べが終わったとわかると、しきりに金山の安否を気にした。下田にはそれが不思議でならなかった。金山を人質にとって監禁してきたのはほかならぬアサド・カーンだった。それほど心配なら、早い段階で金山を解放することも可能だった。アサド・カーンは金山を最後まで人質として監禁してきた。

「どうしてそんなに金山さんのことを心配するんだ」

取調べというより下田は世間話でもするような口調でアサド・カーンに聞いた。

「金山さんは日本での私の父親代わりの人です」

アサド・カーンは涙ぐみながらポツリと言った。

「親代わりって、適当なことを言ったら許さんぞ」

「私、嘘なんか言っていません」

「君は親代わりの金山さんを死ぬ寸前まで追い詰めた。それがわかっているのか」

「金山さんはがんにかかり、医師からはあと半年の命と宣告されています」

「どうしてそんなことまで君が知っているんだ」

下田にはアサド・カーンの言っていることのすべてが信じられなかった。

「生田目メガテクノをクビになってから、金山さんは私の生活を支えてくれました。日本語が勉強できたのも金山さんがいたからです。金山さんは妻を亡くされ、一人で暮らしていました。それで一人くらいなら泊まる部屋はあるからと……」

ますますアサド・カーンの言っていることが理解できなくなった。

バングラデシュの平均的サラリーマンの月収は、日本円に直すと数千円らしい。だから実習生としての月給が数万円であっても、バングラデシュの平均的サラリーマンの十倍近い月収を得ることになる。実習生の日本での住居費、食費、それらのほとんどを会社が負担してくれれば、バングラデシュの平均的サラリーマンの十倍もの収入を送金することができる。

「両親、そして妹が三人います」

一家の生活を支えるためにアサド・カーンは来日した。事故で左手を失うまではすべてが順調だった。

「決められた時間以上に私が残業をたくさんやったせいで、いつの間にか仕事中に居眠りをしたために事故が起きてしまいました」

「生田目メガテクノはあれだけ大きい会社だ。労務管理はしっかりしているのと違うのか」

下田はアサド・カーンの証言に疑問を覚えた。

「私が働いていた頃、工場長は武政で、働きたいやつはいくらでも働いていいと言っていました。生田目社長もそれを承知しているが、外国人技能実習機構の調査が入った時は、規定の残業しかしていないと答えるようにと指導されていました」

生田目メガテクノとしては日本人従業員、あるいは中南米からの出稼ぎ日系人に残業をさせるよりも、実習生を使う方がはるかに賃金は安く抑えられた。生田目メガテクノにとっても、収入を少しでも上げたい実習生にとっても、その方が都合よかったのだろう。

しかし、アサド・カーンのような労災事故が多発すれば、そうした事実が明らかになってしまう。それを生田目メガテクノは恐れたのだろう。アサド・カーンに数百万円の見舞い金を渡し、バングラデシュに追い返してしまえば、生田目メガテクノがブラック企業だという事実が世に出ることはない。

「片手をなくしバングラデシュに戻っても、学歴のない私に仕事は見つかりません」

生田目メガテクノで働き続けたいといったアサド・カーンは邪魔者以外の何ものでもなかった。

「困り果てていた私を見て、金山さんは生田目社長に労災の申請をするように進言してくれました。武政は労災のことなど私に何も説明してくれませんでした」

生田目メガテクノにはその後も実習生が入社してきた。どうしても生田目メガテクノで働きたいというアサド・カーンに対して、外国人実習生と会社との間に入って通訳ができる程度に日本語を習得すれば通訳として採用すると、生田目社長が約束した。

「私は日本語を一生懸命勉強して、検定二級試験に合格しました」

しかし、日本語がどれだけ上達しようとも、生田目メガテクノにとってはアサド・カーンはいてほしくない人材だった。採用されるはずがなかった。

金山は生田目社長に直接アサド・カーンを採用するように迫ったようだ。結局、話はつかずに物別れに終わった。

「私の査証が切れるまでに日本語検定一級試験に合格するように、それまでは生活の心配はしなくていいと言って、金山さんは私を励ましてくれました」

その資格があればバングラデシュで、日本で働きたいと思っている実習生候補に日本語を教えられる。アサド・カーンは金山と相談して、一級試験に合格するまで日本語を勉強すると心に決めた。それまでバングラデシュの家族には労災年金を送り、それで生活してもらうことにした。

「でもその送金だけではどうにもならない事態がバングラデシュに残した家族に起きていました」

アサド・カーンの母親が結核にかかり、その医療費はアサド・カーンの労災年金だけではどうすることもできなかった。アサド・カーンは自分が左手を失った事実は家族に伝えていなかった。

医療費に生活が逼迫し、妹のハリーナが実習生として来日し、生田目メガテクノで働き始めた。ハリーナは生田目メガテクノで兄と一緒に働けば、母親の医療費を賄えると考えた。しかし、生田目メガテクノにはアサド・カーンはいなかった。

「私は生田目メガテクノを解雇されてからは、実習生の査証が取り消されるのが恐ろしくて、居場所は誰にも教えていませんでした。手紙も出していませんでした」

ハリーナは懸命にアサド・カーンの消息を聞き回った。母親の治療費を早急に工面する必要があったハリーナは、他の実習生から左手を事故で失い、解雇されたことを知らされた。しかし、解雇されて以後のアサド・カーンの消息を知るものはいなかった。知っているかもしれないと実習生から聞かされたのが、福島次郎だった。

ハリーナは藁にもすがる思いで、兄の消息を尋ねたが、福島はアサド・カーンの行方など知らなかったし、探す気も最初からなかった。ハリーナが金に困っていることを知ると、同情している素振りで金を融資した。

ハリーナに返済できるはずもなく、代償として愛人関係を強要された。

「福島が実習生を愛人にしているという噂があっという間に広がり、金山さんの耳にも入りました」

その女性がアサド・カーンの妹だとわかると、金山は福島本人に確認し、生田目社長に直接抗議した。会社として福島を厳重処分するように要求した。しかし、その時、金山は元副工場長で、嘱託社員でしかなかった。生田目から塩をまかれるようにして生田目邸から追い出された。それでも金山は執拗に食い下がった。

「金山さんの進言をいっさい聞き入れようとしない生田目に、金山さんは生田目豪のアキレス腱とでも言うべき二十三年前のスキャンダルを世間にバラすと、通告したのです」

それでも生田目は平然としていた。

「金山さんから計画を打ち明けられ、早急にマンションを出て行くように言われました。しかし、恩人の金山さんを一人きりにするわけにはいきませんでした。妹も金山さんの計画を知り、協力することになったのです」

「その計画って何のことだ」下田がアサド・カーンに質した。

「伊川さんから聞いて、拝島紗香がスーパー遠州灘に買い物に来ることは知っていた。金山さんは拝島紗香を人質に取り、最終的には生田目豪に二十三年前の出来事を自ら明らかにするように迫るつもりだったのです」

しかし、最初の要求は生田目豪と拝島浩太郎の左手首を切り落とせという無理難題で、二十三年前の事実を明かせというものではなかった。

「金山さんは一人で犯行を実行に移すつもりでした。しかし、私も生田目豪と福島が妹に対してしたことは絶対に許せませんでした。それであのような要求を、私が考えました」

二十三年前、天竜区で発見された身元不明遺体は、SUMIREの父親であることが判明している。イクバル・アフマドをめぐって、何が起きたというのか。

「SUMIREさんの父親を殺したのは武政富美男です。殺すように命令を下したのが生田目豪です」

「何故そんな事実を金山が知っているのだ」下田の語気が強くなる。

「金山さんもイクバル・アフマドの殺人に関わっていたからです」

「生田目社長、殺された武政、そして金山の三人がＳＵＭＩＲＥの父親を殺したとでも……」

「金山さんは殺人事件に巻き込まれてしまったのです」

下田は思わず沈黙した。アサド・カーンの証言はあまりにも唐突だ。スーパー遠州灘の人質籠城事件の主犯は金山で、アサド・カーンは共犯ということになる。それまで黙って取調室の片隅で、アサド・カーンの証言をキーボードを叩き入力していた高尾が手を休めて怒鳴った。

「黙って聞いていれば、すべての罪を金山になすりつけているだけではないか」

「金山さんは私たち一家の命の恩人です。その恩に報いるために私も妹もこの計画に加わりました。母は先日亡くなりました。それまでの医療費は金山さんがバングラデシュに送金してくれました。そんな金山さんにどうして罪をかぶせることができるのですか」

疲労で弱っているアサド・カーンだが、その時ばかりは激しい口調で高尾に言い返してきた。

「では、その三人がＳＵＭＩＲＥの父親を殺したという証拠はあるのか」

下田は半信半疑だ。アサド・カーンが言う通りであれば、計画は金山の思う筋書きで進行してきたことになる。浜松南警察署は金山が主犯だとは一度たりとも考えてこなかった。一刻も早く救出しなければならない人質の一人だった。

「SUMIREさんが人質になった時、真実をすべて彼女に語り、それを立証するだけの証拠をSUMIREさんに託しました」

SUMIREは二時間程度の事情聴取で、東京に戻してしまった。そのことを下田は後悔した。

「金山は武政殺人にも関与しているのか」

アサド・カーンは首を横に振った。

武政は工場長で退職したが、定年までにはまだ二年を残していた。それにもかかわらず退職したのは生田目豪から強い要望があったからだそうだ。

「武政さんは部下には傲慢で、みんなから嫌われていました」

小型船舶の製作においても武政の持つ技術が優れているという評価はなかった。

「金山さんの話では、工場長まで出世したのは二十三年前のイクバル・アフマドの殺人に手を染めたからで、その代償として東京の工場を『退職金』の一部として受け取ったということです」

大森警察署の捜査によって、工場の買収資金、実体のない毎月二百万円の給与が生田目メガテクノから武政産業に支払われている。武政がそれをイクバル・アフマド殺人の報酬として受け取っていた可能性は十分に考えられる。大森警察署は生田目豪が武政殺しに関与している可能性があるとして、慎重に捜査を進めていた。

アサド・カーンの証言していることが仮に事実であったとしても、現段階ではアサド・カーンが逆恨みをして起こした犯行で、それを覆すだけの材料を浜松南警察署は持ち得ていない。

「どうして投降したのかね。金山さんだけを解放し、病院で治療を受けさせる方法もあっただろう」

下田がアサド・カーンの投降の真意を探ろうとした。

「金山さんの症状が悪いというのは私にも十分わかっていました。しかし、金山さんは命懸けでこの事件を起こしました。生田目社長が途中で折れて、真実をすべて明かしてくれれば、こんなに長引くことはなかったと思います。投降しようと言ったのは、私でもなく金山さんでもありません。ＳＵＭＩＲＥさんがイクバル・アフマドのお嬢さんだと名乗り出てくることなんて金山さんは想像もしていませんでした」

ＳＵＭＩＲＥがＮＥＷＳ・Ａに出演し、証言した影響は予想外に大きかった。金山はできることならＳＵＭＩＲＥと会い、事実を告白したかったようだ。

「金山さんが直接ＳＵＭＩＲＥさんに会い、真実を伝えるには人質として警備員室に来てもらうしかなかった。私は金山さんの指示に従って、ＳＵＭＩＲＥさんが警備員室に上がってくるように手はずを整えました」

金山の思惑は成功した。ＳＵＭＩＲＥは金山から父親の情報が得られると思って自ら進んで人質となった。

「金山さんはＳＵＭＩＲＥに真実を伝えたのか」

「伝えることができたと思います。金山さんはＳＵＭＩＲＥさんがすべての真実を理解してくれたと確信したからこそ、ＳＵＭＩＲＥさんの助言に従って投降したのだと思います」

「金山の件はわかった。でも、君は左手を事故で失い、妹も心ない福島によって凌辱されている。君の目的は達成できたのか」

「生田目社長、武政工場長、この二人からは労災金、労災年金目当てでわざと事故を起こしたのだろうと、本当にひどい言葉を投げつけられました。最初の頃は、事故を起こした私が悪いと自分を責めていました。金山さんから外国人技能実習制度の問題点を聞き、労働賃金を抑えるために実習生に好きなだけ残業させているというのを知り、生田目メガテクノはブラック企業なんだと思いました。今回の事件で、生田目メガテクノがブラック企業だというのが日本国内どころか世界中に報道され、私はそれで納得しています」

ハリーナ・カーンと渡部宏は姿を消したまま、どこにいるのかさえもわかっていない。ハリーナが福島を恨む気持ちは十分理解できる。しかし、天竜区の山中に何日も監禁する必要が何故あったのか。

「生田目社長はハリーナが私の妹で、私がいまだに帰国していないことを知ると、私の復讐を恐れ、ハリーナから情報を引き出し、報告するように福島に命じたのです。生田目の手足となる福島の動きを封じるためには、ああするしかなかったのです」

「復讐するといっても、君は金山さんのところで日本語を勉強していたんだろう。それがどうして復讐されると生田目は考えたんだ」

「福島がハリーナを愛人にしている事実がわかり、金山さんが抗議にいきました。そこで私のことを生田目社長に知られてしまいました。それからしばらくして、計画を練り上げ、スーパー遠州灘に買い物にやってくる拝島紗香の顔を覚えるために、何度か彼女を尾行しました。でも顔つきが日本人と違うし、左手をポケットに入れっぱなしだし、拝島紗香に私の存在を気づかれてしまいました。それを父親に報告したと言っていたから、生田目社長は拝島紗香と勇を人質に取った段階で、籠城事件は私と金山さんが組んで起こしたものだとすぐ理解したと思います」

　生田目は終始一貫、金で解決しようとアサド・カーンに呼びかけていた。しかし、生田目豪、拝島浩太郎の二人の手首を切り落とさなければ、拝島紗香と勇の二人の手首を切り落とすと、警備員室の机の上に電動ノコギリを置いて、その写真を送付した。生田目豪は動揺したはずだ。

「手首を切り落とせと脅迫しても、最初からそんなことをするはずがないと金山さんも私も思っていました。それですぐに事実を明かして警察に自首すれば、事件がこんなに長びくことはなかったと思います。しかし生田目社長の性格を知る私や金山さんは、自首するはずがないと予想していました。その時に備えて生田目メガテクノで用いられている電動ノコギリと同じものを購入し、揺さぶりをかけるために事件の何日も前に机の上に置き写真を予め撮っておいたのです。電動ノコギリは金山さんのお宅のトランクルームにしまってあります」

下田は金山の家の捜索令状を取った。アサド・カーンの証言通りトランクルームから電動ノコギリが回収された。

金山は一転して被害者から加害者へ、スーパー遠州灘の人質籠城事件の黒幕であることが判明した。逮捕状が請求された。

浜松医科大学病院から浜松南警察署に金山の症状が報告された。衰弱の原因は八日間にもわたる警備員室の籠城だが、もはや回復の見込みがないほどに胃がんの進行が進んでいた。栄養の経口摂取はほぼ無理で点滴による栄養補給をするしかないといった状況で、長く生存できたとしても三ヶ月がせいぜいだろうという報告結果だった。

大森警察署は武政殺人の容疑で生田目豪の逮捕状を取りつけた。

浜松南警察署は二十三年前の身元不明遺体について生田目豪を重要参考人として任

意て事情聴取することになった。公表されていなかったが、イクバル・アフマドの頭蓋骨後部には、ハンマー、あるいは大型レンチのようなもので叩かれた陥没骨折が残され、殺人事件の可能性があると静岡県警は断定していた。

警視庁と静岡県警は、合同捜査本部を浜松南警察署に設置することを決めた。

20　破滅

何故イクバル・アフマドが天竜区の山中で遺体となって発見されたのか。ＳＵＭＩＲＥは父の死について事実を明かさなければならないと思った。

「父親は新技術の開発について、克明にその過程を記していました。実験のデータや問題点が詳細に記され、その日誌を読めば、新技術の開発がイクバル・アフマドによって進められたことが一目瞭然です。その日誌を金山さんは父から預かっていたのです」

イクバル・アフマドは新技術のすべてを生田目メガテクノのものとして、知的所有権は最初から放棄していた。それなのに何故日誌を金山に預けたのか。

「完成と同時に、父は約束通り、弁護士を使って難民申請するか、何らかの方法で日本に住めるような対策を取ってほしいと生田目社長に訴えました。しかし、父の願いはまったく無視されてしまった。それどころか邪魔者扱いされ、命の危険を感じたのだろうと思います」

それまで何かにつけ親身になりイクバル・アフマドの相談相手になってくれた金山こ、新技術の開発経過と新型スクリューの設計図を記載したＵＳＢメモリーを託した

のた
「父の無念の死を明らかにするために、太田エンターテインメントのホームページでそのデータすべてを掲載しています」

日誌は英語で記載されているが、詳細な記述に目を通せば生田目メガテクノが特許を取得した新技術はすべてイクバル・アフマドの功績であったことは明白だ。SUMIREの目的は特許技術の開発が父親の功績だったと主張することではない。新技術を開発したにもかかわらず、約束が履行されないなら事実を公表すると生田目豪に通告したことで、生田目メガテクノ側にイクバル・アフマド殺害の動機が生じたことを理解してほしいからだ。

死の淵に立っている金山もそして殺されたイクバル・アフマドも、いちばん望んでいるのは、真実が明らかにされることに違いない。

「父は約束の履行を求めて、最後は生田目豪と武政富美男によって殺され、山中に遺棄されました」

金山もイクバル・アフマドの死にかかわっているが、巻き込まれたといった方が的確な言い方だ。

警備員室でSUMIREとBJが金山から直接聞いたイクバル・アフマド殺害の経緯はこうだ。

生田目豪はイクバル・アフマドに二千万円の功労金を提示したが、イクバル・アフマドの意志は固く、約束の履行を求めた。約束が守られないなら、事実を明かし、世論を味方にして日本に住めるように試みると生田目に通告した。

そうされてしまえば、生田目メガテクノは社会的信用を大きく損なう。会社の経営を根本から揺るがす事態へと発展するのは目に見えている。生田目豪はイクバル・アフマドの殺害を決意した。しかし、殺人には直接自分の手を染めたくなかった。そこで利用したのが武政富美男だった。そのために武政を雇用したのだ。

武政は技術者としては社内では最低ランクに位置づけられている。その武政が生田目メガテクノでのポジションを確保するには、生田目社長のダーティーな仕事をすべて引き受けることだった。

二十三年前、ゴールデンウィークが終わったばかりだった。生田目豪と武政はイクバル・アフマドのアパートを急襲した。二人はイクバル・アフマドを拉致することに成功した。二人が予想もしていなかったのは、イクバル・アフマドに妻がいて、子供が生まれたばかりだったことだ。

妻はイクバル・アフマドから身に迫る危機を聞かされていたのだろう。泣き叫びながら抵抗したが、イクバル・アフマドは二人によってどこかに連れ去られていった。イクバル・アフマドの妻は、予め教えられていたように金山に連絡を取った。

金山はイクバル・アフマドの妻に、子供を連れてアパートからすぐに逃げるように伝えた。イクバル・アフマドが連行されたところを目撃している。危害が加えられる可能性が十分にあった。

「金山さんには生田目と武政が向かった場所に思い当たるふしがあったそうです」

ゴールデンウィーク前、武政から山菜採りに山に入るが、なるべく車で奥まで入って行ける場所を教えてほしいと頼まれた。金山は病弱な妻を抱え、気分転換を兼ねて山や海をドライブするのが休日の日課だった。森林浴をしたいという妻のために、金山は車で森の奥深くまで入っていける林道に詳しかった。

「金山さんは天竜区の林道を教えたそうです。その林道の少し先の草木が深く生い茂る場所で、父の遺体は発見されています」

金山は猛スピードでその場所に向かった。生田目の愛車はベンツだったが、速度違反で捕まったら困ると思ったのか法定速度で走っていた。ベンツに追いつき、金山は気づかれないように尾行した。

ベンツはやはり金山が武政に教えた場所に向かった。

金山はコンソールボックスに常にデジタルカメラをしまっていた。部品の製造加工を下請け工場に発注する際、完成品の状態を見せたり、加工の不備を指摘したりするのにデジタルカメラは便利だった。

そのカメラを取り出し、交差点で止まったり、ベンツがスピードを落としたりした瞬間、金山はシャッターを押した。やはりベンツは天竜区の林道に入っていった。金山の車が林道に入れば尾行に気づかれる。

金山は林道入口の数十メートル手前で車を止め、林道に入っていくベンツを全力で走りながら追った。

林道の奥まったところで停車しているベンツに追いつくと、後部座席から武政がイクバル・アフマドを外に放り出していた。周囲は漆黒の闇だが、ベンツにはヘッドライトと室内灯が点いていた。その灯りだけが頼りだった。イクバル・アフマドは後ろ手にガムテープで両手を拘束されていた。

金山はストロボが点灯しないようにセットしてシャッターを押しつづけた。運転席から生田目も降りてきて、イクバル・アフマドを武政と二人で両わきから挟み込むようにして立たせた。武政の左手には大型レンチが握られていた。

ヘッドライトの先は樹木が生い茂り、高さ一、二メートルほどの雑草が伸び放題で、三人はその中に分け入った。

五分もすると、二人が森の中から抜け出てきた。イクバル・アフマドの姿はなかった。二人はそれぞれ着ていたジャケットを脱ぎ、そのジャケットで手を拭いていた。その様子を金山は写真に収め、林道を走って逃げた。

ベンツが林道から出てくるまでに自分の車を移動させなければ、金山の命も危ない。

「金山さんは二人に気づかれないで逃げ切ったと思ったようです」

しかし、後ろ姿を二人に見られていた。

自宅に戻ってからも体の震えが止まらなかった。生田目たちのジャケットは返り血を浴び、手に付着した血を拭ったために鮮血に染まっていたのがヘッドライトの明かりではっきりと確認できた。

目撃したことを警察に届けなければと思った。妻はすでに寝室で眠っていた。気を落ち着けて玄関を出たところで二人に呼び止められた。

「まさか警察に通報する気ではないだろうな」

武政のこの一言で金山はすべてを悟った。

「女房は病気なんだろう。その年で会社を辞めたら再就職の口なんかありゃしねえぞ、それでもいいのか」

武政の口調は暴力団と同じだった。元々指定暴力団の組員だったという噂もあった。生田目がボディーガード役に採用したという話もまことしやかに伝えられていた。

「警察に行きたければ行けよ、その後、どうなってもいいんなら、早く行け」

武政は金山の妻の殺害をも示唆した。

一方、生田目はまったく逆だった。

「会社としては金山さんにできる限りのことはさせてもらうつもりだ。だから今晩のことは何も見なかったことにしてください。お願いです」

生田目は猫なで声で金山を懐柔してきた。

「定年までそれなりの給料を払い、女房の世話ができるようにしてやるって、社長が言ってるんだ。余計なことをするんじゃねえぞ、いいな」

武政は金山を脅迫した。

「こう脅されて、金山さんは結局警察に行くことはできませんでした。その後、何ヶ月かしてイクバル・アフマドの遺体が発見されたのです。金山さんは結局告発する勇気がなかった。そのことをずっと後悔されてきました。奥様も亡くなり、命のあるうちにはっきりさせなければならないと、スーパー遠州灘の人質籠城事件を起こしたのです」

金山が当時撮影した写真がスキャンされ、やはり太田エンターテインメントのホームページにアップされた。記者たちは、ＳＵＭＩＲＥの証言を聞きながら、パソコンで太田エンターテインメントのホームページにアクセスした。

記者が苛立っているのがＳＵＭＩＲＥにも感じられた。金山はいくら脅迫されたとはいえ、殺人事件を目撃しながら警察には何も伝えなかった。結果としてイクバル・アフマドの身元判明まで二十三年もかかってしまい、事件の真相もその間は闇に埋もれていた。父親を殺した生田目、武政を金山は許してしまった。SUMIREの口からは金山に同情的な言葉が漏れてくるが、非難する言葉は何一つとして口にしていない。

記者が質問をしたがっているのを太田社長は感じたのだろう。

「すでにホームページをご覧のようですから、このあたりでSUMIREの話は一区切りにして、質問を受けたいと思います」

こういった瞬間、記者席から手が挙がった。太田社長がいちばん早く手を挙げた記者を指名した。

「イクバル・アフマドがスクリューを設計したというのは、ホームページを見るとわかりますが、この設計図はイクバル・アフマドが殺される前に金山さんに預けたということなのでしょうか」

「その通りです。生田目メガテクノは今でこそ世界的に名前の通ったグローバル企業になっていますが、以前はそうではありませんでした。生田目豪社長は、昔の生田目メガテクノの恥部を知っている人は、目立たぬように処分してきました。最も厄介だったのが武政です」

武政はイクバル・アフマド殺害の実行行為者であり、生田目豪の最大の秘密を握っている人間だ。武政産業の工場、土地を買収する資金はすべて生田目に支払わせた。

「それで武政が東京に出ておとなしくしていてくれれば、それでいいと生田目は考えていたそうです」

しかし、武政は不満だった。武政産業で思ったように収益が上げられないと、特別顧問料を生田目に要求した。生田目は二十三年前の弱みを握られているため、毎月二百万円を顧問料として武政の口座に振り込んでいたのだ。

「金山さんはかねてから考えていた計画を実行するために、武政を訪ね、このままではいつかきっとイクバル・アフマドの二の舞いを踏むと武政に忠告したのです。その上ですべての罪を償う時が来たと自首するように説得を試みたのです」

しかし、武政は聞く耳を持たなかった。過去の汚点と決別したい生田目にとって、武政が最も邪魔になる。

ＳＵＭＩＲＥの回答が終わると同時に次の手が挙がる。

「写真を今見ていますが、どれも不鮮明で小さく写っています。しかもいつの写真なのか日時を特定することができません。これらの写真だけでイクバル・アフマドを殺害したのが生田目社長と武政だと断言するには、無理があるのではないでしょうか」

確かに写真に写っている三人の姿は小さく、しかも明かりはヘッドライトのみ。両脇から押さえられているイクバル・アフマドの着衣が、遺体が身につけていた着衣と同じだということくらいしか認識できない。

ーます日時について説明したいと思います。ホームページに掲載された三点目の写真を見てください」

上下二車線の道路だが、山崩れを防ぐ道路壁の建設のため、五十メートルにわたって片側一車線通行になり、その区間だけは信号機が設置されていた。赤信号で止まったベンツを金山は写真に捉えていた。

「よく見ていただくとわかりますが、『工事期間平成7年5月7日～10日』と記載されているのがわかります。金山さんの証言によると、私の父が拉致殺害されたのは五月八日の夜だったそうです」

もう一つの質問にはＳＵＭＩＲＥは明確な返事はできない。記者の質問の通り、生田目、武政らしき二人が写っているが、はっきりと二人と判別できる写真ではない。

「ここから先は警察が真実を明らかにしてくれると、私は信じています」

記者会見場には日本のメディアだけではなく、海外のメディアも来ていた。ＳＵＭＩＲＥがハーフであることと、外国人技能実習制度に関連して事件が起きていることなどが影響しているのだろう。記者会見の様子がアジア各国に報道されたようだ。

浜松南警察署はアサド・カーンの取調べをほぼ終え、金山剛の逮捕状を取り付けた。しかし、金山の衰弱が激しく、身柄を拘束できるような状態ではなかった。浜松医科大学病院に入院中のまま、金山の逮捕を執行した。

取調べには下田と高尾の二人があたった。金山は苦しそうだったが、残された時間がそれほど長くないと悟っているのか、すべてを二人の刑事に自供した。金山の自供が取れたことで、天竜区の身元不明遺体から武政惨殺事件、福島の車内監禁事件、そしてスーパー遠州灘籠城事件の全体像が見えてきた。

一方、SUMIREの記者会見後、生田目豪がイクバル・アフマド殺人の主犯ではないかという報道が集中豪雨のように流れていた。生田目は太田エンターテインメント、SUMIREはもちろんのこと、SUMIREの言い分をそのまま報道したマスコミを名誉棄損で訴えると息巻いていた。

「ベンツに乗っている人間など、いくらでもいる。姿格好が似ているからと、それだけで私を犯人に仕立てている。絶対に許さない」

しかし、合同捜査本部は生田目豪逮捕に向けて着々と証拠を固めていた。SUMIREの記者会見から二日後の朝だった。

捜査員は生田目豪の自宅に向かった。自宅周辺は報道陣で埋め尽くされていた。報道陣はいつ降り出すかわからない雨に備え、雨が注ぎ込まないようにカメラをナイロンシートで覆っていた。

生田目豪にはイクバル・アフマドと武政富美男の二人の殺人に深く関与している疑

いがある。合同捜査本部はまず武政富美男の殺人容疑で逮捕することに決めた。浜松南警察署の警察車両七台が着くと、一斉に車から降りた。

捜査員の先頭に立ったのは浜松南警察署の下田と高尾で、その後に大森警察署の小早川と斉藤がつづいた。玄関でお手伝いさんが驚いた様子で対応にあたっていたが、「生田目社長はいますね」と高尾が確認を取ると、捜査員は一斉に家に上がり込んだ。

生田目はリビングで朝食を摂っている最中だった。

下田と高尾の顔を見ると、生田目は捜査員に向かって怒鳴りつけた。

「朝早くから人の家に上がり込んで、どういうつもりだ」

「どういうつもりも、こういうつもりもない」下田がツバでも吐き捨てるように言い放った。

下田が小早川と斉藤に目配せをした。

「武政富美男殺人の容疑で逮捕する」

小早川が容疑を告げ、斉藤が生田目に手錠をかけた。

「武政殺人だって、冗談じゃない。誤認逮捕だ。冤罪だ」

生田目は自宅周辺に張り込んでいる報道陣に聞こえるような大声で怒鳴った。

「言い分は浜松南警察署でお聞きしますよ」

小早川がそう言うと、斉藤が生田目の腕をつかみリビングから真っすぐ玄関まで延びる廊下に出るように促した。生田目の自宅周辺は規制線が張られているものの、生田目逮捕の映像を撮ろうと各社が至る所で待ち構えていた。玄関前で小早川と斉藤に挟まれるようにして生田目は後部座席に乗せられた。

取調べは小早川と斉藤が担当したが、下田と高尾も取調室に同席した。机を置いて向き合うように生田目と小早川が座った。部屋の隅に置かれたもう一つの机にノート型のパソコンを置いて、斉藤が調書を作成した。大森警察署は生田目の犯行の一部始終を完全に掌握していた。

「武政の殺人について、正直にすべてを自らお話ししていただくわけにはいきませんか」

小早川が丁重に自供を勧めた。

「やってもいないことをどうやって自供しろというのかね、君は。あの日は大阪のホテルに滞在したと言っているのに」

生田目は自供する気はまったくないようだ。

小早川は三枚の写真を机の上に並べた。

一枚目の写真は六月十一日午後七時三十六分品川駅上りホーム、二枚目八時二分大森駅改札口、三枚目八時七分大森駅前タクシー乗り場で、すべて大きめのマスクをかけている男の写真だ。

「これはあなたではありませんか」

生田目が三枚の写真に視線を落とす。手に取って見ようともせずに答えた。

「俺ではない」

「よく見てもらえませんか」

「俺は大阪にいたというのに、どうして東京に来られるんだ」

「あなたは商談を四時には終わらせて、ホテルに戻ると相手には伝えて、新大阪駅に向かったのではありませんか」

「ホテルに泊まったと何度言ったらわかるんだ」

「ホテルに泊まっていないとは言ってはいません。新大阪駅に行ったのと違うのかと聞いているんです」

「行っていない」

小早川は四枚目の写真を机の上に出した。

新大阪駅上りホームに急ぐ生田目が写っている。時刻は午後四時三十分だ。

「新大阪午後四時三十三分発のぞみ一七六号に乗れば名古屋駅には午後五時二十二分に着きます。あなたは一度名古屋駅で下車しています」

商談に向かう前にも名古屋駅で一度下車し、生田目はロッカーに紙袋を預けている。のぞみ一七六号を下車したのは、名古屋駅構内のロッカーに預けた紙袋を取り出すためだ。紙袋を出した後、生田目は名古屋午後五時三十七分発ひかり四七六号に乗り込んだ。

「俺がそのひかりに乗って、品川駅で降りたというのなら、俺の映像が品川駅の防犯カメラに映っているだろう」

「乗った時と同じ姿の生田目社長は残念ながら見出すことはできませんでした。何故なら品川駅に着く直前に、あなたはトイレで着替えをして降りたからです。名古屋駅のロッカーから取り出した紙袋には、茶色のズボンとジャケット、濃紺のポロシャツが入っていたのと違いますか」

武政殺害の時に着ていた衣服だ。

「そんな想像で無実の人間を逮捕していいのか」

生田目はさらに声を荒らげた。

「無実かどうかを今調べているのです」

五枚目と六枚目の写真を提示した。午後九時二十五分、マスクをした男が紙袋を手にして新幹線品川駅の下りホームに駆け上がっていく。

「新大阪行きの最終に乗るために九時半に階段を必死に駆け上がっているのは、生田目社長、あなたではありませんか。紙袋は品川駅のロッカーに預けていましたね。その中には東京に来る時に着ていたスーツが入っていました」

「違う」

六枚目はスーツに身を固めた生田目で、新大阪駅午後十一時四十五分着の新幹線から降りてくる姿だった。

「犯行時の着衣は新幹線車内のゴミ箱にでも捨てたのでしょう」

商談が終了した後、体調が悪くホテルに戻ったという生田目のアリバイは完全に崩れた。

生田目はせんぶり茶でも飲んだようなしかめっ面をしている。一気に畳みかけるのかと下田は思ったが、小早川は話題を変えてしまった。

「生田目メガテクノで生産している小型船舶は、日本だけではなく、世界各国から注文がくるって聞いたんですが、本当ですか」

生田目は武政殺人とはまったく関係ない話題を振られて、警戒しているのがうかがえる。それでも何か答えなければまずいと思ったのか、

「ハリウッドの俳優、女優から中東の王族まで、いろんなところから注文はくる」

戸惑った表情で答えた。

「社長自ら現場に立って、指揮を執るようなことってあるんですか」

「現場に出て、製作工程に口を出すことがあるのかって聞いているのか」

「その通りです」

「もう何年も前から現場の工場に出て、作業に口を出すなんていうことはしていない」

小早川の取調べの趣旨が理解できないせいなのか、生田目は素直に小早川の質問に答えている。

「電動ノコギリを使わせたら、誰にも負けないっていうくらいにパイプなどの切断に優れているなんていうことはないのでしょうか」

生田目にも小早川の回りくどい質問の意味が理解できたのだろう。

「電動工具なんて、もう何年も触っていない」

小早川の口元に不気味な笑みが浮かぶ。生田目はその笑みに気づかなかったようだ。

「そうですか。もう何年も触っていないのですか。不思議ですね」

小早川は最後の写真を生田目に突き出した。武政産業の近くにあるコンビニFに宅配便の荷物を持ち込んでいる防犯映像だ。

「だからマスクの男は俺に似ているが、俺ではない」

「そうですか。送付状はコンビニ、宅配会社に残されているので、筆跡鑑定をすれば誰が送ったかいずれはっきりします」

生田目は退路を完全に塞がれた。

「荷物の中身は何なのか、社長にはわかりますよね」

小早川が生田目を追いつめた。生田目は唇を嚙みしめ、何も話そうとはしない。

「中身は電動ノコギリでした」

生田目は小早川を刺すような視線で見つめている。

「機械オイルで洗ったように、電動ノコギリ全体に油が付着していました」

「それがどうしたっていうんだ」

「武政の手首を切り落とした凶器のようで、武政の血液は検出できたのですが、指紋が出てきませんでした」

今度は生田目が唇の端に噛み殺したような笑みを薄っすらと浮かべた。小早川を小ばかにしたように言い放つ。

「指紋が出ようが出まいが、そんなものを俺は送った記憶はない」

「そうですか。電動ノコギリは福島宛に送付されたものです。それでもご記憶にないのですか」

「ない」生田目は石でも投げつけるように答えた。

円盤型の電動ノコギリの刃は、その半分が安全カバーやブレードケースで覆われている。円盤型の刃は油で洗われていて指紋どころか、最も血液が付着しているはずなのにそれもすっかり洗い流されていた。

「刃の部分を覆っている安全カバーやブレードケースの内側には血液がこびり付いていました。もちろん左手首を切断する時に飛び散った武政の血です」

「そんなことは俺は知らない。マスクの男に聞いてくれ」

「そうですね。何故電動ノコギリに武政の血が付着していたのかはマスクの男に聞くことにします」

小早川は生田目の言い分を受け入れたような口の利き方だった。

「私が知りたいのは、そのことではありません」

生田目が怪訝な表情を浮かべた。

ブレードケースが円盤型の刃の半分を覆っている。

「実は覆われた部分、油で洗い流そうにも流せない部分に、どうしたことか生田目社長の指紋が複数検出されているんです。これはどうしてなのか、それを聞かせてくれませんか」

武政の左手首を切断した後、生田目は念のために機械油で電動ノコギリを洗った。しかし、完全に血を洗い流すこともできなかったし、指紋も払拭することはできなかった。

「新大阪行きの新幹線最終に乗るために、ブレードケースの裏側や、ブレードケースや安全カバーで覆われた刃の部分まで洗い流す余裕がなかったのと違いますか。どうせ福島のマンションに送りつける。警察に渡るはずがないと、そう思ったのと違いますか」

生田目の唇は紫色に変わり、極寒の地に放り出されたようにガタガタと震えていた。

「事実を話していただけますね」小早川が自供を迫った。

生田目は口を真一文字に結んだままだ。

「何も話していただけないのですね。では、何故この通帳が自宅にあるのか、これくらいは説明してくれてもいいのではありませんか」

小早川は机の引き出しから、ビニール袋に入れられた通帳を取り出した。武政産業名義の通帳でも生田目メガテクノから二百万円振り込まれていた。

生田目は唇が切れるのではないかと思えるほど噛みしめ、呻くように答えた。

「黙秘する」

「わかりました。厳罰傾向を強めている裁判員裁判で、黙秘することがどういう印象を裁判官、裁判員に与えるか、十分ご理解いただいている上でのご判断だと理解しておきます」

小早川が突き放すように答えた。

エピローグ　新証言

生田目豪は決定的な証拠を突き付けられているにもかかわらず、武政富美男の殺人さえ否認しているようだ。ＳＵＭＩＲＥの父親であるイクバル・アフマドについても黙秘を通しているらしい。ＳＵＭＩＲＥは金山が提供してくれたイクバル・アフマドのスクリュー設計図と開発日誌、金山が撮影したイクバル・アフマドを拉致し、殺害したと思われる現場での写真を太田エンターテインメントのホームページに掲載している。

当然、合同捜査本部は金山が所持していたＵＳＢメモリーと金山自身が撮影した写真の提供をＳＵＭＩＲＥに要請した。それを受けてＳＵＭＩＲＥは、ＢＪらと浜松南警察署を訪れることになった。

太田社長は浜松までロケ用の運転手付きのバスをチャーターした。ＳＵＭＩＲＥの動向を取材するために、太田エンターテインメントや、ＳＵＭＩＲＥの住むマンション前には常に報道陣が張り込んでいた。

ロケバスは車内のカーテンを閉め切り、都内のホテルで最初にＢＪともう一人女性をピックアップした。バスに乗り込んだ女性の姿をマスコミにはさらしたくなかった。

次に太田エンターテインメント前で太田社長とＳＵＭＩＲＥを乗せた。太田社長、ＳＵＭＩＲＥ、ＢＪ、そしてもう一人の女性、合計四人が乗り込んだ。

　都内でもう一箇所立ち寄る場所があった。港区にある法律事務所にロケバスを止め、米谷、塩野の二人の弁護士にも同行してもらった。

「これで全員揃ったな」

　太田社長は運転手に浜松に向かうように告げた。

「このまま浜松南署に向かえばよろしいのでしょうか」ロケバスの運転手が太田社長に尋ねた。

「そうだ」

　太田社長はそう答えたが、途中でもう一箇所立ち寄る場所があった。ロケバスは首都高速道路から東名高速道路に入った。車の流れは順調で、渋滞もなかった。すでに事件の全貌は明らかになっているためか、ロケバスを尾行してくるマスコミもなかった。報道陣もＳＵＭＩＲＥたちが浜松南警察署に向かうのを想定し、浜松南警察署で別の取材班が張り込んでいるのだろう。

　掛川インターを過ぎたあたりで太田社長が運転手に告げた。

「次の磐井インターで下りてくれ」

　運転手が怪訝な表情で聞き返した。

「浜松南警察署に行くなら、浜松インターで下りるのが便利ですが……」

「磐井市内でもう二人ピックアップするスタッフがいるんだ。後ろから付いてくる車はあるか」

「注意して見ているのですが、尾行はされていないようです」

ロケバスの運転手は芸能人を乗せるケースが多く、パパラッチの対応にも手練れていた。

ロケバスは磐井インターで下りた。料金所を通過するとロケバスを左に寄せてカーナビに目的地を入力させた。

「ここからそれほど遠くありませんね」運転手が言った。

目的地は料金所から十五分ほどのところにある二階建てのアパートだった。

「ではよろしくお願いします」

ＢＪが二人の弁護士に頼んだ。ＢＪと二人の弁護士はロケバスから降りると、一階角部屋に足早に向かった。金山の亡き妻が実家から相続したアパートで老朽化が激しかった。そのために賃貸料は安く設定され、入居者のほとんどが日系人だった。そのアパートの空室に二人は匿われていた。

「ＢＪだ」

ドアチェーンを付けたまま、少しだけドアが開いた。ＢＪの顔を確認するとドアが開き、渡部宏とハリーナ・カーンの二人が出てきた。

「用意できてるか」ＢＪが聞いた。

「はい」渡部が答えた。

ＢＪと弁護士たちが二人を囲むようにしてロケバスに乗り込んだ。ロケバスは一般道を使って浜松南警察署に向かうことになった。それまでの間を利用して、弁護士は渡部とハリーナに、逮捕後の取調べと、送検後の流れを説明した。

「事実については、隠す必要はありません。ただわからないことや不明な点については、調書に署名しないこと。いいですね」

弁護士二人が渡部とハリーナに注意を与えた。

浜松南警察署に着く直前に太田社長が下田刑事に連絡を入れた。弁護士から合同捜査本部に渡部とハリーナの自首については伝えられている。

「浜松南警察署の裏手に駐車場があるので、そちらに入ってくれ」

太田社長が運転手に告げた。

浜松南警察署の前は報道陣で埋め尽くされていた。ロケバスの中にＳＵＭＩＲＥが乗っているのはすでにわかっているようで、一斉に撮影を始めている。しかし、ＳＵＭＩＲＥは最後部の席に座り、撮影するのは不可能だ。ＳＵＭＩＲＥの隣には都内のホテルから乗り込んだ女性が座っている。女性は報道陣の多さに圧倒され、言葉を失っている。ＳＵＭＩＲＥとその女性は東京を出発した時から手を握り合ったままだ。

警察署裏にある駐車場にロケバスを乗り入れた。すぐに下田や高尾、小早川、斉藤らの顔見知りの刑事の他にも、数人の刑事がロケバスのドアの前に集ってきた。

渡部もハリーナも逮捕されるという悲愴感はない。

「ドアを開けてもいいですか」運転手が太田社長に聞いた。

太田社長が弁護士に目配せをした。

「可能な限りの弁護をします。あなたたちも頑張ってください」

米谷、塩野の二人の弁護士の言葉にハリーナと渡部が無言で頷いた。

「ではドアを開けます」運転手が後部座席に向かって言った。

ドアが開けられた。

太田社長、ＢＪ、ＳＵＭＩＲＥ、そしてもう一人の女性。その後に二人の弁護士、そして渡部とハリーナがつづいた。

弁護士から詳細な事情を伝えてあったせいだろうか、渡部もハリーナも手錠をかけられることなく、浜松南警察署内に入っていくことができた。署内に入ると渡部とハリーナだけは他の捜査員に連れられて取調室に向かった。

他の六人は浜松南警察署の小会議室に通された。下田、高尾、小早川、斉藤、四人の刑事もテーブルに着いた。

「捜査協力に心から感謝します」

下田が真っ先にＳＵＭＩＲＥと、ＳＵＭＩＲＥの隣にいる女性に頭を下げた。

「生田目社長は父の殺人を認めたのでしょうか」

ＳＵＭＩＲＥが下田に尋ねた。

下田は弱りきった顔で首を横に振った。

「金山が保存しておいてくれた天竜区山中の写真は、イクバル・アフマド殺人の有力な状況証拠にはなりますが、決定的な証拠にはなりえないと、弁護士から聞かされているのか、写真に写っているのは自分ではないと主張しています」

武政富美男殺人を担当している小早川も苦り切った顔で付け加えた。

「生田目は武政殺人さえも、動かぬ証拠を突きつけられているのに完全黙秘をしています。イクバル・アフマドの殺人も生田目と武政の犯行であることは疑う余地がありません。二人の殺人を認めると、死刑判決が下りかねないのを知っていて、すべてを否認するか、黙秘を通して法廷で少しでも有利になるような弁護展開を期待しているのかもしれません」

武政殺人は黙秘しようが、否認しようが、電動ノコギリから生田目の指紋が検出されたことで、左手首切断、殺人は否定しようがない。

しかし、イクバル・アフマド殺人については、二十三年前の犯行であり決定的な証拠は出てこないと思っているのかもしれない。

「そちらの方ですね」

下田がＳＵＭＩＲＥの隣に座る女性に視線を投げかけた。

「そうです」ＳＵＭＩＲＥが答えた。

女性が下田に聞いた。

「生田目社長に直接会わせてください」

女性が下田に懇願した。

「容疑者に直接会わせることはできないのですが……」

下田が遠回しに女性の依頼を断った。

「マジックミラー越しに生田目と会うことはできるんでしょうか」

ＳＵＭＩＲＥはドラマや映画などで、マジックミラーで仕切られている取調室をよく見ていた。

「あれはテレビドラマの世界だけで、こうした地方の警察署内にはそうした設備はありません」

下田が苦笑いを浮かべながら答えた。

「彼女が決定的な証拠を持っています。彼女に生田目の顔を直接確認してもらうというのはどうでしょうか」

米谷弁護士が下田に提案した。

下田と小早川が小声で相談をしている。すぐに結論が出たようだ。

「取調室に皆さんを入れて、生田目と直接会わせることはできません。でも取調室から出てきた生田目と、皆さんが偶然に廊下で出会うことは可能です」

下田が答えた。

「その前に、事件の全容を解明するために聴取をお願いしたいのですが……」

小早川が二人の弁護士に頼み込んだ。

「私たちもそのつもりでこちらに来ています」

弁護士に代わって答えたのはＳＵＭＩＲＥだった。

「私たち弁護士立ち会いのもとで進めていただけるのであれば、ご本人も協力するとおっしゃっています」弁護士が答えた。

聴取は一度ではすまないが、二時間ほど署内の取調室で行われることになった。

二時間の間、小会議室で太田社長、ＳＵＭＩＲＥ、そしてＢＪがすることもなく時を過ごした。ＳＵＭＩＲＥが立ち上がり三階の窓からカーテンを少し開けて外を見た。報道陣は浜松南警察署に着いた時よりもさらに増えているように思えた。

自分の出生の秘密はすべて解き明かされた。これまで様々なことを考えた。父親は日本人、母親は日本に出稼ぎに来た外国人女性で、自分はその間に生まれた子供ではないのか。

両親はＳＵＭＩＲＥを生むと別れたのか、育てることができなくてＳＵＭＩＲＥを乳児院の前に遺棄したのではないか。しかし、そうした想像のすべてが誤りだった。ＳＵＭＩＲＥ自身もこんな結末になるとは考えてもみなかった。

やがて二時間が過ぎ、小会議室のドアが開き、小早川刑事が三人を迎えにきた。

「お待たせしました。取調室のある四階に上がります。ついて来て下さい」

小早川が先頭に立ち階段を上がっていく。上がりきったところで、弁護士二人と聴取を終えた女性が待っていた。

「ここで待っていてくれますか。一番奥の取調室から生田目が出てきます」

下田が言った。

下田と小早川の二人が並ぶようにして立ち、その後ろにＳＵＭＩＲＥや太田社長らが立った。いちばん後ろに高尾と斉藤が立った。

廊下の奥まった部屋のドアが開いた。最初に出てきたのは制服の警察官で、生田目の両脇に取調べにあたった刑事が並び、その後ろにも制服の警官が、生田目の逃亡を防ぐためなのか警護にあたっていた。

生田目は両手に手錠を掛けられていた。うつむき加減に下を向いて、ＳＵＭＩＲＥ

たちの方へ歩いてくる。

　廊下の中ほどまで歩いて来たところで、生田目はＳＵＭＩＲＥたちが待っていることに気づいた。一瞬足を止めたが、両脇から刑事に歩くように促され、これから刑が執行される死刑囚のような足取りで近づいてくる。

　突然ＳＵＭＩＲＥの横にいた女性が、下田と小早川をかき分けて前に出た。

「私のこと覚えてますか」

　女性が生田目に向かって、たどたどしい日本語で怒鳴った。生田目は完全に足を止めて、その女性を凝視した。誰だかすぐに理解したのだろう。足早にこちらに向かってくる。留置室は五階にある。生田目は一刻も早くその場所を離れて留置室に戻りたいのだろう。

　生田目の行く手を阻むようにその女性、ＳＵＭＩＲＥ、太田社長、弁護士二人が横一列に並んだ。下田も小早川も何も言わなかった。

「私はあなたの顔を今日まで一日たりとも忘れたことがない。私が誰だかわかりますね」

　生田目はその女性から視線を外し、前に進もうとした。両脇にいる刑事が生田目の両腕を抱え込み、生田目は一歩も前に進むことができなくなった。

「そんなに慌てなくてもいいだろう。留置室は五階だ」

小早川が生田目に向かって言い放った。

「金山が撮影した写真は、あんたではないんだろう。それならそんなに怯えたような顔をしなくてもいいだろう」

下田の口調は生田目をからかっているようにも感じられる。下田は今にも生田目に殴りかかりそうになっている女性に視線を向けて聞いた。

「この男を覚えていますか」

「もちろんです。この男、私の夫を連れて行って、山奥で殺した人です」女性が叫んだ。

「そんな女、俺は知らん」

生田目は両脇の刑事の手を振り切って、前に出ようとした。しかし、刑事に押さえ込まれて生田目は一歩も前に進むことができない。

「知らないわけありません。あなたは私を殺そうとして首を絞めた」

「何をバカなことを言ってるんだ、この女は」

生田目が喚き散らした。

「母は事実を述べているのです」

ＳＵＭＩＲＥが冷徹な口調で生田目に言った。

生田目と武政はイクバル・アフマドが住むアパートを急襲した。そこには内縁の妻のサンドラ・サントスと生まれたばかりのSUMIREがいた。

「あなた言いました。私も子供も殺してしまわないと、大変なことになると。私、はっきりと覚えています」サンドラが言った。

「あなたと武政は、私の父イクバル・アフマドを殺害しないと大変なことになるとアパートに乗り込んできました。父親は激しく抵抗し、生田目社長は私の母サンドラと私も連れ出して、一緒に殺害しようとした。しかし、母親が大声で叫び、生まれたばかりの私も激しく泣き出した。周囲に気づかれてはまずいと思ったあなたたちは父親だけを天竜区の山中に連れ出して殺害したのです」

「そんな想像をよくできるものだ」

生田目はSUMIREを嘲笑うかのように言った。

「SUMIREさんやサンドラさんが言っていることが想像かどうかは、証拠に則って俺たち警察が判断する」

下田が怒りに満ちた口調で生田目に告げた。

「証拠？」

「金山さんが撮影した写真には、生田目社長が森の奥から出てくる時、脱いだジャケットで返り血を浴びた手を拭きながら出てくる姿が写っていました」

SUMIREは喉がつぶれそうなほど苦しかった。それでも絞り出すようにして生田目に父親の無念を伝えなければならないと思った。

「だから何度言えばわかるんだ。あれは俺ではない。警察もこんな芝居まで打って写真に写っているのを俺に仕立て上げたいんだ」

なんとしても自白を引き出したい警察が、芝居を演じているとでも思っているような口ぶりだ。生田目は次第に冷静さを取り戻していった。イクバル・アフマド殺しの罪は免れる自信があるのだろう。

「あんたはいつも決まった店で洋服を仕立てていたらしいな」下田がさりげない口調で口をはさんだ。

生田目は何も答えない。

「テーラー高須で聞いたよ、いつもイタリアから生地を取り寄せているんだってな」

「それがどうしたっていうんだ」

「あの写真を見せて、高須が仕立てたジャケットかどうか確認してみた」

下田が生田目の表情を探るような目で見ている。生田目も下田が何を言うのか、少し怯えたような顔をした。

「あの写真だけではイタリアの生地か、高須が仕立てたジャケットなのか判別は無理だとさ」

「警察もヒマなんだ」

安心したのか、生田目が下田を小ばかにしたように言い放った。

「話は最後まで聞けよ」

今度は下田が生田目を軽蔑しきったように言った。

「あんた、ここにいるサンドラさんと格闘したんだってな」

下田がこう言うと、イクバル・アフマドが連れ去られた夜の状況をサンドラが突きつけた。

「私、あなたに飛びかかりました。何度も殴られました。私、あなたの髪の毛を引っ張り、手に噛みつきました」

「この頭のおかしい女、なんとかしろ」

生田目は部下に命令するいつもの口調に戻っていた。

「あんた、あの晩、サンドラさんに飛びかかられて、胸ポケットが引きちぎられたのを覚えているか」

下田が確かめた。生田目は無言だ。

「どうやら覚えているらしいな」

下田の唇の端に思わず笑みがこぼれる。

小早川がジッパー付きのビニール袋を、生田目の視線の届くところに掲げた。

「父を拉致した犯人の特定につながると思い、母がずっと保管していたジャケットの胸ポケットです」

ＳＵＭＩＲＥがビニール袋の中身を告げた。

「そんなモノが証拠だというのか」生田目が含み笑いをした。

「だから話は最後まで聞くもんだって言ってるだろうが……」下田が大声を出して笑った。

「母が所持していたジャケットの胸ポケットには、何本もの髪の毛が付着していました」

ＳＵＭＩＲＥがつづけた。

「私、あなたの髪の毛、引っ張り何本もの毛が指に挟まっていました」

胸のポケットとそれにこびりついていた毛髪があったことをサンドラが付け加えた。

「今、鑑識に回されている。サンドラさんが引きちぎったポケットに付着していた毛髪があんたのものかどうか、すぐに結論が出るだろう」

下田が自信ありげに言った。

それまで黙っていたＢＪが生田目に告げた。

「あんたたちがイクバルさんを拉致した夜、サンドラは友人の家にＳＵＭＩＲＥを連れて逃げ込んだ。このままではサンドラもＳＵＭＩＲＥも殺されてしまうと思い、俺のところに始発の新幹線でやってきた。サンドラは新生児を一時預かってくれる施設かないかを聞いてきた。それで日赤乳児院を紹介したというわけだ」

「母は私を日赤乳児院に預け、警察に救いを求めました。しかし、母は不法滞在で、そのままフィリピンに強制送還されてしまいました」

その後、サンドラは何度も日本に入国しようと査証を申請するが、その度に申請は却下されてしまった。

「日本に住む友人や、東京に出稼ぎに行く人に、渋谷の乳児院に捨てた子供の消息を調べてもらったけど、死んでいるのか、生きているのかさえもわからなかった」

サンドラにSUMIREの情報が伝わったきっかけは、スーパー遠州灘の人質籠城事件だった。SUMIREの記者会見のもようはフィリピンでも放送された。

「SUMIREの顔を見て、私の子供だと確信しました」

サンドラは太田エンターテインメントに連絡を取った。太田社長が保証人となり、サンドラの来日が実現したのだ。

SUMIREが米谷弁護士に聞いた。

「母への殺人未遂罪はどうなりますか」

「殺人未遂罪による時効は現行法では二十五年ですが、サンドラさんへの殺人未遂は平成十七年の法改正前に発生した殺人未遂事件なので、残念ながら十五年の時効が適用されます」

SUMIREもサンドラも、唇を噛みしめている。それを見て塩野弁護士が説明した。

「しかし、悪質な事件ですから、死刑判決が下る可能性は十分に考えられます。裁判員裁判で裁判員が犯行態様をどう考えるかによると思います」

下田と小早川が顔を見合わせた。署内の廊下とはいえ、偶然の面会には限界があるのだろう。

「最後まで犯行を否認してください、いいですね。情状酌量狙いで、途中から犯行を認めて自供なんて無様な姿を見せないでくださいね」

SUMIREが生田目に要求した。

生田目は足腰に力が入らないのか、両脇の刑事に支えられていないと自分の力では立っていられそうにもなかった。二人の刑事に引きずられるようにして、留置室に向かった。

裁判員裁判はその年の暮れに開かれた。

金山は初公判で起訴事実を全面的に認め、その直後に末期がんで死亡した。

渡部宏とハリーナの二人は保釈が認められた。保釈費用、弁護士費用は金山の遺言に従って、金山の貯金からまかなわれた。

生田目は案の定、全面自供に追い込まれ、起訴事実を認めた。

武政殺害は計画的な犯行だった。武政は生田目に聞かされていたほど大田区の工場から仕事を受注することができなかった。その代償として二百万円の顧問料を生田目に要求してきた。弱みを握られている生田目は仕方なく武政の口座に言われた通りの金額を振り込んでいたのだ。それでも武政は不満を漏らし、増額するように求めてきた。武政の要求は際限がなく、関係を断ち切るには殺すしかないと生田目は決断した。

しかし、警察の目が生田目に向けられるのは絶対に避けなければならない。金山からアサド・カーン、ハリーナ・カーン兄妹の状況を聞いて知っていた生田目は、警察の目をアサド・カーンに向けるために武政の左手を切り落としたのだ。

顧問料増額の話をすると武政に伝えて上京し、二階のオフィスに入るのと同時に背後からバンドで武政の首を絞め失神させた。名古屋駅のロッカーに保管していたのは衣服だけではなく、犯行に使った手錠も入っていた。武政が独立した時に生田目メガテクノで使用していた電動工具、製作機器一式が武政の工場に搬入されていた。手首を切断した電動ノコギリもその一つだった。

犯行態様は悪質で、身勝手で同情の余地はないと、死刑判決を予想する記事が多かった。

スーパー遠州灘人質籠城事件への関与があるのではと最初に解放された伊川も合同

捜査本部の事情聴取を受けた。しかし、関与を示す証拠はなく、合同捜査本部は伊川は事件とは無関係と判断した。

金山が死亡した後、ＳＵＭＩＲＥは伊川の訪問を受けた。

浜松警備保障に金山が再就職した直後に、伊川は計画の全貌を直接聞かされていた。その時に二十三年にわたる金山の苦悩の沈黙を知った。伊川は可能な範囲での協力を約束した。

三階から屋上につながる階段の踊り場に設置されたシャッター。開閉するキーボックスは三階と屋上にある。三階のキーボックスの鍵穴にシャッターの開閉キーを差し込んだまま折ったのは伊川だった。

警備員室から出てエレベーターに乗る時、伊川が「幸運を祈っています」と金山に伝えると、「伊川さんのおかげで最良の死に場所が得られた。本当にありがとうございます」と答えたようだ。

生田目メガテクノは生田目豪の死刑判決を回避しようと必死だった。イクバル・アフマドの特許料は七億円と想定したが、それに三億円の和解金を上乗せし、十億円を妻のサンドラに支払うと顧問弁護士を通じて提示してきた。しかし、「夫の命は十億円積まれても戻ってこない」とこれを拒否した。

ＳＵＭＩＲＥは以前と同じように芸能活動はつづけた。ＳＵＭＩＲＥとサンドラは奪われた時間を取り戻すために四谷のマンションで一緒に暮らし始めた。

その一方でアサド・カーンの裁判支援に乗り出した。米谷、塩野の二人の弁護士を中心に十人を超える弁護団が結成された。

ＳＵＭＩＲＥがバングラデシュ人、フィリピン人の間に生まれたことが世間に知れ渡ると、インターネット上には「日本国籍を返上しろ」「日本から出て行け」というヘイトスピーチの書き込みも急増した。

「アサドさんが左手を事故で失ったのを自己責任という一語で片づけていいものなのか、彼の裁判を通して、私自身の問題として考えてみたいと思っています」

自分のルーツを解き明かしたＳＵＭＩＲＥは芸能界で生きる新たな目標を見出した。

「外国にルーツを持つ人がたくさん誕生し、日本で生きています。その人たちの希望になるような生き方をしてみたい。父もそれを望んでいると思います」

アサド・カーンの初公判後、記者の質問を受けてＳＵＭＩＲＥはそう答えた。

本作品は当文庫のための書き下ろしです。

本作品はフィクションであり、実在の個人・団体などとは一切関係がありません。

文芸社文庫

血の記憶

二〇二〇年四月十五日　初版第一刷発行

著　者　麻野涼
発行者　瓜谷綱延
発行所　株式会社　文芸社
〒一六〇‐〇〇二二
東京都新宿区新宿一‐一〇‐一
電話　〇三‐五三六九‐三〇六〇（代表）
〇三‐五三六九‐二二九九（販売）
印刷所　図書印刷株式会社
装幀者　三村淳

ISBN978-4-286-21874-8